LILO HOFFMANN

Das Glück ist selten pünktlich

ROMAN

TINT
&
FEDER

Deutsche Erstveröffentlichung bei
Tinte & Feder, Amazon Media EU S.à r.l.
5 Rue Plaetis, L-2338 Luxembourg
September 2018

Umschlaggestaltung: zero-media.net, München
Umschlagmotiv: © VectorPot / Shutterstock; © arigato / Shutterstock
Lektorat: Rainer Schöttle
Korrektorat: Manuela Tiller/DRSVS
Gedruckt durch:
Amazon Distribution GmbH, Amazonstraße 1, 04347 Leipzig /
Canon Deutschland Business Services GmbH, Ferdinand-Jühlke-Str. 7,
99095 Erfurt /
CPI books GmbH, Birkstraße 10, 25917 Leck

ISBN: 978-2-91980-319-4

www.tinte-feder.de

Für Marlena und Ben

1

Steffen saß mir mit gesenktem Kopf gegenüber und trommelte mit den Fingern auf den Küchentisch. Schließlich sah er auf und sagte: »Wir können ja Freunde bleiben.«

Das reichte. Ich sprang auf und schrie ihn an: »Das ist so eine abgedroschene Phrase. Ich kann gar nicht glauben, dass du das gesagt hast.«

Steffen sah mich an, als ob ich ein Gespenst wäre und als ob er überhaupt nicht verstehen würde, warum ich so reagierte.

Die unglaublichsten Dinge passieren immer dann, wenn man sie am wenigsten erwartet. Steffen, mein Steffen, mit dem ich seit neun Jahren verheiratet war, der sich all die Jahre um meine Tochter Lena gekümmert hat, hatte mir soeben gestanden, dass er mich verlassen wollte, weil er ein Verhältnis mit seiner Sekretärin hatte. Was für ein Klischee, mit der Sekretärin! Bin ich in einem schlechten Film gelandet? Und derselbe Steffen machte mir den Vorschlag, dass wir ja Freunde bleiben könnten. Na super! Ich dachte immer, so was sagen nur Zwanzigjährige, wenn sie mit jemandem Schluss machen, mit dem sie gerade drei Wochen zusammen waren.

»Wie lange geht das schon?«, fragte ich einigermaßen gefasst.

»Ist das so wichtig?«, antwortete Steffen unwirsch.

»Ja, das ist wichtig«, brüllte ich ihn an.

Steffen schwieg.

Wütend sprang ich auf. »Ich möchte, dass du sofort ausziehst.«

»Das hatte ich auch vor«, sagte Steffen betont ruhig. »Beate wartet sowieso schon.«

Beate, mein Gott, Beate, was für ein blöder Name, dachte ich. Heißen so nicht Frauen, die mindestens sechzig sind? Ich hatte seine Sekretärin nur einmal kurz gesehen. Sie war blond, schlank und mindestens zehn Jahre jünger als ich. Schon wieder ein Klischee. Ein Mann verlässt seine Frau, weil er eine Jüngere gefunden hat. Dass mir das auch mal passiert, hätte ich nicht gedacht. Mein Steffen, der mir immer erzählte, wie wichtig es sei, füreinander da zu sein. Mein Steffen, der so gut Lasagne machen konnte und nachts neben mir lag und komische Geräusche von sich gab.

Verlassen, verlassen, verlassen, dröhnte es in meinem Kopf. Ich wurde verlassen, dieser Satz würde ab heute auf meiner Stirn geschrieben stehen. Alle würden es sehen können.

Steffen stand auf und ging ins Schlafzimmer. Jetzt packt er seine Sachen, durchfuhr es mich. Ich musste ihm zuvorkommen. Also lief ich ihm hinterher und riss alle Kleidungsstücke, die nach Steffen aussahen, aus dem Schrank und pfefferte sie aufs Bett.

»Bist du jetzt völlig verrückt geworden?«, fuhr er mich an. »Du bist ja hysterisch.«

»Ach, Frauen sind hysterisch, Männer handlungsstark, das kennt man ja«, fauchte ich ihn an und suchte im Schrank nach weiteren Hemden, T-Shirts und Hosen, die Steffen gehörten.

»Nun lass uns doch vernünftig sein«, versuchte er mich zu beruhigen.

Was für ein Schwachsinn. »Vernünftig, vernünftig«, äffte ich ihn nach.

Jetzt reichte es Steffen. Er nahm einen Koffer und warf alles hinein, was er packen konnte. Der scheint es wirklich sehr eilig zu haben, schoss es mir durch den Kopf. Als er in der Tür stand, drehte er sich noch einmal um: »Den Rest hole ich später und natürlich werde ich mich auch weiterhin um Lena kümmern.«

»Darauf können wir verzichten«, rief ich ihm nach und knallte die Tür zu.

Das war es jetzt, dachte ich. Und ich ärgerte mich, weil ich die ganze Zeit nichts gemerkt hatte. Steffen war bis zu seiner Eröffnung heute Vormittag so wie immer gewesen. Oder war er anders, und ich hatte es nur nicht bemerkt? Mir stiegen Tränen in die Augen. Wann hatte ich das letzte Mal geweint? Ich glaube, es war bei der Beerdigung eines Onkels, den ich noch nicht einmal sehr gut gekannt hatte. Warum fiel mir das jetzt ein? Es gab viel Wichtigeres zu bedenken. Wie sollte ich es Lena sagen? Schließlich hatte sie ihn immer als Vaterersatz gesehen. Und sie hing an ihm, da ihr Erzeuger, mit dem ich gerade mal zwei Jahre zusammen war, sich nie sonderlich um sie gekümmert hatte.

Es dauerte nicht lange und meine ach so starke Fassade, die ich gerade noch vor Steffen zur Schau getragen hatte, stürzte ein. Ich warf mich im Schlafzimmer auf das Bett, auf dem kurz zuvor noch Steffens Sachen gelegen hatten, und weinte hemmungslos. Das konnte nicht wahr sein, Steffen betrog mich bereits längere Zeit mit dieser Frau.

Irgendwann stand ich auf. Immer noch benebelt. Ich muss mich zusammennehmen, redete ich mir ein. Aber wie sollte das gehen? Soeben hatte Steffen die Wohnung verlassen, um mit einer anderen Frau zu leben. Warum wunderte ich mich? Ich wollte, dass er geht. Aber er wollte sowieso gehen. Was erwartete ich eigentlich? Hätte ich ihn zurückhalten sollen, anstatt ihn rauszuwerfen? Ich konnte keinen klaren Gedanken fassen. In meinem Kopf wirbelte alles durcheinander.

Plötzlich musste ich an Michael, Lenas Vater, denken. Den hatte *ich* damals verlassen. Dafür hatte es viele Gründe gegeben.

Und trotzdem war mir die Trennung schwergefallen. Ob das bei Steffen auch so war? Hatte er innere Kämpfe durchgestanden, bevor er sich entschieden hatte? Oder war es ihm ganz leicht gefallen zu gehen? So nach dem Motto: Jetzt muss ich es nur noch Julia schonend beibringen, dann bin ich endlich frei. Jedenfalls wirkte er vorhin ziemlich unterkühlt. Freunde bleiben, Freunde bleiben, der spinnt wirklich.

Zum Glück musste ich nicht arbeiten. Meine Praxis blieb montags immer geschlossen. Ob Steffen es mir deshalb heute gesagt hatte? Es musste so sein. Oh, wie rücksichtsvoll. Ich stellte mir vor, was in seinem Kopf vor sich ging*: Am besten sage ich es ihr an ihrem freien Tag. Dann braucht sie nicht heulend vor ihren Klienten zu sitzen.*

Mir kamen wieder die Tränen. Wahrscheinlich hatte er nicht daran gedacht. Ich bin ihm doch völlig egal. Wie sollte das nur weitergehen – ohne Steffen? Ich fragte mich, ob er es sich überlegt. Jetzt kommt der Alltag mit ihr. Vielleicht hat er bald genug von seiner Beate. Man muss ihn nur gehen lassen. Dann kommt er wieder zurück. Nähe durch Distanz. Gleich darauf schluchzte ich los. Was für ein Therapeuten-Geschwafel. Was für ein Schwachsinn. Wahrscheinlich befinde ich mich in der Phase des ›Nicht-wahrhaben-Wollens‹.

Ja, warum sollte es bei mir anders sein? Schließlich ist eine Psychotherapeutin auch nur ein Mensch. Warum glaubte ich, ich müsse mit allem besser zurechtkommen als andere? Jede Erkenntnis nutzt nichts, jede schöne Theorie klingt wie bla, bla, bla, wenn es einen selbst trifft. Was hatte ich falsch gemacht?

Mein Gedankenkarussell hörte nicht auf. Ich muss mit jemandem sprechen, überlegte ich. Mir fiel meine Freundin Anne ein.

Anne und ich kannten uns seit der Grundschulzeit. Später verbrachten wir unsere Studienjahre gemeinsam in Kiel. Anne wurde Lehrerin, ich studierte Psychologie und schloss danach in unserer Heimatstadt Hamburg meine Ausbildung zur Therapeutin ab. Irgendwann machte ich mich selbstständig, eröffnete meine eigene Praxis als sogenannte psychologische Psychotherapeutin. Anne kam ebenfalls nach Hamburg zurück und unterrichtete jetzt Deutsch und Geschichte an einer Schule in Eppendorf.

Ich wählte Annes Nummer. Es dauerte endlos, bis sie sich meldete.

»Gott sei Dank, du bist da«, seufzte ich, als ich ihre Stimme hörte.

»Na, du klingst ja gar nicht gut.«

»Jaja«, stotterte ich, »ich muss unbedingt mit dir reden, ich bin völlig durcheinander.«

»Was ist denn?«, fragte Anne, und ihre Stimme klang jetzt ein wenig besorgt.

Ich seufzte noch einmal.

»Weißt du«, begann ich, »weißt du, was Steffen mir heute gestanden hat?«

Anne schwieg.

»Er hat … er hat«, ich stotterte immer noch, »er hat eine andere. Es ist seine Sekretärin.«

Ich hörte, wie Anne schluckte. »Was?«, fiel sie mir dann ins Wort. »Steffen? Eine Affäre?«

»Warte ab«, versuchte ich sie zu stoppen, »es kommt viel schlimmer. Er will mit ihr leben, er ist weg. Ich habe ihn rausgeschmissen.«

Am anderen Ende der Leitung herrschte Stille.

»Das ist unglaublich«, meinte Anne dann. »Wie lange geht denn das schon?«

»Keine Ahnung, ich weiß nur, dass sie seit einiger Zeit seine Sekretärin ist. Er hat nie viel von ihr erzählt, nur einmal bin ich ihr kurz begegnet. Die beiden sehen sich natürlich jeden Tag. Das weiß man ja, Arbeit verbindet.«

Ich quatschte wie wild drauflos, redete mir mein ganzes Gedankenkarussell von der Seele.

Anne hörte zu. »Hm«, meinte sie dann. »Ich muss dir etwas gestehen. Steffen saß neulich mit einer blonden Frau in einem Café an der Alster.«

In meinem Kopf dröhnte es. »Wie bitte, wann war denn das?«, fragte ich aufgeregt.

»Ich weiß es nicht mehr genau«, meinte Anne, »ich weiß nur, dass ich mich gewundert habe, weil es mitten in der Woche war. Muss Steffen da nicht arbeiten? Und über die blonde Frau, die ich nicht kannte, habe ich mich natürlich auch gewundert.«

Ich atmete tief durch. »Du hättest es mir sagen sollen«, entfuhr es mir leicht aufgebracht.

»Ich habe es vergessen«, entgegnete Anne. »Außerdem nahm ich an, es sei irgendeine Kollegin, mit der er etwas bespricht. Ich wollte dich auch nicht beunruhigen.«

Er saß also während der Arbeitszeit mit seiner Sekretärin im Café, wahrscheinlich als Mini-Betriebsausflug getarnt.

Wieder dachte ich darüber nach, warum mir nichts Ungewöhnliches aufgefallen war. Aber das kennt man ja. Die Betroffenen erfahren es als Letzte.

»Lass uns heute Abend was trinken gehen«, meinte Anne. »Dann können wir über alles reden.«

»Ich weiß nicht, ob ich dazu in der Lage bin«, antwortete ich, »außerdem sehe ich schrecklich aus.«

»Entschuldige, Julia, natürlich, du musst dich ja entsetzlich fühlen.«

»Lena schläft heute bei einer Schulfreundin«, sagte ich dann. »Das ist gut. Ich wüsste im Moment nicht, wie ich ihr das mit Steffen erklären soll.«

»Na, über kurz oder lang muss sie es ja erfahren.«

»Ja, aber nicht heute. Ich kann nicht mehr«, jammerte ich.

»Ich ruf dich morgen an«, schlug Anne vor.

»Ja, bis morgen«, sagte ich leise und hörte, wie es am anderen Ende klickte.

In der Küche stand eine halbe Flasche von dem Whisky, den Steffen manchmal abends trank, wenn er meinte, dass er sich entspannen müsse. Ich nahm ein Glas und goss es randvoll. Dann setzte ich es an die Lippen und trank es in einem Zug leer. Der Whisky schmeckte scheußlich und brannte auf der Zunge, aber gleich darauf fühlte ich eine wohltuende Wärme aufsteigen.

Ich trank sonst kaum etwas, nur manchmal ein Glas Wein. Deshalb wirkte der Alkohol sehr schnell. Ich spürte, wie ich schläfrig wurde, mein Gedankenkarussell setzte aus. Leicht schwankend schaffte ich es bis zum Bett. Ich ließ mich darauf fallen.

Als ich am nächsten Morgen aufwachte, fühlte ich mich furchtbar. Alle Glieder taten weh und mein Kopf dröhnte. Für ein paar Minuten glaubte ich, meine Arme und Beine nicht bewegen zu können. Vorsichtig versuchte ich mich aufzurichten. Dann fiel es mir wieder ein. Steffen war nicht mehr da. Würde das jetzt immer der erste Gedanke nach dem Aufwachen sein? Wie entsetzlich!

Ich wankte in die Küche und machte mir einen Kaffee. Während ich ihn trank, liefen mir die Tränen über das Gesicht.

Dann dachte ich an gestern. Hörte, wie Steffen sagte: *Wir können Freunde bleiben.* Wut stieg in mir hoch. Ich muss es schaffen, nahm ich mir vor, es muss möglich sein, ohne Steffen zu leben.

Allmählich fasste ich mich. Ich musste in die Praxis, fünf Termine warteten auf mich. Oh mein Gott, wie sollte ich das durchstehen? Was würden meine Klienten denken, wenn ich mit verheultem Gesicht vor ihnen saß? Vielleicht so etwas wie: *Ach, tauschen wir heute mal die Rollen?*

Eine Psychotherapeutin, die selbst gerade am Ende ist, ist keine große Hilfe für ihre Klienten. Ich stand auf, ging ins Bad, drehte den Wasserhahn auf und klatschte mir mit beiden Händen kaltes Wasser ins Gesicht. Lieber nicht in den Spiegel sehen, dachte ich. Erspare dir den Anblick. Aber dann tat ich es doch. Na ja, im Grunde genommen ging es, stellte ich erleichtert fest. Meine Augen waren leicht gerötet, das ließe sich mit einer Allergie erklären.

Nach dem Duschen legte ich etwas Make-up auf und öffnete den Kleiderschrank. Passend zu meiner Stimmung zog ich ein schwarzes T-Shirt und eine schwarze Hose an. Dann nahm ich den grauen Blazer aus dem Schrank und schlüpfte in meine halbhohen Pumps.

Zu Hause laufe ich lieber lässig herum. In der Praxis habe ich einen Hang zum Seriösen. Selten empfange ich Klienten im Pullover oder in der Strickjacke. Vielleicht denke ich auch, sie erwarten das von mir. Schließlich vertrauen sie mir ihre Sorgen an. Dinge, über die sie sonst mit niemandem sprechen.

Heute kommt wieder die Laborantin, die sich von ihrem Chef gemobbt fühlt, überlegte ich. Vielleicht wünscht sie sich ja insgeheim ein Verhältnis mit ihm, sinnierte ich weiter. Oh, wie zynisch. Warum denke ich so was? Schließlich war die Arme sechsundfünfzig und lebte allein.

Er treibt mich in den Burn-out, klagte sie jedes Mal.

Immer, wenn ich mich innerlich über meine Klienten lustig machte, hatte ich ein schlechtes Gewissen. Manchmal konnte ich aber einfach nicht anders.

Ich sah noch einmal in den Spiegel. Eigentlich machte ich für zweiundvierzig einen ganz passablen Eindruck, versuchte ich mich zu trösten. Hellbraune, leicht gewellte mittellange Haare, relativ schlanke Beine, wenn auch mit etwas zu starken Oberschenkeln. Sie gehörten zu meiner Problemzone ebenso wie die kleine Rolle um den Bauch. Wieso gab es Frauen, die so was nicht haben? Was habe ich alles versucht, um diese Rolle loszuwerden.

Ob die Neue von Steffen auch Problemzonen hat? Bestimmt hat sie etwas dagegen getan. Dreimal die Woche Bauch-Beine-Po-Kursus zum Beispiel. Oder sie joggt. Ich stellte mir vor, wie Steffen mit seiner Büro-Tusse um die Alster joggt. Zwischendurch legten sie eine Pause ein, um sich innig zu küssen. Schluss jetzt mit diesen Bildern, befahl ich mir.

Also, mein Outfit sah zwar etwas langweilig aus, dafür aber angemessen für eine Therapeutin, die gleich fünf Termine bewältigen musste. In der Hoffnung, dass das Dröhnen in meinem Kopf aufhören würde, schluckte ich in der Küche schnell zwei Kopfschmerztabletten und verließ die Wohnung.

Geschafft, dachte ich, diesen Tag eins nach der Trennung hatte ich überstanden. Es war nicht so anstrengend wie befürchtet. Die Laborantin hatte heute weniger geklagt als an anderen Tagen. Andreas Riehl, ein Mann von fünfundvierzig Jahren, der anscheinend glaubte, er sei erst zwanzig, und von allen erwartete, dass sie für sein Wohl sorgten, beschwerte sich wieder darüber, wie schlecht die Welt sei. Keiner kümmere sich richtig um ihn, jammerte er bei fast jeder Sitzung.

Er hatte lange mit einem Freund zusammengelebt, der dann starb. Dieser Freund hatte ihm eine Eigentumswohnung hinterlassen. Andreas litt unter dem Verlust des Freundes, der ihm ermöglicht hatte, in den Tag hinein zu leben. Einer geregelten Arbeit nachzugehen fiel ihm, den ich insgeheim den kleinen Andy nannte, schwer. Er war es nicht gewohnt, litt nun seit geraumer Zeit unter Depressionen.

Auch die anderen drei Termine erwiesen sich als erträglich. Ich wunderte mich, dass ich wider Erwarten gut zuhören konnte. Das Zuhören ist das A und O für eine Therapeutin. Natürlich das aktive Zuhören. Hin und wieder mal einen

Gedankenanstoß geben, auf das Gesagte eingehen und dann wieder zuhören.

Meine Praxis lag in idyllischer Lage inmitten des Treppenviertels in Blankenese. Ehe ich meine Praxis erreichte, musste ich einige Treppen hinuntersteigen, vorbei an gepflegten und wunderschön angelegten Vorgärten. Und vor mir lag die Elbe, auf der große Schiffe fuhren.

Mein Blick richtete sich auch an diesem Tag auf einen riesigen Gebäudekomplex auf der anderen Seite des Elbufers. Dort befand sich das Flugzeugwerk, in dem Steffen arbeitete. Steffen war Ingenieur und in dem Werk seit ewigen Zeiten angestellt. Immer, wenn ich hier ankam, schaute ich nach drüben und dachte: Ach, Steffen, irgendwo dort auf der anderen Seite bist du, nur die Elbe trennt uns. Dabei fühlte ich mich ihm ganz nah. Heute verfluchte ich diesen Anblick.

Als ich nach Hause kam, war Lena da. Sie war siebzehn und sollte im kommenden Jahr ihr Abitur machen. Lena war geschockt, als sie hörte, dass Steffen ausgezogen war.

»Aber er kommt zurück?«, fragte sie unglaublich naiv.

»Warum sollte er zurückkommen, wenn er mit einer anderen Frau glücklich ist?«, sagte ich und erschrak über meine Worte.

»Sehe ich ihn jetzt nicht mehr?«, fragte Lena weiter. »Er hat versprochen, mir bei Mathe zu helfen.«

»Ich weiß es nicht«, antwortete ich.

Lena war acht Jahre alt, als ich Steffen heiratete. Wir kannten uns bereits einige Jahre, bevor wir zum Traualtar gingen. Steffen kümmerte sich liebevoll um Lena. Für ihn war sie wie eine eigene Tochter. Und Lena liebte Steffen. Sie war überzeugt, dass sich ihr leiblicher Vater nicht die Spur für sie interessierte.

Michael hatte mich ebenfalls betrogen, nicht nur mit *einer* Frau, sondern mal mit dieser und mal mit jener. Er brauchte die Bestätigung und Bewunderung von Frauen, um sein Selbstwertgefühl zu stärken. Ich weiß nicht, wie oft ich es nicht gemerkt habe. Ich weiß von drei Frauen, mit denen er mich betrog. Zweimal verzieh ich ihm. Beide Male bat er mich fast auf Knien um eine letzte Chance. Er versprach, sich zu ändern. Als ich eines Tages ein langes, rotes Haar in unserem Bett fand, war das Maß voll. Ein Vertrauensbruch sondergleichen.

Damals verbrachte ich mit Lena ein paar Tage bei meinen Eltern in Travemünde. Wegen der frischen Ostseeluft waren sie aus Hamburg dorthin gezogen.

Das bunte Strandleben tat uns gut. Wir kamen erholt zurück. Und dann entdeckte ich das rote Haar. Meins konnte es nicht sein. Ich hörte Michaels Worte, bevor wir abreisten: »Oh, das ist aber schade, ich kann nicht mitfahren, weil ich ja arbeiten muss.« Wahrscheinlich hatte er da bereits seine Bettgeschichte geplant.

Dieses Mal flehte Michael nicht um Vergebung. Das rote Haar, so erfuhr ich später, gehörte einer Kollegin, die er auf einem Fortbildungsseminar kennengelernt hatte. Michael war Sozialpädagoge und nahm mindestens alle zwei Monate an einem Seminar teil. Selbstbewusst gestand er mir diesmal: *Ich bin in sie verliebt, aber dich liebe ich. Und ich möchte auch mit dir zusammenbleiben.*

Was fing ich mit diesen Worten an? Hieß das, mit mir zusammen sein, aber sich weiterhin mit der Rothaarigen treffen? Nein, so sehr es auch schmerzte, ich musste es beenden. Zu groß war die Angst, dass er die Beziehung zu der Frau mit den roten Haaren weiterführte.

Es dauerte dann auch nicht mehr lange, bis er mit ihr zusammenzog und sie nach ein paar Monaten sogar heiratete. Mir hatte er niemals einen Antrag gemacht. Eine Zeit lang haderte ich mit meinem Schicksal, fühlte mich gekränkt und getäuscht. Doch irgendwann wurde mir klar, dass auch die

Rothaarige nicht mit Michael glücklich werden konnte. Nicht mit diesem Mann.

Nach ein paar kürzeren Beziehungen lernte ich dann Steffen kennen. Ich trank in Teufelsbrück auf einem Ponton, der sich bei Ebbe und Flut heben und senken konnte, einen Cappuccino, genoss den Ausblick auf die Elbe und beobachtete die ein- und auslaufenden Schiffe. An diesem Nachmittag hatte ich Lena zu Tante Lucie, einer Schwester meiner Mutter, gebracht, die in Othmarschen wohnte.

»Du musst mal ein bisschen ausspannen«, hatte sie gesagt. »Geh shoppen, mach einen Spaziergang und trink irgendwo einen Kaffee.«

Alle zehn Minuten legten ab mittags in Teufelsbrück Fähren an, die Angestellte vom Flugzeugwerk herüberbrachten. Mit einer der Fähren kam auch Steffen. Er fiel mir sofort auf. Blondes, kurz geschnittenes Haar, groß, schlank und sportlich gekleidet. Ich musste ihn so sehr angestarrt haben, dass auch er auf einmal zu mir hinsah. Unsere Blicke trafen sich und für einen Moment glaubte ich ein Aufblitzen in seinen hellbraunen Augen zu sehen. Doch er ging weiter. Als er vom Ponton aus die bewegliche Brücke betrat, die direkt zur Elbchaussee führte, drehte er sich plötzlich um und ging zurück. Er kam direkt auf mich zu. Ich schloss die Augen. Der kommt jetzt aber nicht zu dir, dachte ich. Doch er kam.

»Ist hier noch ein Platz frei?«, fragte er. »Ich hätte auch Lust auf einen Kaffee.«

»Ja, natürlich«, antwortete ich.

Wir unterhielten uns zwei Stunden lang über Gott und die Welt. Zwei wunderbare Stunden lang. Danach war klar, dass wir uns wiedersehen würden.

Am Anfang ist es immer schön, hatte Anne mal gesagt. Man weiß aber nie, wie es weitergeht. Und schon gar nicht weiß man, wie es endet.

Wie recht Anne hatte. Dass es mal mit Steffen so enden würde, hätte ich niemals gedacht. War es wirklich das Ende?

Mir fiel ein, dass es eine Menge zu regeln gab. Würde Steffen für immer in Beates Wohnung bleiben oder würde er Anspruch auf die Vierzimmer-Altbauwohnung erheben, in der wir bisher gemeinsam mit Lena lebten? Schließlich hatten wir beide den Mietvertrag unterschrieben. Verdammt, das fehlte mir gerade noch.

Und dann kamen noch andere Gedanken. Konnte ich mir die Wohnung überhaupt allein leisten? Und dann waren da ja außerdem die Kosten für die Praxis. Wir mussten miteinander reden, es nützte alles nichts. Aber zunächst wollte ich warten, bis er auf mich zukam.

2

Steffen meldete sich drei Tage lang nicht. Ich sah ständig auf mein Handy, überprüfte, ob mein Festnetztelefon kaputt war, und wartete sogar in der Praxis auf einen Anruf. Es kam keine E-Mail, keine SMS, nichts. Einen Moment lang dachte ich daran, ihn anzurufen, verwarf es aber wieder.

Den Alltag bewältigte ich eher schlecht als recht. An einem Tag sagte ich alle Termine ab, legte mich ins Bett und badete in Selbstmitleid.

Mein Gedankenkarussell setzte wieder ein. Was ist, wenn er sich nie mehr meldet? Wenn er mit Beate unbekannt verzogen ist und mit mir nichts mehr zu tun haben will? Warum werde ich ständig betrogen?

Hätte ich ganz anders reagieren müssen, verständnisvoller, so tun, als ob ich Herr der Lage wäre? Hätte ich sagen sollen: Gut, Steffen, lebe mit Beate, ich verstehe, du möchtest mal etwas anderes ausprobieren? Schließlich bist du sechsundvierzig und wahrscheinlich in der Midlife-Crisis, da kann das vorkommen? Und wenn du genug hast von Beate, dann komm zurück? Ich werde auf dich warten?

Ich erschrak über diesen Gedanken. So weit war es also gekommen, dass ich mich kleinmachen wollte. So weit war ich, einem Mann alles zu erlauben, nur um ihn zu halten.

Am vierten Tag rief Steffen an.

Ich erstarrte.

»Julia, bist du da?«, rief er ins Telefon.

»Ja, bin ich«, sagte ich schließlich, als die Erstarrung sich löste.

»Wir müssen miteinander reden.«

»Ach ja?«, sagte ich und freute mich über meinen lakonischen Tonfall.

»Ich wollte das nicht«, fuhr Steffen fort, »ich wollte nicht, dass es so endet.«

»Was genau meinst du?«

»Also neulich, das tut mir leid. Du hast dich so aufgeregt. Und natürlich hast du recht. Ich hätte alles anders machen sollen. Den richtigen Moment abwarten. Es war nicht gut.«

Ich hörte zu, wie Steffen den größten Blödsinn zusammenstammelte, und sagte kein Wort.

»Julia«, rief er wieder. »Wir hatten eine gute Zeit. Ich möchte sie auch so in Erinnerung behalten.«

Jetzt konnte ich es nicht mehr ertragen. »Was glaubst du eigentlich, wie ich hätte reagieren sollen?«, fuhr ich ihn an. »Ach, du hast eine Geliebte, na ja, kann mal vorkommen. Hast du dir so etwas vorgestellt?«

»Sie ist mehr als eine Geliebte. Das habe ich dir bereits gesagt.«

»Und was willst du dann von mir?«, fragte ich ihn.

»Wir müssen so vieles klären.«

»Ja, das müssen wir.« Meine Stimme klang nun belegt. Hoffentlich merkte er es nicht.

»Glaub mir«, beteuerte er, »ich verstehe es auch nicht. Es ist einfach so passiert.«

»Warum gerade jetzt?«, fragte ich ihn und versuchte die Fassung zu bewahren. »Warum hast du es mir jetzt gesagt?

Die Sache läuft doch schon länger. Wolltest du dein Gewissen erleichtern?«

Steffen antwortete nicht. Er sagte eine ganze Weile nichts mehr.

»Steffen!« Jetzt war ich es, die seinen Namen ins Telefon rief.

»Nun, es gibt einen Grund. Es gibt wirklich einen guten Grund.«

Er holte tief Luft. »Beate ist schwanger und ich will mich nicht vor der Verantwortung drücken.«

Mir wurde schwindelig. Sie ist schwanger. Ich starrte auf den Wohnzimmerschrank und hatte das Gefühl, als würde er sich hin und her bewegen.

»Versteh das bitte«, sagte Steffen jetzt. »Bei uns hat es nicht geklappt mit einem Kind. Ich weiß, ich habe immer gesagt, ich muss nicht unbedingt ein Kind haben. Aber nun, wo Beate schwanger ist, da merke ich …«, Steffen stockte, »also, es hat mir etwas gefehlt.«

Der Wohnzimmerschrank schwankte weiter hin und her.

»Ich muss jetzt aufhören«, murmelte ich leise und drückte auf die Taste, die unser Gespräch beendete.

Ich saß auf dem Sofa und stierte eine halbe Stunde lang auf den Wohnzimmerschrank, der immer noch schwankte.

Das Telefon klingelte erneut.

Es war Steffen, ich sah es an der Nummer. Ich nahm nicht ab, ging stattdessen in die Küche und suchte nach dem Whisky, von dem ich neulich getrunken hatte. Ich erinnerte mich an die wohltuende Wärme, die ich verspürt hatte. Diesmal goss ich mir nur einen kleinen Schluck ein. Er schmeckte wirklich scheußlich. Ich muss mir etwas anderes besorgen, überlegte ich, und verwarf den Gedanken gleich darauf wieder. Das kann doch nicht sein, dass ich jetzt immer zur Flasche greife, um die Schläge zu verkraften, die Steffen mir versetzte.

Das Telefon läutete noch einmal. Wieder sah ich Steffens Nummer auf dem Display. Diesmal ging ich ran. »Was ist?«, fragte ich schroff.

»Ich weiß«, hörte ich Steffen säuseln, »das muss ein Schock für dich sein. Aber lass doch bitte mit dir reden.«

»Du willst dich also nicht vor der Verantwortung drücken«, sagte ich, »und was ist mit der Verantwortung uns gegenüber?«

»Lena ist fast erwachsen«, argumentierte Steffen, »und du bist es schon länger.«

Das klang nach Ironie.

»Außerdem«, fuhr Steffen fort, »möchte ich das Kind aufwachsen sehen, mein Kind. Und was Lena betrifft, sei ehrlich, ich habe mich immer um sie gekümmert. Und natürlich möchte ich das auch in Zukunft tun. Aber eine Siebzehnjährige braucht mich nicht so sehr wie ein Neugeborenes.«

Ich wusste nicht, was ich sagen sollte. Es stimmte, er hatte sich um Lena gekümmert. Aber er hatte mir nie gesagt, wie sehr er sich ein eigenes Kind wünschte.

»Und deine Beate ist also das notwendige Anhängsel, oder wie siehst du das?«

»Nein, so nun auch nicht. Wir verstehen uns einfach, es passt alles so gut.«

»Und bei mir hat es nicht gepasst?«, fragte ich und merkte, dass meine Stimme immer schriller wurde.

»Das bringt doch nichts, Julia, hör auf, du weißt, wie das ist. Plötzlich sind Gefühle für jemanden da und man weiß nicht, wie es dazu kam.«

»Überhaupt nichts weiß ich. Gefühle, die von irgendwoher kommen und zu irgendjemandem gehen. Was für einen Mist erzählst du da?«

Ich hatte mich in Rage geredet.

»Es ist besser, wir beenden das Gespräch und du beruhigst dich erst mal«, sagte Steffen jetzt ganz gelassen.

»Ja, wie einfach für dich, immer, wenn du nicht weiterweißt, beendest du das Gespräch«, sagte ich und drückte ihn weg.

Wie heißt es so schön, wenn ein Mensch gestorben ist, der einem nahestand? *Das Leben geht weiter*. Und eine Trennung ist so etwas wie ein Todesfall. Nur, dass der Verstorbene eben noch lebt, aber trotzdem nicht mehr erreichbar ist. Er ist noch da, man kann mit ihm sprechen, man kann ihn sehen, vielleicht sogar anfassen, aber das, was einen verbunden hat, ist nicht mehr da.

Das Leben ging in den nächsten Tagen tatsächlich weiter. Ich lebte den Alltag umgeben von Nebel einfach weiter. Ich stand im Nebel auf, duschte im Nebel, fuhr im Nebel zur Arbeit, hörte mir die Geschichten meiner Klienten im Nebel an und fiel nach tausend quälenden Gedanken in einen tiefen nebeligen Schlaf. Dieser Nebel machte das Leben ein wenig erträglicher. Ich fragte mich, ob mein Körper diesen Nebel produzierte, um mich vor der Wahrheit zu schützen. Die Wahrheit, was war das? Wollte ich es nicht wahrhaben, dass ich verlassen worden war?

Lena kümmerte sich in dieser Zeit um sich selbst. Mich ließ sie meistens in Ruhe. Zum Glück war sie nicht mehr klein, sondern schon siebzehn und durchaus in der Lage, sich selbst zu versorgen. Da musste ich Steffen recht geben.

»Mama, alles gut?«, fragte sie manchmal.

Dann teilte sie mir mit, dass sie heute mit dieser oder jener Freundin unterwegs sein würde. Zum Glück brauchte ich sie nicht zum Lernen anzutreiben. Das besorgte sie selbst. Lena war nicht immer so ehrgeizig gewesen. In der fünften Klasse hatte sie große Probleme in Mathe gehabt. Sie kam weder mit diesem Fach noch mit dem Lehrer zurecht. Steffen hatte dann mit ihm gesprochen und einiges ins Lot bringen können. Was immer es auch war, anschließend ging es besser – mit Mathe und auch mit dem Lehrer.

Ich fürchtete mich davor, meiner Mutter die Wahrheit zu sagen. Was sollte ich ihr erzählen? Ach ja, übrigens, Steffen hat sich von mir getrennt, weil seine Sekretärin ein Kind von ihm erwartet? Sicher würde sie gleich auf der Matte stehen und ihr armes zweiundvierzigjähriges Kind trösten wollen. Zweimal rief sie mich an und jedes Mal erzählte ich, wie gut es mir gehe und dass alles in Ordnung sei. Ja, natürlich, Lena ginge es auch gut und Steffen ebenfalls, er habe zurzeit sehr viel Arbeit. Ob ich glaubhaft klang? Ich weiß es nicht.

Mein Vater starb vor zwei Jahren, aber meine Mutter wollte nicht nach Hamburg zurückziehen, da sie in Travemünde inzwischen mehr Bekannte hatte als in Hamburg. Von Steffen war sie immer begeistert gewesen. Diesmal hast du dir den Richtigen ausgesucht, pflegte sie zu sagen. Der ist zuverlässig und gute Karrierechancen hat er auch. Was meine Mutter nicht ahnte – danach hatte ich mir Steffen nun wirklich nicht ausgesucht. Und die Sache mit der Zuverlässigkeit stimmte ja jetzt auch nicht mehr.

Und dann war da noch mein drei Jahre älterer Bruder Christian, den wollte ich auch nicht anrufen. Er arbeitete als Betriebswirt bei einer Versicherung und das Einzige, was ihn interessierte, war Geld. Bereits nach einem Jahr Ehe ließ er sich scheiden und war überaus glücklich darüber, dass er allein leben durfte. Ein paar Frauenbekanntschaften hier und da genügten ihm. Er betrieb einen regen Aktienhandel und fuhr erstaunlicherweise auch reichlich Gewinn ein.

Du mit deiner sozialen Ader, das bringt doch nichts, spottete er manchmal. *Sich ständig die Probleme anderer Menschen anhören, das wäre nichts für mich. Und dann noch die ganzen Phobien und anderen Störungen. Da wird man ja selbst gestört.*

Mit den Jahren hatte ich mich damit abgefunden, so einen Bruder zu haben. Schön war es trotzdem nicht.

Steffen und mein Bruder waren nie gute Freunde geworden. Ganz gleich, welche Ansichten Steffen zu einem Thema vertrat, Christian war stets anderer Meinung. Er musste eben auf Teufel komm raus provozieren.

Ich hörte ihn schon mit ironischem Ton in der Stimme sagen: *Na, da hat also dein sauberer Steffen das Handtuch geworfen. Habe ich schon immer gewusst, dass der mehr auf naive Blondchen steht. Dem bist du doch viel zu selbstständig.*

Jetzt machte mein Gedankenkarussell kurz halt, *viel zu selbstständig* hallte es nach. Vielleicht war da etwas dran. Hätte ich Steffen mehr zeigen müssen, dass ich ihn brauchte? War ich ihm zu selbstständig? So, jetzt reicht es aber, ermahnte ich mich. Machst du dir nun Vorwürfe, weil du eine eigenständige Frau bist?

Was sagte ich den Frauen in der Praxis, die sich aus solchen Gründen anklagten? – Bitte die Perspektive wechseln. Ein Mann, der mit einer selbstständigen Frau nicht zurechtkommt, hat doch ein ziemliches Manko. Den können Sie in den Wind schießen.

So wörtlich sage ich das natürlich nicht. Aber warum um alles in der Welt konnte ich Steffen nicht in die Wüste schicken und suchte stattdessen nach einer Entschuldigung für sein Verhalten?

Auch in den nächsten Tagen rief ich weder meine Mutter noch meinen Bruder an, um ihnen reinen Wein einzuschenken. Und ich war froh, dass sie sich nicht bei mir meldeten. Mit Anne telefonierte ich des Öfteren.

»Wie willst du das denn jetzt finanziell schaffen?«, fragte sie eines Abends bei einem unserer Telefonate.

Eine Frage, die mich anschließend beschäftigte. Ich dachte an Hannes Thiel. Hannes war der Vermieter meiner Praxisräume in Blankenese. Ich musste unbedingt mit ihm sprechen. Wenn Steffen sich nicht mehr an der Miete für unsere Altbauwohnung beteiligte, konnte ich mir die Praxis nicht leisten. Vielleicht würde mir Hannes Aufschub gewähren, bis die finanzielle Lage geklärt war.

Hannes Thiel hatte das Häuschen im Treppenviertel, in dem sich meine Praxisräume befanden, von seinem Großvater geerbt. Der war als Kapitän viele Jahre zur See gefahren. Hannes Vater reizte das Leben als Seemann nicht, er ging stattdessen in die Verwaltung. Doch bei Hannes schlug das Abenteuergen wieder zu. Ihn zog es wie seinen Großvater als Kapitän hinaus auf große Fahrt. Aber als seine Frau vor etlichen Jahren krank wurde, suchte er nach einer Möglichkeit, in ihrer Nähe zu bleiben, und nahm eine Stelle in Kiel an.

Von dort aus navigierte er als Kanalsteurer große Schiffe durch den Nord-Ostsee-Kanal.

»Auch dafür braucht man ein Kapitänspatent«, klärte er mich einmal auf, »oder man muss als nautischer Offizier gearbeitet haben.« Als Hannes' Frau starb, behielt er die Wohnung in Kiel und fuhr nun immer noch den Kanal rauf und runter. Nur wenn er ein paar Tage frei hatte, kam er nach Blankenese und wohnte in der Wohnung über meiner Praxis. Zwischen Hannes und mir gab es nie irgendwelche Probleme. Das könnte sich jetzt ändern, überlegte ich, wenn ich nicht mehr in der Lage war, die Miete pünktlich zu zahlen.

Am nächsten Tag rief ich Steffen an. Jetzt hatte ich das Bedürfnis, einiges zu klären, besonders die finanzielle Situation.

»Steffen«, begann ich, und mein Ton klang einigermaßen ruhig. »Wie stellst du dir das weiterhin vor, ich meine, das Finanzielle? Was ist mit unserer Wohnung? Die kann ich schließlich nicht allein bezahlen.«

»Darüber wollte ich ja die ganze Zeit mit dir reden«, antwortete Steffen. »Natürlich bezahle ich meinen Anteil, auch wenn ich nicht bei dir wohne. Also erst mal.«

»Was soll das heißen: erst mal?«

»Na, bis wir alles geregelt haben.«

Ich versuchte mich zu beherrschen. »Und wie soll das geregelt werden?«

»Natürlich zahle ich einen Teil der Miete. Und dann müssen wir weitersehen. Ich möchte aus dem Mietvertrag heraus. Das verstehst du doch. Ewig kann ich nicht zahlender Mieter sein. Es sei denn ...« Steffen verstummte.

»Es sei denn was?«

»Es sei denn, du willst die Wohnung nicht mehr. Das ist jetzt nur ein Vorschlag«, hörte ich Steffen sagen. »Könnte ja sein, sie ist dir zu groß, jetzt, wo ich nicht mehr da bin. Beate und ich könnten sie gut gebrauchen. Du weißt ja, das Kind kommt in einigen Monaten. Wir könnten die Wohnungen tauschen. Die Miete von Beates Wohnung ist wesentlich niedriger. Wie gesagt, nur eine Idee.«

Ich konnte es nicht fassen.

»Das ist eine Scheißidee«, brüllte ich ins Telefon. »Jetzt willst du uns auch noch unser Zuhause nehmen.«

»So darfst du das nicht sehen«, sagte Steffen kleinlaut.

»Ich sehe es aber so«, schrie ich weiter ins Telefon.

»Bedauerlich«, entgegnete Steffen, »aber gut, dann müssen wir eben eine andere Lösung finden. Aber wie gesagt, die nächsten Monate beteilige ich mich noch an der Miete.«

Nach diesem Gespräch fühlte ich mich hundeelend. Was für eine Zumutung. Ich sollte mit Lena in Beates Wohnung leben. Konnte sich Steffen denn überhaupt nicht vorstellen, was für eine Demütigung das für mich wäre? Dieser Vorschlag war mehr als unsensibel, er war brutal. Ja, das ist das richtige Wort, dachte ich, es war brutal, mir so etwas vorzuschlagen.

Als ich am Ende der Woche meine Praxis verließ, kam mir Hannes Thiel entgegen. Er sieht wirklich nicht wie ein Kapitän aus, dachte ich immer, wenn ich ihn traf. Hannes trug am liebsten ausgebeulte Jeans und Norwegerpullover, wie sie Ende der Siebzigerjahre modern waren. Mit seinen wirren, rotblonden Haaren sah er eher aus wie einer, der an Bord das Deck schrubbt. Nun, er macht sich eben nicht viel aus Äußerlichkeiten, stellte ich erneut fest.

Hannes begrüßte mich freundlich.

»Na, hast du endlich Feierabend, Julia?«

Wir duzten uns, denn schließlich kannten wir uns bereits seit vielen Jahren.

»Und du, Hannes, mal wieder ein paar Tage frei?«, fragte ich zurück.

»Die brauche ich jetzt auch dringend.«

Ich druckste ein wenig herum und fragte ihn dann, ob ich mit ihm sprechen könnte.

»Na, du machst es ja spannend«, meinte Hannes und schlug mir vor, unten an der Elbe etwas zu trinken.

Schon als wir die unzähligen Treppenstufen hinabstiegen, begann ich zu erzählen. Ich erzählte von Steffen, meiner Enttäuschung, von Beate, Steffens Sekretärin, mit der er jetzt zusammenlebte, von meiner Angst vor der Zukunft. Hannes hörte einfach nur zu.

An der Elbe angekommen, suchten wir uns ein Restaurant. Davon gibt es am Strandweg in Blankenese eine ganze Reihe. Hannes bestellte sich ein Bier und ich mir ein Glas Weißwein. Ich erzählte weiter und Hannes legte irgendwann seine Hand auf meinen Arm.

»Das tut mir alles furchtbar leid. Ich hatte ja keine Ahnung«, sagte er und sah mich dabei mit seinen bernsteinfarbenen Augen mitfühlend an.

Schade, dachte ich in diesem Moment, er ist so überhaupt nicht mein Typ. Aber er ist jemand, der gut zuhören kann.

»Mach dir keine Sorgen wegen der Miete«, meinte Hannes, »wenn dein Mann nicht mehr zahlt, werden wir eine Lösung finden.«

Mein Mann …, überlegte ich. Ja, stimmt, Steffen ist immer noch mein Mann. Warum saß ich nicht mit ihm hier? Ich blickte auf Hannes Hand, die immer noch auf meinem Arm lag. »Ich hoffe, du hast recht«, sagte ich und versuchte mir nicht anmerken zu lassen, wie sehr mir Steffen im Kopf herumschwirrte und ich mich auch in diesem Moment fragte, ob es nicht einen Weg zu ihm zurück gab.

In der darauffolgenden Nacht schlief ich schlecht. Ja, es war ein netter Abend mit Hannes gewesen. Und er hatte gesagt, wir werden schon eine Lösung finden. Aber gerade das, was mich beruhigen sollte, beunruhigte mich.

Was hieß das: Mach dir keine Sorgen wegen der Miete? Würde er mich mietfrei oder zumindest für einen erheblich reduzierten Betrag wohnen lassen? Würde er warten, bis ich wieder die volle Miete zahlen konnte? Machte ich mich damit nicht abhängig? Aber welche Wahl hatte ich?

Morgens wachte ich wie gerädert auf. Und das Schlimmste war, dass ich zur Arbeit musste. Die fiel mir in dieser Zeit besonders schwer. Manchmal wünschte ich mir fast, ich hätte einen Job als Buchhalterin, dann bliebe mir das ständige Zuhören erspart.

Obwohl, nun ja, ernsthaft wünschte ich es mir dann doch nicht. Aber wie gesagt ist es besonders anstrengend, sich die Probleme anderer anzuhören, wenn man den Kopf voll eigener hat.

Gudrun Berner, die Laborantin, die so sehr unter ihrem Chef litt, saß mir mal wieder gegenüber.

»Er gibt mir Aufgaben, die jeder Lehrling erledigen könnte«, klagte sie. »Das macht er mit Absicht, das weiß ich genau. Warum macht er das nur?«, fragte sie und schlug die Hände vors Gesicht.

»Was glauben Sie denn?«, fragte ich zurück.

Gudrun Berner gab ihr Gesicht wieder frei. »Ich weiß nicht«, murmelte sie. »Um mich zu quälen, vermute ich mal.«

»Warum will er Sie quälen?«

Gudrun Berner überlegte.

»Haben Sie mal das Gespräch mit ihm gesucht?«, fragte ich.

»Er ist mir immer ausgewichen, hat mich von oben herab behandelt. Da habe ich es gelassen. Dabei hat er mir früher mal Komplimente gemacht.«

Ich wurde hellhörig. »Was für Komplimente?«

»Er hat gesagt, dass ich immer so ruhig und ausgeglichen sei.«

»So«, sagte ich. »Das ist erstaunlich.«

»Ja«, meinte Gudrun Berner, »das finde ich auch.«

Die Therapiestunde war vorbei. Wir verabschiedeten uns. Ich machte mir eine Tasse Tee, denn der nächste Klient kam erst in zehn Minuten. Während ich den Tee trank, dachte ich über Gudrun Berner nach. Wie konnte ich ihr helfen? Von Mobbing hatte ich nicht viel Ahnung. Und was war das überhaupt? Mobbing ist ebenso ein Modewort geworden wie Burn-out. Erschöpfungszustand erschien mir für Letzteres ein passenderer Ausdruck zu sein. Und von Mobbing spricht man eher, wenn jemand über längere Zeit schikaniert oder ausgegrenzt wird. Aber wie wehrt sich jemand dagegen?

Ja, Therapeuten haben eben auch nicht auf alles eine Antwort. Wie war das noch? Wir sollen ja keine Lösungen anbieten, sondern nur Denkanstöße geben.

Ich sah aus dem Fenster und mein Blick fiel wieder einmal auf das Werk auf der anderen Seite der Elbe – dorthin, wo

Steffen arbeitete. Wie gern hatte ich früher aus dem Fenster geschaut. Jetzt schmerzte es. Mist, dachte ich, dass ich ihn nicht aus meinen Gedanken verbannen kann. Wie lange es wohl dauern würde, bis ich ihn vergessen hatte? Irgendwo hatte ich gelesen, dass man ungefähr die Hälfte der Zeit dafür benötigt, die die Beziehung gedauert hat. Wie viele Jahre wären das bei mir? Ich ertappte mich dabei, wie ich nachrechnete, und ärgerte mich gleich darauf. Wer stellte eigentlich solche Regeln auf? Wahrscheinlich die Gleichen, die behaupteten, dass man bei fünf kleinen Mahlzeiten am Tag leichter abnimmt als bei drei normalen. Über diesen Gedankengang musste ich lächeln. Nun verglich ich schon Trennungsschmerz mit lächerlichen Diätvorschlägen. Also bisher hatte bei mir keine Diät etwas bewirkt. Meine Rolle am Bauch, so nahm ich an, wird mir für immer erhalten bleiben. Der Trennungsschmerz hoffentlich nicht.

Mir fiel ein, dass heute ein neuer Klient kam. Genau genommen kam er erst zum Vorgespräch. Schließlich hatte jeder Klient die Möglichkeit, erst einmal zu testen, ob die Chemie zwischen ihm und der Therapeutin beziehungsweise dem Therapeuten stimmt. Der Neue hatte sich als Sascha von Poenitz angemeldet. Interessanter Name, fand ich und war gespannt, was er mir erzählen würde.

Zehn Minuten später saß mir Sascha von Poenitz gegenüber und ich war erstaunt, wie jung er war.

»Ich bin neunundzwanzig und Medizinstudent«, stellte er sich vor. »Aber ich hätte lieber Kunst studiert.«

»Warum haben Sie das nicht getan?«, fragte ich.

Sascha sah mich forsch an. »Da sind wir schon fast am Punkt«, sagte er.

»An welchem Punkt?«, fragte ich.

»Mein Vater ist Chefarzt in einer größeren Stadt, die ich nicht nennen möchte.«

»Das müssen Sie auch nicht.«

»Also«, fuhr Sascha fort, »der Punkt ist der, dass er unbedingt wollte, dass ich auch Medizin studiere.«

»Aha«, sagte ich.

»Ich finde das Studium gar nicht so schlecht, aber Kunst hätte ich eben lieber studiert. Und ich weiß nicht, warum ich mich nicht gegen meinen Vater durchsetzen konnte. Ich komme mir so unterlegen, ja fast charakterlos vor.«

»Warum genau fühlen Sie sich so?«

»Weil ich nicht das Leben führe, das *ich* möchte. Wenigstens habe ich es geschafft, in einer anderen Stadt zu studieren. Mein Vater wollte natürlich, dass ich zu Hause wohne. Da hätte er mich auch besser kontrollieren können.«

Sascha seufzte.

»Und jetzt werden Sie weiterhin Medizin studieren?«, fragte ich.

Sascha verzog das Gesicht. »Was soll ich machen? Wenn ich meinem Vater was von Kunst erzähle, bleibt die finanzielle Unterstützung aus. Meinen Sie nur nicht, er zahlt für so einen Unsinn. So würde er es jedenfalls nennen. Außerdem stecke ich schon zu tief drin. Ich kann mit neunundzwanzig Jahren nicht noch einmal von vorn anfangen.«

Sascha machte eine Pause. Und ich betrachtete ihn genau. Mit seinen dunklen Haaren und der leicht gebräunten Haut erinnerte er ein wenig an einen Latin Lover. Dem laufen die Mädchen bestimmt scharenweise hinterher, dachte ich.

»Auf der anderen Seite«, fuhr Sascha jetzt fort, »ist mir klar, dass ich mich von meinem Vater befreien muss. Nicht nur finanziell. Er war immer dominant, keiner durfte ihm widersprechen.«

»Was ist mit Ihrer Mutter?«, fragte ich.

»Meine Mutter hat uns verlassen, als ich noch klein war.«

»Sie meinen, sie hat Ihren Vater verlassen«, griff ich korrigierend ein.

»Nein, sie hat auch mich verlassen. Sie hat nicht um das Sorgerecht gekämpft. Mit ihrem neuen Freund ist sie nach Amerika gegangen. Dort hat sie ihn geheiratet. Mir hat sie Briefe geschickt, macht sie immer noch. Manchmal habe ich zurückgeschrieben. Vor ein paar Wochen bat sie mich, ein Bild zu schicken. Das ist alles.«

»Glauben Sie, Ihre Mutter konnte sich gegen Ihren Vater auch nicht durchsetzen?«

»Ich kann verstehen, dass sie nicht mit ihm leben wollte. Aber warum hat sie mich im Stich gelassen?« Sascha legte die Stirn in Falten. »Nehmen Sie mich als Klienten an?«, fragte er dann.

»Es ist Ihre Entscheidung, ob Sie eine Therapie bei mir beginnen möchten«, antwortete ich.

»Ich habe ein gutes Gefühl«, erwiderte Sascha. »Wann könnten wir anfangen?«

Ich sah in meinen Terminkalender. Er war ziemlich voll. Ich gab ihm einen Termin in drei Wochen.

3

Manchmal lösen sich Probleme auf eine Weise, die man so nicht gewollt hat. Meine Mutter rief an und teilte mir mit, dass Tante Lucie gestorben sei. Eine Nachbarin, die einen Schlüssel zu ihrem Haus in Othmarschen hatte, habe sie morgens tot in der Küche gefunden. Sie wollten an diesem Morgen gemeinsam frühstücken. Aber Tante Lucie reagierte nicht, als sie klingelte.

Meine Tante war zwar schon über achtzig gewesen, dennoch war ich geschockt. Schon wieder ging ein Mensch aus meinem Leben. Tante Lucie hatte mich oft unterstützt. Bei ihr sprach ich mich so manches Mal aus. Allerdings hatte ich ihr noch nichts von Steffen erzählt. Nichts davon, dass er mich wegen seiner Sekretärin verlassen hatte. Zu groß war die Befürchtung, dass sie es meiner Mutter sagen könnte. Und das wollte ich nicht.

Nun überschlugen sich die Ereignisse. Die Beerdigung wurde geplant und meine Mutter reiste aus Travemünde an. Jetzt konnte ich nicht mehr umhin, ich musste Farbe bekennen. Nach der Beerdigung saßen wir alle zusammen in meiner Wohnung. Meine Mutter, Lena, mein Bruder Christian und Anne, die meine Tante auch gut gekannt hatte. Meiner Mutter erzählte ich gleich nach ihrer Ankunft in Hamburg die Geschichte mit Steffen. So nach dem Motto: Je schneller daran, desto schneller davon. Und ich war überrascht. Sie nahm es relativ gelassen auf. Vielleicht lag es daran, dass sie den plötzlichen Tod ihrer Schwester erst einmal verarbeiten musste, ehe sie sich weitere schlechte Nachrichten anhören konnte.

Christian schwieg zu allem. Es kamen keine ironischen Bemerkungen von ihm. Das fand ich erstaunlich. Kein *Na, Schwesterchen, das war wohl nichts mit deinem Steffen*, kein herablassender Blick. Er saß nur da und wirkte ein wenig verträumt. Dafür redete meine Mutter an diesem Nachmittag umso mehr. Sie schien ihren Humor, den wir alle so an ihr liebten, nicht verloren zu haben.

»Auf der Zugfahrt«, so erzählte sie, »saßen vier Halbwüchsige bei mir im Abteil.«

Für meine Mutter sind Jungs zwischen fünfzehn und achtzehn Jahren sogenannte Halbwüchsige.

»Die alberten mit ihren Handys in der Hand herum und hatten alle den gleichen Namen«, berichtete meine Mutter weiter. »Alle vier hießen Digger.«

Anne war kurz davor, meine Mutter aufzuklären, als Lena und ich losprusteten. Und meine Mutter lachte auch. Sie war mit ihren fünfundsiebzig Jahren alles andere als von gestern.

»Ein kleiner Scherz«, meinte sie. »Das Leben ist manchmal hart genug.«

Jetzt meldete sich Christian zu Wort. »Hm, viele Jugendliche nennen sich gegenseitig ›Digger‹. Das ist so ähnlich wie bei manchen Paaren, die sich immer nur mit Schatz anreden. Da müssen sie sich nicht den Namen des Partners merken.«

Da war sie wieder – die Ironie. Aber recht hatte er ja. Ich hatte es auch immer abgelehnt, mit Schatz oder Liebling angesprochen zu werden.

Doch wie schon angedeutet, löste sich durch den Tod meiner Tante auch eines meiner Probleme. Ein paar Tage später erhielt ich die Nachricht, dass sie meiner Mutter, Christian, Lena und mir ihr Haus in Othmarschen vererbt hatte. Und nicht nur das. Tante Lucie hatte einiges zusammengespart. Den größten Anteil erhielten meine Mutter und ich, da wir ihr besonders nahegestanden hatten.

Das Haus, so beschlossen wir gemeinsam, würden wir erst mal vermieten. Durch vier Personen geteilt, ergab das zwar keine große Summe, doch auf Teufel komm raus einen Käufer zu suchen, erschien uns übereilt.

Nun brauchte ich mir also keine Sorgen mehr darüber zu machen, wovon ich in der nächsten Zeit meine Miete für die Wohnung und die Praxisräume bezahlen sollte. Das war eine große Erleichterung. Ich wusste nicht, dass meine Tante so viel gespart hatte. Deshalb wäre ich nie auf die Idee gekommen, sie zu Lebzeiten um ein Darlehen zu bitten.

Meine Mutter blieb noch eine Woche bei mir. Und natürlich sprach sie mich dann doch auf Steffen an.

»Was machst du denn nun?«, fragte sie mich.

»Wieso, was meinst du?«, entgegnete ich.

»Ja, wie stellst du dir deine Zukunft vor?«, hakte sie nach.

»Also, was soll das? Ich bin selbstständig, ich werde weiterhin arbeiten, so wie ich es immer getan habe.«

»Das hoffe ich«, sagte meine Mutter. »Aber es ist jetzt schon etwas schwerer für dich oder irre ich mich da?«

Meine Mutter sah mich fragend an.

»Was glaubst du, Mutti? Dass es besonders leicht ist? Meinst du, ich finde es gut, dass Steffen mich verlassen hat? Natürlich macht mich das nicht gerade glücklich.«

»Beruhige dich, Kind, ich mein es doch nur gut.«

»Gut gemeint ist nicht unbedingt gut gemacht«, antwortete ich und ärgerte mich gleich darauf über meinen Kommentar. »Ich fühle mich wie weggeworfen«, murmelte ich weiter und brach zu meinem eigenen Entsetzen in Tränen aus.

Meine Mutter legte den Arm um mich. »Schon gut, Kind, ich verstehe dich ja.«

Dann hielt sie mich im Arm und sagte gar nichts mehr.

Dafür redete ich jetzt drauflos. »Ich muss es schaffen, ich muss ihn einfach vergessen. Diese Frau, diese Beate, bekommt ein Kind von ihm. Stell dir vor, mit sechsundvierzig wird er Vater. Das nagt alles an mir. Hat ihm denn unsere gemeinsame Zeit nichts bedeutet? Ich fühle mich so leer, fast wertlos. Ich brauchte ihn mehr, als ich mir eingestehen wollte. Dieser Mistkerl!«

»Ja, schimpfe ruhig auf ihn«, sagte meine Mutter. »Das tut gut.«

»Vati hat dir das nie angetan.«

»Nein, das nicht, aber wir hatten auch so unsere Schwierigkeiten, glaub mir. Und ob er wirklich immer treu war, ich weiß es nicht.«

»Aber er hat dich nicht verlassen«, jammerte ich weiter.

»Vielleicht kommt er zurück, vielleicht merkt er schon bald, dass er einen Fehler gemacht hat.«

Ich befreite mich aus der Umarmung. »Ach, und du meinst, ich sollte ihn dann mit offenen Armen aufnehmen? Oh, wie schön, Steffen, du bist wieder da. Ich habe auf dich gewartet.«

Meine Mutter wurde ärgerlich. »Nun hör schon auf mit deiner Ironie, du bist ja schlimmer als Christian.«

Es stimmte, auch ich hatte einen Hang zur Ironie. Aber in meiner Situation hatte ich alles Recht der Welt, so zu reden. »Schließlich habe ich auch meinen Stolz«, sagte ich. »Selbst, wenn er zurückkommen würde, ich könnte nicht mehr mit ihm leben.«

»Stolz muss man sich leisten können. Außerdem kann man so vieles verzeihen. Manchmal mehr, als man denkt«, hörte ich meine Mutter sagen.

»Worüber reden wir hier eigentlich?«, fragte ich empört. »Das steht nicht zur Debatte. Steffen hat mich nicht gefragt, ob er zurückkommen kann, im Gegenteil, er ist vor zwei Monaten gegangen. Ich kann mich doch nicht an eine vage Hoffnung klammern. Ich muss vorwärtsschauen.«

»Wahrscheinlich hast du recht«, meinte sie nun, »vielleicht ist es besser, nach vorne zu schauen.«

»Durch das Erbe von Tante Lucie bin ich vorerst abgesichert«, versuchte ich nun vom eigentlichen Thema abzulenken. »Warum soll ich mir Sorgen um die Zukunft machen?«

Meine Mutter legte nun wieder den Arm um mich und fragte leise: »Und was ist mit der Liebe?«

Ja, was war mit der Liebe?

Am nächsten Tag brachte ich meine Mutter zum Bahnhof. Sie wollte zurück nach Travemünde. Als sie in den Zug stieg, beobachtete ich sie. Eine gepflegte ältere Dame mit grauen Haaren und schlanker Figur. Sie war nicht immer so schlank gewesen. Ich erinnerte mich, dass sie in meinem Alter ziemlich korpulent war. Dann später mit sechzig entdeckte man bei ihr eine Blutkrankheit, die sie zum Glück durch Medikamente in den Griff bekam. Durch die Krankheit ließ auch ihr Appetit nach und sie wurde erstaunlich schlank, ohne dürr zu wirken. Diese Blutkrankheit ist vererbbar, teilte man mir damals mit, und manchmal fragte ich mich, ob es mich auch treffen könnte, wenn ich sechzig sein würde.

Meine Mutter hatte inzwischen ein passendes Abteil gefunden. Sie winkte mir durch die geschlossene Scheibe zu. Ich winkte zurück. Dann dauerte es nicht mehr lange, bis sich die Türen schlossen und der Zug abfuhr. Ich stand auf dem Bahnsteig und sah ihr hinterher. Wir würden uns spätestens Weihnachten wiedersehen. Sie hatte Lena und mich zu sich nach Travemünde eingeladen. Christian natürlich auch. Aber der hatte bereits angekündigt, dass er lieber mit Freunden feiern wollte. Mit welchen Freunden?, fragte ich mich, sprach es aber nicht aus.

Es ging alles so schnell. Weihnachten war nicht mehr weit. Jetzt hatten wir November. Und die Tage waren so grau und trist, wie es sich für einen richtigen November gehört. Damals, Anfang September, als Steffen mich verlassen hatte, gab es noch sehr schöne Tage. Das heiterte mich aber nicht auf. Strahlender Sonnenschein, wenn man sich selbst elend fühlt, nein danke. Das muss nicht sein.

Doch auch die grauen Novembertage gefielen mir nicht. Ich fühlte mich müde und vor allem antriebslos. Als ich vom Bahnhof zurück in meine Wohnung fuhr, fiel mir Hannes ein. Ich musste ihm unbedingt sagen, dass er seine Miete nun doch immer pünktlich bekommen würde. Ich war erleichtert, weil mich der Gedanke an eine gewisse Abhängigkeit belastet hatte. Bisher hatte ich auch noch keine Schulden bei ihm, da Steffen ja noch bis Dezember die anteilige Miete für unsere Wohnung zahlte.

Als ich zu Hause ankam, rief Anne an. »Ist deine Mutter abgereist?«, fragte sie.

»Ja, ist sie«, antwortete ich.

»Willst du nicht bei uns vorbeikommen?«, bot sie an. »Was willst du allein in der Wohnung? Heute ist Sonnabend und ich könnte mir vorstellen, dass Lena unterwegs ist.«

Anne hatte recht, die Vorstellung, den Abend allein zu Hause zu verbringen, war nicht gerade verlockend.

»Na gut«, sagte ich. »Ich komme vorbei. Ist Jörg auch da?«

»Ist er«, meinte Anne, »aber der stört uns nicht. Der sitzt mal wieder vor seinem Computer.«

Jörg war Annes Mann, mit dem sie seit fünfzehn Jahren verheiratet war. Kinder hatten sie keine. Einmal hatte Anne eine Fehlgeburt gehabt, danach wurde sie nie wieder schwanger. Jörg war Steuerberater. Er arbeitete aber seit einigen Jahren nur für ein paar Stunden in der Woche in einer Kanzlei. In der restlichen Zeit tüftelte er seit fast sechs Jahren an einer Software für Steuerberater. Diese Steuerberater-Software sollte ihm nach eigener Einschätzung eine Menge Geld einbringen, wenn sie einmal fertig war. Bisher hatte sie allerdings eher eine Menge gekostet.

Vor drei Jahren gründete Jörg sogar eine eigene Firma, mietete Büroräume und stellte zwei Leute ein, die ihn unterstützen sollten. Es endete in einem Fiasko. Er hatte kein Geld mehr, um die Miete für die Büroräume und die Gehälter für die Angestellten zu zahlen. Anne musste aushelfen.

»Wenn ich nicht so einen gut dotierten Job hätte, könnte er sich seine Experimente gar nicht leisten«, sagte sie damals. »Aber ich kann es ihm nicht ausreden. Er ist völlig vernarrt in seine Idee.«

Und so war es auch noch heute. Er schrieb an seinem Programm, das ständig verändert werden musste, weil sich ja auch die Gesetze im Laufe der Zeit veränderten.

»Das geht überhaupt nicht«, erklärte mir einmal mein Steuerberater. »Ein Mensch allein kann auf keinen Fall so ein umfangreiches Programm schreiben.«

Die Meinung meines Steuerberaters behielt ich aber für mich, denn es hätte absolut keinen Sinn gehabt, Jörg davon zu erzählen. Anne war unglücklich über diesen kostspieligen Tick ihres Mannes. Aber sie versuchte damit zu leben, da Jörg, abgesehen von seiner Vernarrtheit, ein zuverlässiger Partner war. Tatsache war jedoch, dass Anne das Geld nach Hause brachte. Und an manchen Tagen war sie total genervt.

»Er sitzt bereits seit Stunden vor seinem Computer«, verriet sie mir, als ich bei ihr war. »Und das Verrückte ist: Wenn wir für einige Stunden das Haus verlassen, baut er die Festplatte aus und nimmt sie mit. Einbrecher könnten ja den Computer mit seinem Programm stehlen.«

»Typisch zwanghaftes Verhalten. Wie wär's mit einer Therapie?«, fragte ich lachend.

»Keine schlechte Idee, aber den Vorschlag machen wir ihm lieber nicht. Er hat ja keine Einsicht in sein Verhalten. Und sollte er nachher mal vorbeischauen, frag ihn bloß nicht, wie er so vorankommt.«

»Weiß ich doch«, sagte ich, »das ist sein wunder Punkt.«

Anne hatte bereits des Öfteren erwähnt, dass ich diese Frage möglichst nicht stellen sollte. Und ich hielt mich daran.

Anne und ihr Mann lebten in einer Vierzimmerwohnung in der Isestraße. Zweimal in der Woche bauten Händler unter einer U-Bahn-Brücke, die sich direkt vor Annes Haustür befand, ihre Stände auf. Das war der Isemarkt, den viele wegen seines besonderen Flairs liebten. Die Leute kamen sogar aus den benachbarten Stadtteilen, um dort Obst, Gemüse, Wurst, Käse, frischen Fisch und andere Lebensmittel zu kaufen.

Anne und Jörg hatten die zwei Zimmer, an denen die U-Bahn vorbeifuhr, als Arbeitszimmer eingerichtet. Eins für Anne, in dem sie Klassenarbeiten korrigieren und ihren Unterricht planen konnte, und eins für Jörg und sein Steuerberatungsprogramm. Die anderen zwei Zimmer, die hinten heraus zum Isebekkanal lagen, wurden als Wohn- und Schlafzimmer genutzt.

Anne hatte zwei Kerzen angezündet. Wir tranken Rotwein und redeten von früher. Wir redeten von der Zeit, als wir noch Träume hatten. Es waren Träume von der großen Liebe, als wir uns vorstellten, unser Held würde mit einem weißen Pferd um die Ecke geritten auf uns zukommen und uns ein wunderbares Leben bieten. Damals waren wir dreizehn. Und natürlich wussten wir, dass unser Traummann nicht auf einem weißen Pferd reiten würde. Aber romantisch sollte es sein. Und das Bild mit dem weißen Pferd gefiel uns gut. Wir sprachen auch über Steffen.

»Das hätte ich nicht von ihm erwartet«, meinte Anne. »Er wirkte so ausgeglichen und zufrieden. Vielleicht ist er in eine Lebenskrise geraten.«

»Oder zufrieden ist eben nicht genug«, sagte ich.

»Manchmal weiß man wirklich nicht, was in einem Menschen vorgeht«, seufzte Anne.

»Ich möchte das alles abstreifen, aber ich schaffe es nicht. Jetzt verstehe ich meine Klienten, die mir das Gleiche erzählen. Ich kenne meine Situation, ich weiß, dass ich sie ändern müsste, aber ich kann es nicht. Ja, solche Sätze höre ich ständig.«

»Es ist nicht so einfach, seine Lebenssituation zu ändern«, sagte Anne.

»Wie hältst du das mit Jörg aus?«, fragte ich.

»Am Anfang dachte ich ja auch, er sei mein Reiter auf dem weißen Pferd. Es war so romantisch damals. Der Alltag sieht eben anders aus. Der Tick mit der Programmentwicklung ist schwer zu ertragen. Als er damit anfing, habe ich ja auch noch geglaubt, es könnte was werden. Aber jetzt nach den vielen Jahren …«

»Wir haben alle unsere Macken«, sagte ich. »Und ich überlege ständig, womit ich Steffen vertrieben habe.«

Anne goss uns noch ein Glas Rotwein ein. »Du hast ihn nicht vertrieben. Er hat sich einfach dafür entschieden, ein anderes Leben zu führen. Im Grunde hat das nichts mit dir zu tun.«

Ich ärgerte mich über diesen Satz.

»Ha, das hat Steffen auch gesagt: *Es hat nichts mit dir zu tun.* Es hat aber was mit mir zu tun. Ich muss jetzt allein zurechtkommen.«

»Und das schaffst du auch«, sagte Anne.

Ich betrachtete sie von der Seite. Solange ich sie kannte, trug sie eine Kurzhaarfrisur, bei der ihr der Pony lässig ins Gesicht fiel. In ihren dunkelblonden Haaren zeigten sich auch schon einige graue Strähnen. Anne ignorierte das. Niemals wäre sie auf die Idee gekommen, ihre Haare zu färben oder zu tönen.

Wir tranken noch ein drittes Glas.

»Ich werde nicht mehr fahren können«, stellte ich fest. »Es ist besser, wenn ich mir ein Taxi nehme und mein Auto morgen hier abhole.«

»Das ist vernünftig«, meinte Anne. »Morgen ist Sonntag. Schlaf dich erst mal aus, und dann holst du den Wagen.«

Ich fuhr mit dem Taxi nach Hause und dank des einen und anderen Gläschens, das ich bei Anne getrunken hatte, schlief ich an diesem Abend schnell ein.

Als ich am nächsten Tag aufwachte, spürte ich die Folgen des Rotweins. Ich fühlte mich schlapp und mein Kopf brummte. Gegen neun Uhr stand ich auf und machte Frühstück. Gegen zehn Uhr sah ich nach Lena. Sie war mit zwei Freundinnen bis Mitternacht unterwegs gewesen. Schlecht gelaunt erschien sie am Frühstückstisch.

»Wollen wir heute etwas zusammen unternehmen?«, fragte ich.

Lena schlürfte ihren Milchkaffee, den sie neuerdings immer gern zum Frühstück trank.

»Willst du mit mir einen Spaziergang im Stadtpark machen oder ins Museum gehen? Ich glaub nicht, dass ich darauf Lust habe.«

Ihr Ton gefiel mir nicht. Kam sie jetzt erst in die Pubertät? In den letzten Jahren war sie nie sonderlich pubertär gewesen. Holte sie das nun nach?

»Nun sei doch nicht so schnippisch«, sagte ich.

»Ich treffe mich nachher mit Selina und Jette.«

»Mit denen warst du doch die halbe Nacht unterwegs.«

»Na und, spricht etwas dagegen, dass ich sie heute auch sehe?«

»Solange du die Schule nicht vernachlässigt.«

»Das mache ich schon nicht.«

Wir schwiegen eine Zeit lang.

»Hast du dir überlegt, was du nach dem Abi machst?«, nahm ich das Gespräch wieder auf.

»Ich werde Schauspielerin.«

»Schauspielerin?«

Lena lachte. »War nur ein Scherz, Mama, aber du hättest dein Gesicht sehen sollen.«

»Also was jetzt?«

»Hm, vielleicht studiere ich Biologie.«

»Biologie?«, wiederholte ich. Ich hatte mich noch nicht von der Schauspielerin erholt.

»Passt dir das auch nicht?«

»Ich bin nur überrascht.«

»Warum nicht? Ich bin gut in Bio.«

»Wenn dich das interessiert.«

»Du, Mama«, sagte Lena und ihr Ton klang um einiges weicher. »Bevor ich studiere, also bevor ich an irgendeiner Uni anfange, da würde ich gern verreisen.«

»Na klar, nach bestandenem Abi hast du dir eine Reise nach Mallorca oder auf eine andere Insel verdient.«

»Ich möchte aber nicht nach Mallorca.«

»Wohin möchtest du denn?«

Lena sah von ihrem Milchkaffee auf. An ihren Lippen klebte noch der Rest ihres neuen Lieblingsgetränks. »Ich möchte eine Weltreise machen. Mindestens für ein halbes Jahr.«

»Du möchtest eine Weltreise machen?«, fragte ich mehr als erstaunt.

Lena fuhr sich mit der Hand über die Lippen. »Ja, eine Weltreise. Wer weiß, wann ich jemals wieder dazu komme.«

»Träum weiter, Mädchen«, sagte ich. »Wovon sollen wir das bezahlen?«

»Ich habe doch von Tante Lucie dreiundvierzigtausend Euro geerbt. Das ist doch mein Geld.«

»Ach, von daher weht der Wind. Über die kannst du erst verfügen, wenn du achtzehn bist.«

»Mama, ich werde achtzehn sein, wenn ich mein Abi habe.«

»Das Geld ist für dein Studium, das muss schließlich auch bezahlt werden«, argumentierte ich verzweifelt.

»Vielleicht will ich nicht studieren«, versuchte Lena mich zu provozieren.

»Und wie war das mit Biologie?«

»Das kann ich mir ja noch überlegen.«

»Ich denke, du machst die Schule zu Ende und dann reden wir weiter«, beendete ich die Diskussion.

Lena verschwand in ihrem Zimmer.

Ich hatte sie nicht gefragt, mit wem sie die Weltreise machen wollte. Allein oder mit Selina, beides konnte ich mir nicht vorstellen. Selinas Eltern konnten es sich nicht leisten, ihrer Tochter eine Weltreise zu finanzieren – und allein, nein, dazu hatte Lena nicht den Mut.

Gegen Mittag holte ich meinen Wagen aus der Isestraße ab. Bei Anne und Jörg schaute ich nicht mehr vorbei, denn ich wusste, dass sie heute bei einer Kollegin von Anne zum Brunch eingeladen waren. Ob Jörg wieder seine Festplatte ausgebaut und mitgenommen hatte? Hoffentlich kommt sie ihm nicht irgendwo abhanden, wenn er sie ständig mit sich herumschleppt, dachte ich. Das wäre eine Katastrophe. Ohnehin hatte er ja ständig Angst, seine genialen Ideen könnten ihm geklaut werden. Und ein anderer käme dann mit seinem Superprogramm auf den Markt.

Ich fuhr nach Hause. Schon im Treppenhaus hörte ich das Telefon klingeln. Ich hechtete die Treppe hinauf. Keuchend lief ich zum Telefon. Auf die Nummer, die auf dem Display stand, achtete ich nicht. Ich nahm das Gespräch einfach an.

»Hallo Julia«, sagte eine vertraute Stimme.

Es war Steffen. »Geht es dir gut?«, fragte er.

»Jaja, es geht gut, ich bin nur gerade die Treppe hochgelaufen.«

»Die paar Stufen. Du trainierst wohl nicht mehr«, hörte ich ihn sagen. »Du warst doch immer gut in Form. Gehst du nicht mehr ins Fitness-Center?«

Er hatte recht, ich war lange nicht mehr dort gewesen.

Allmählich atmete ich langsamer.

»Ich wollte dir nur sagen ... ich meine ...«, nahm Steffen erneut das Gespräch auf, »also die Sache mit deiner Tante. Ich wollte dir mein Beileid aussprechen.«

»Ja, danke«, sagte ich und dachte gleichzeitig, wie das klingt: *mein Beileid aussprechen.* So förmlich, als wäre er irgendein entfernter Bekannter. Er hatte Tante Lucie doch gut gekannt.

»War sie krank?«, fragte Steffen.

»Sie hatte ein schwaches Herz, aber das haben ja viele. Es kam ganz plötzlich.«

Steffen machte eine Pause. »Und dann wollte ich fragen, ob Lena nicht mal Lust und Zeit hätte, mit mir etwas zu unternehmen.«

Am liebsten hätte ich geantwortet: *Zeit hat sie wahrscheinlich, aber ob sie auch Lust hat, weiß ich nicht.* Ich verkniff mir diesen Satz.

»Das musst du sie selber fragen«, sagte ich stattdessen.

»Gut, dann rufe ich sie mal auf ihrem Handy an.«

»Ja, mach das.«

Ich wollte das Gespräch beenden. Aber Steffen druckste herum.

»Beate ist jetzt im vierten Monat«, sagte er dann.

Ich spürte, wie ich wütend wurde. Musste er mir das erzählen? Wollte er mich quälen?

»Ja, dann hast du ja bald dein eigenes Kind«, fauchte ich ins Telefon. »Was willst du dann noch von Lena?«

»Julia, ich dachte, es wäre alles geklärt zwischen uns«, antwortete Steffen mit ruhiger Stimme. »Du musst dich endlich mit der Situation abfinden.« Verdammt, dass klang arrogant und herablassend. Julia, finde dich endlich damit ab, dass ich dich nicht mehr will. Benimm dich vernünftig, wie es unter normalen Menschen üblich ist.

Ich rastete aus. »Ihr Männer«, schrie ich, »ihr habt alle nur Angst vor dem Tod. Fangt etwas mit einer jungen Frau an, werdet Väter mit fünfzig oder sechzig und versucht damit, eure Angst zu verdrängen.«

»Zurzeit bin ich noch sechsundvierzig«, sagte Steffen. »Und was soll der Blödsinn von wegen Tod? Merkwürdige Küchenpsychologie. Ich bin kein Klient von dir. Hoffe nur, du redest in deiner Praxis nicht solchen Stuss.«

Das saß. Wieder fühlte ich mich von ihm herabgesetzt.

Ein Tastendruck beendete das Gespräch.

Ich ärgerte mich über mein eigenes Verhalten. Jetzt hatte ich ihm gezeigt, wie sehr ich verletzt war. Dabei würde ich so gern die abgeklärte, selbstständige Frau sein, die nichts aus der Bahn wirft. Bleib mal cool, würde Lena sagen. Doch ich schaffte es einfach nicht, cool zu bleiben, wenn ich mit Steffen sprach. Die vielen kleinen Sticheleien, sein herablassender Ton. Ich ertrug es nicht.

Jetzt hätte ich gern ein Glas Rotwein gehabt. Aber ich beherrschte mich. Doch womit konnte ich mich stattdessen trösten? Umgehend verließ ich die Wohnung, stieg ins Auto und fuhr zum Altonaer Bahnhof, weil ich wusste, dass es dort ein italienisches Eiscafé gab, das auch im November geöffnet hatte. Ich fuhr etwa dreimal im Kreis, dann fand ich endlich einen Parkplatz.

Anschließend machte ich mich auf den Weg zum Café. Dort bestellte ich mir nicht etwa einen riesigen Eisbecher, sondern eine große Portion Tiramisu. Meine Rolle um den

Bauch war mir in diesem Moment völlig egal. Ich ließ mir das Tiramisu auf der Zunge zergehen und erinnerte mich dabei an meine Kindheit.

Damals mit zwölf hatte ich in einer Eisdiele zum ersten Mal Tiramisu gegessen. Wir wohnten in Barmbek. Mein Vater hatte eine Lehre als Großhandelskaufmann gemacht und danach viele Jahre in seinem Lehrbetrieb gearbeitet. Später übernahm er einen Kiosk und arbeitete bis in den Abend hinein. Meine Mutter half ihm dabei, so gut es eben ging. Wir Kinder waren oft allein zu Haus. Dennoch erinnere ich mich an eine schöne Kindheit. Ich wusste, meine Eltern arbeiteten gleich um die Ecke, und wenn meine Mutter abends nach Hause kam, konnte ich ihr von meinen kleinen und großen Erlebnissen des Tages erzählen.

Ich erinnere mich, dass ich zwanzig Mark Taschengeld im Monat bekam und immer neidisch war, dass Christian zehn Mark mehr erhielt. Schließlich, so erklärten meine Eltern, sei er älter, und da brauche man mehr Taschengeld. Das leuchtete mir zwar überhaupt nicht ein, doch ich nahm es hin. Auf jeden Fall ging ich eines Tages mit einer Schulfreundin in eine italienische Eisdiele.

Ich liebte Erdbeereis über alles. Eine andere Sorte kam für mich nicht infrage. Doch an diesem Nachmittag gab es dort kein Erdbeereis. Während sich meine Freundin für Vanille und Schokolade entschied, weigerte ich mich, eine andere Sorte als Erdbeer zu probieren. Da zeigte mir der Kellner, dass sie auch noch weitere Angebote hatten. In einer sich drehenden Vitrine standen Torten, Gebäck und kleine Schälchen, deren Inhalt mit Schokoladenpulver bedeckt war.

»Was ist das?«, fragte ich.

»Das ist Tiramisu«, sagte der Kellner.

Der Name gefiel mir. Ich beschloss, ein Schälchen Tiramisu zu probieren. Es schmeckte herrlich.

Später ging ich oft in diese Eisdiele und fragte den Kellner, den wir Mädchen heimlich Mario nannten, ob sie wieder Tiramisu hätten, denn in der sich drehenden Vitrine konnte ich die kleinen Schälchen nicht entdecken. Mario war nun nicht mehr so nett wie am Anfang. Immer könnten sie das nicht herstellen, sagte er unfreundlich. Besonders an heißen Tagen müssten sie sich um das Eis kümmern. Ich solle doch wiederkommen, wenn es regnet und das Wetter weniger schön sei. Als es dann nach einer Woche endlich regnete, marschierte ich sofort zur Eisdiele.

Mario erklärte ich, dass es heute doch Tiramisu geben müsse, denn es würde ja regnen. Mario fuhr aus der Haut. Ob ich denn glauben würde, dass sie nichts Besseres zu tun hätten. Es müsse schon mehrere Tage regnen, ehe sie wieder Tiramisu machen würden. Ich verstand das nicht. Da hatte ich etwas entdeckt, das mir gut gefiel, und dann bekam ich es nicht.

Nachdem Mario mich so angefahren hatte, ging ich nicht mehr in die Eisdiele. Irgendwann fand ich eine andere, aber die bot kein Tiramisu an. Ein paar Jahre später entdeckte ich das italienische Dessert im Supermarkt. Aber es schmeckte nicht so gut wie das in der Barmbeker Eisdiele. Als ich sechzehn war, erzählte ich meiner Mutter, wofür ich mit zwölf gern die Hälfte meines Taschengeldes ausgegeben hätte. Sie schimpfte. Das hätte er dir nicht geben dürfen, da ist doch Alkohol drin. Das hätte ich aber nicht bemerkt, hielt ich dagegen.

Meine Eltern wollten unbedingt, dass Christian und ich studierten. Sie schickten uns auf ein Gymnasium, das einen guten Ruf hatte, und bezahlten jeden Nachhilfeunterricht, den wir benötigten. Christian bereitete ihnen größere Sorgen als ich. Kurz vor dem Abi spielte er mit dem Gedanken, die Schule hinzuschmeißen und eine Lehre zu beginnen. Er machte dann aber doch weiter. Und ich glaube, später war er froh darüber. Ich war immer eine Schülerin im Mittelfeld. Nicht die Beste, aber eben auch nicht sonderlich schlecht. In meiner Klasse wollten fast alle Mädchen Lehrerin werden. Das wollte ich auf keinen Fall. So einer Massenbewegung würde ich mich nicht anschließen. Ich nahm mir vor, meinen eigenen Weg zu gehen. Da ich bereits mit fünfzehn Jahren Bücher von Alfred Adler las – wundere mich heute selbst darüber –, nahm ich an, dass Psychologie das richtige Studienfach für mich sei. Ich wollte lernen, Menschen zu durchschauen, sie schnell einzuschätzen. Was für ein Irrglaube. Nein, Freud, Adler und wie ihr alle heißt, so geht das nicht. Eure Theorien in allen Ehren, aber geholfen haben sie mir nicht. Die eigene Lebenserfahrung, die hilft vielleicht. Aber nicht mal auf die kann man sich verlassen.

Allmählich nahm ich meine Umgebung wieder wahr.

»Ich hab Himbeer und Schokolade, ich hab Himbeer und Schokolade«, schrie ein kleiner Junge ständig. Ich sah auf und bemerkte, dass er einen anderen kleinen Jungen damit beeindrucken wollte.

Er machte mich nervös. »Du kannst jetzt aufhören«, fuhr ich ihn an. »Wir wissen es nun alle.«

Doch er schrie weiter. »Ich hab Himbeer und Schokolade.«

Zum Glück verließ der Kleine mit seiner Mutter das Eiscafé.

Das italienische Dessert aus Löffelbiskuit, Mascarpone, Eiern, Espresso, Amaretto und Kakaopulver schmeckte wirklich erstklassig. Kein Wunder, es war selbst gemacht, genau wie damals das Tiramisu in Barmbek. Und es tröstete mich, gab es mir doch für kurze Zeit die Geborgenheit meiner Kindheit zurück.

4

Am nächsten Morgen kam der Schock. Meine Waage zeigte ein Pfund mehr an. Lag das am Tiramisu? Es musste so sein. Also öfter durfte ich mir so etwas nicht erlauben. Mit dem Gedanken, jetzt ein Pfund schwerer zu sein, fuhr ich zur Praxis in Blankenese. Den freien Montag hatte ich aufgegeben. Ich konnte ihn mir nicht mehr leisten. Dank des Erbes von Tante Lucie hätte ich es jetzt wieder können, aber das wollte ich nicht. Das Erbe sollte für den Notfall bleiben. Keine Verschwendung – wer weiß, was noch kommen würde.

Meinen Wagen parkte ich wie immer oben in der Blankeneser Hauptstraße. Von dort sind es nur ein paar Treppenstufen bis zu meiner Praxis.

Vor dem Haus betrachtete ich mein Namensschild. *Julia Winkler-Böhm, psychologische Psychotherapeutin* stand darauf. Das ist meine offizielle Berufsbezeichnung, auch wenn sie etwas merkwürdig klingt. Ich nahm mir vor, ein neues Schild anfertigen zu lassen. Den Namen Böhm wollte ich entfernen. Es war Steffens Name.

Um zehn Uhr kam der kleine Andy. Er weinte, als er zum zehnten Mal erzählte, wie sehr er seinen Freund vermisse. Seinen Berichten zufolge saß er den ganzen Tag zu Hause und dachte an ihn. Er sei so fürsorglich und sensibel gewesen, schwärmte Andy, so einen Mann werde er nie wieder finden.

Na, ob der wirklich so super war?, fragte ich mich, oder hebt er ihn nun nachträglich in den Himmel? Erinnerungen verklären – und das umso mehr, wenn der Mensch nicht mehr lebt. Als Andy ging, überlegte ich, ob er vielleicht nur kam, um mir etwas vorzujammern. Ich konnte keinen Fortschritt bei ihm erkennen.

Gegen elf Uhr kam Hannes vorbei. Er hatte ein paar Tage frei. »Wollen wir in deiner Mittagspause unten an der Elbe zusammen etwas essen?«, fragte er.

»Oje«, sagte ich, »ich muss zurzeit etwas auf mein Gewicht achten.«

»Na komm«, meinte Hannes, »so schlimm kann das doch nicht sein. Ich kann kein Gramm zu viel an dir entdecken.«

»Charmanter Schwindler«, entgegnete ich und lächelte dabei. Ich dachte an das leckere Rotzungenfilet mit Parmesankruste, das sie in einem Restaurant am Strandweg anboten, und bekam sofort Appetit.

»Also gut«, meinte ich schließlich. »Ich bin dabei, aber wenn ich zunehme, bist du schuld.«

»Wer sonst?«, erwiderte Hannes schmunzelnd. »Ach, warum müssen Frauen immer über ihr Gewicht reden? Genießt doch einfach das Essen.«

Das hatte ich gestern bereits getan. Und das war nicht gut ausgegangen, wie mir die Waage heute Morgen mitteilte. Aber davon erzählte ich Hannes nichts. Ich wollte ihn nicht weiter mit meinen Gewichtsproblemen langweilen.

Später saßen wir gemeinsam am Strandweg, genossen unser frisch zubereitetes Fischgericht und sahen den Schiffen zu, die im Nebel an uns vorüberfuhren. Hannes trug wieder seinen Norwegerpullover. Ob er nicht wusste, dass der Trend zum Zweit- oder sogar Drittpullover ging? Aber ich sagte nichts. Das stand mir nicht zu. Es war nett, mit ihm zu plaudern. Und ich war froh, ihm sagen zu können, dass ich nun doch genügend Geld hatte, um die Miete für die Praxisräume zu zahlen.

Ich musste zurück in die Praxis. Um zwei Uhr kam Sascha von Poenitz. Wie kam er nur zu diesem Namen? Ich fragte ihn danach, als er eintraf.

»Ach«, meinte er, »mein Ururgroßvater kam aus einem Ort in Brandenburg, der so hieß. Er besaß ein Gut, das den gleichen Namen trug. Wahrscheinlich wurden einige Einwohner nach ihrer Herkunft benannt. Der stammt aus Poenitz, der ist von Poenitz – so ist der Name vermutlich entstanden. Heute heißt der Ort übrigens ganz anders.«

»Eine interessante Erklärung«, meinte ich und wartete darauf, dass Sascha Platz nahm.

»Wie geht es Ihnen?«, fragte ich.

»Wie soll es mir gehen?«, fragte er zurück. »Es ist genau wie beim letzten Mal, Sie kennen mein Problem ja bereits. Viel hat sich nicht geändert.«

»Viel nicht, aber einiges doch?«

»Ja, ich bin nun absolut entschlossen, mein Studium abzuschließen. Es wäre dumm, alles hinzuwerfen. Was bleibt, ist dieses merkwürdige Gefühl, dass ich nur Medizin studiert habe, um es meinem Vater recht zu machen.«

»Sie sind mit sich nicht zufrieden.«

»Es ist verdammt schwer, neben meinem Vater zu bestehen.«

»Empfinden Sie ihn als Konkurrenten?«

Sascha überlegte. »Ich weiß es nicht. Ich gönne ihm seinen Erfolg. Und er will ja, dass ich ebenfalls erfolgreich bin. Aber er möchte auch die Kontrolle über mich behalten. Manchmal weiß ich nicht, ob es ihm wirklich um mich geht oder ob er anderen zeigen will, was er aus seinem Sohn gemacht hat.«

»Sie mögen es nicht, wenn Ihr Vater stolz auf Sie ist?«

»Es ist dieser starke Druck, der auf mir lastet. Ich möchte nicht Chefarzt einer großen Klinik werden. Aber mein Vater erwartet das. Ich spüre es. Am liebsten würde er mir auch noch vorschreiben, welche Frau ich heiraten soll.«

»Und wie sollte die sein?«

»Standesgemäß natürlich, was immer er darunter versteht.«

Ich wagte mich vor. »Haben Sie eine Freundin, die Sie Ihrem Vater nicht so gern vorstellen möchten?«

Sascha lachte. »Im Moment nicht, aber natürlich gab es einige.« Dann seufzte er.

»Was ist?«, fragte ich.

»Ich denke gerade daran, dass ich mit Frauen meines Alters oder jünger nicht viel anfangen kann.«

»Warum nicht?«

»Sie verstehen mich einfach nicht.«

Abhängigkeit macht unglücklich, überlegte ich, nachdem Sascha von Poenitz gegangen war. Er wusste genau, worunter er litt, konnte aber nichts dagegen unternehmen. Ich wusste auch, worunter ich litt, und konnte nichts dagegen unternehmen. Ich musste mich endlich von Steffen lösen.

Anne und ich hatten uns im Fitness-Center verabredet. Wir trainierten ein bisschen und beschlossen dann, in die Sauna zu gehen. Ich kann mich wunderbar in der Sauna entspannen. Es stört mich nicht, wenn andere sich in den Saunaräumen unterhalten. Ich höre immer gespannt zu, denn manchmal sprechen sie über ihre Beziehungsprobleme. Die haben Sorgen, denke ich dann, was für ein Glück, dass du nichts dazu sagen musst. Heute waren Anne und ich es, die über Beziehungsprobleme sprachen. Die anderen in der Sauna gaben sich desinteressiert. Und uns war es egal. Wir sprachen leise, denn es gibt immer Besucher, die auf absolute Ruhe pochen.

Anne regte sich über Jörg auf. »Wir unternehmen nichts mehr miteinander, jedenfalls kaum. Seine Software-Entwicklung killt noch mal unsere Ehe.«

»Das ist ja schlimmer als eine Affäre«, bemerkte ich.

»So was habe ich auch schon mal gedacht. Gegen eine Frau kann man kämpfen, aber nicht gegen ein Computerprogramm.«

»Meinst du, ich hätte um Steffen kämpfen sollen?«

»Bei dir liegt der Fall anders. Ich meine, kämpfen sollte man, wenn es sich um eine Affäre handelt. Aber dein Mann macht ja gleich auf Liebe und neue Familie. Da kannst du gar nichts machen.«

Wir absolvierten unsere üblichen drei Saunagänge und beschlossen danach, an die Bar des Fitness-Centers zu gehen. Wir bestellten zwei Smoothies. Ich fragte die Bedienung, ob sie auch welche auf Gemüsebasis hätten, in den Obst-Smoothies sei zu viel Fruchtzucker.

»Was ist denn mit dir los? Nicht mal Fruchtzucker heute?«, fragte Anne.

Ich gestand ihr meine Tiramisu-Attacke vom Vortag.

Anne amüsierte sich. »Wenn es dir gutgetan hat … Ab und zu sollte man sich was gönnen.«

»Ich hoffe, ab und zu verwandelt sich nicht in immer öfter«, gab ich zu bedenken.

Weil ich nicht ständig über Steffen sprechen wollte, erzählte ich ihr von Sascha von Poenitz, natürlich ohne seinen Namen zu nennen. »Der sieht unverschämt gut aus. Und beim letzten Mal hat er erwähnt, dass er nichts mit jüngeren Frauen anfangen kann.«

»Na dann«, schlug Anne vor, »nichts wie ran an den Mann.«

Wir kicherten wie Teenager.

»Der ist erst neunundzwanzig«, klärte ich sie auf.

»Hm, das ist in der Tat ein bisschen jung. Obwohl, nun ja, wäre es umgekehrt, ich meine, wenn der Mann dreizehn Jahre älter ist als die Frau, dann ist das ganz normal.«

Mit dem Wort normal bin ich ein bisschen vorsichtig. »Normal ist es auch umgekehrt«, verbesserte ich sie. »Es ist einfach nicht so üblich.«

»So weit, so gut, sagte Anne. »Hauptsache, der Mann sieht gut aus und ist interessant.«

Wir kicherten wieder wie junge Mädchen.

Am nächsten Wochenende fuhr ich in die Stadt, um mich mit Christian zu treffen. Er hatte Geburtstag gehabt und ich wollte ihm mein Geschenk übergeben. Wir verabredeten uns in einem Café in der Nähe des Jungfernstiegs. Da mein Bruder am anderen Ende der Stadt wohnte, sahen wir uns nicht oft. Was uns beiden nicht allzu viel ausmachte. Aber ein Geburtstag war in unserer Familie stets etwas Besonderes. Da gehörte es sich einfach, dass man ein bisschen zusammensaß, um auf das neue Lebensjahr anzustoßen, und sei es nur mit Kaffee oder Mineralwasser.

Ich betrat das Café in der Innenstadt. Christian war schon da. Wir umarmten uns. Er bestellte einen Latte macchiato und ich einen Cappuccino. Die Kellnerin zählte die Kuchenauswahl auf.

Ich lehnte ab. »Nein danke, keinen Kuchen.«

Christians Wahl fiel auf ein Käsesahnestück. »Immer noch Figurprobleme?«, fragte er.

Ich rührte in meinem Cappuccino herum. »Es geht so.«

Ich machte mich darauf gefasst, dass er mich nach Steffen fragte. Jetzt hatte er ja Gelegenheit, sich darüber auszulassen, was mir passiert war. Aber nichts dergleichen geschah.

»Wie läuft es bei dir? Bringt dir deine Arbeit noch Spaß?«

»Mal mehr, mal weniger. Und bei dir?«, fragte ich zurück.

»Ja«, sagte Christian, »die Arbeit bringt Spaß.«

Unsere Unterhaltung verlief weiterhin ziemlich einsilbig.

»Kann es sein, dass du in letzter Zeit etwas ruhiger geworden bist?«, fragte ich ihn schließlich.

»Kann schon sein, ich mache mir Gedanken.«

»Du machst dir Gedanken? Worüber denn?«

»Hm, das ist mein Geheimnis.« Christian grinste.

»Nun sag schon, Brüderchen«, forderte ich ihn auf.

Brüderchen, so hatte ich ihn früher immer genannt, wenn wir vertraute Augenblicke hatten oder wenn es ein gemeinsames Geheimnis gab, das wir vor unseren Eltern verbergen wollten.

Christian senkte den Blick. »Ich weiß nicht, ob ich dir das sagen soll.«

»Du weißt, ich bin Therapeutin, mir ist nichts Menschliches fremd.«

»Das ist es ja.«

Meine Neugierde wurde immer größer. »Nun mach es nicht so spannend.«

Christian druckste noch ein Weilchen herum, ehe er mit der Sprache herausrückte. »Ich habe mich verliebt«, gestand er.

»Nein, das gibt es nicht«, entfuhr es mir. »Du und verliebt, ausgerechnet du.«

»Ja, ausgerechnet ich. Ich finde auch, dass es nicht zu mir passt.«

»Freu dich, das ist doch schön.«

Mein Bruder und verliebt, dachte ich. Es gibt also noch Wunder.

»Es ist nicht so einfach.«

»Ist es einseitig?«

»Nein, das nicht«, meinte Christian. »Es ist toll. Sie mag mich sehr, ich sie auch. Aber manchmal möchte ich davonlaufen.«

»Aha«, sagte ich und fiel augenblicklich in die Therapeutinnen-Rolle. »Es ist dir zu viel.«

»Ja, weniger wäre auch genug. Natürlich schlafen wir miteinander. Das ist immer sehr schön. Sie spricht häufig von unserer gemeinsamen Zukunft. So weit bin ich aber noch nicht. Es ist mir zu eng, manchmal habe ich das Gefühl, ich kann in ihrer Nähe nicht atmen. Verlieren möchte ich sie aber auch nicht.«

Die berühmte Nähe-Distanz-Balance stimmt hier nicht, dachte ich. Doch ich beherrschte mich und verlor kein Wort darüber. Es kam nicht so oft vor, dass sich mein Bruder öffnete. Ein falsches Wort und Christian verschloss sich wieder. »Was willst du tun?«, fragte ich.

»Du rätst mir sicher, mit ihr zu sprechen.«

»Ich rate dir gar nichts, ich bin deine Schwester und nicht deine Therapeutin.«

»Aber als Schwester könntest du mir einen Rat geben.«

»Seit mir Anne mal gesagt hat, Ratschläge sind auch Schläge, habe ich davon Abstand genommen«, sagte ich und versuchte dabei möglichst professionell zu wirken.

Christian schwieg.

»Wer ist sie eigentlich?«

»Du kennst sie nicht.«

»Das habe ich mir gedacht.«

»Sie ist eine Kollegin von mir, sie ist neu in der Firma. Die anderen wissen bereits, dass wir ein Paar sind.«

»Ist das in Ordnung für die Kollegen?«

»Na, geredet wird immer. Aber es ist jetzt nicht so, dass einer von uns kündigen muss.«

Das ist erstaunlich, überlegte ich. Mein Bruder erzählt von seinem Liebesleben. Das hat er noch nie getan. Nur einmal, vor etlichen Jahren, da habe ich ihn gefragt, ob seine Frau auch seine erste Frau war. Die Frage war ihm damals peinlich und er wiegelte zunächst ab. »Ja, war sie«, meinte er schließlich und grinste dabei.

»Ich mag Simone sehr«, fuhr Christian fort, »und trotzdem möchte ich weglaufen. Das ist doch verrückt.«

Ich rollte das Ende der Tischdecke von unten auf. »Ach, Simone heißt sie.«

Ich hätte gern mit seiner neuen Freundin gesprochen. Lassen Sie ihm Zeit. Drängen Sie ihn nicht. Er gehört zu den Männern, die starke Bindungsängste haben. All das hätte ich ihr gern gesagt. Aber das ging natürlich nicht.

»Du bist erwachsen«, sagte ich stattdessen. »Du musst wissen, was du willst …«

»Vielen Dank, Schwesterchen, du bist mir eine große Hilfe.«

»Dass du mich jemals um Rat fragst, hätte ich nicht erwartet.«

»Ja, darüber wundere ich mich auch«, sagte Christian, »aber es ist mir ernst mit Simone. Und die Situation belastet mich.«

Auf dem Nachhauseweg fiel mir ein, dass mein Bruder heute mal nicht über Geld und Aktien gesprochen hatte. Das war ungewöhnlich. Diese Simone musste ihm wirklich viel bedeuten.

Als ich unsere Wohnung betrat, dröhnte laute Musik aus Lenas Zimmer. Bestimmt war Selina zu Besuch. Ich ging in Lenas Zimmer, um den beiden zu sagen, dass sie die Musik leiser stellen sollten.

Doch es war nicht Selina, die im Zimmer hockte. Ich entdeckte Lena und einen dunkelhaarigen Jungen, den ich nicht kannte. Sie saßen eng aneinandergekuschelt auf dem Sofa und fuhren jetzt erschrocken auseinander.

»Mama!«, rief Lena empört. »Kannst du nicht anklopfen?«

Sie fuhr sich verlegen durch die Haare.

»Ach so«, sagte ich, »du hast Besuch.«

»Wie du siehst.«

»Könntet ihr die Musik bitte auf Zimmerlautstärke stellen?«

»Ja, können wir machen. Mama, das ist übrigens Berkan.«

»Hallo Berkan«, sagte ich so beiläufig wie möglich.

»Guten Abend«, sagte der dunkelhaarige Junge, den ich nicht kannte.

Ich verschwand, so schnell es ging. Puh, war das nun der erste Freund meiner Tochter? Was war heute bloß los? Alle liebten einander. Nur mich liebte keiner mehr.

5

Die Adventszeit kam. Und mit ihr kamen die unzähligen Weihnachtsmärkte, die Lichter in den Straßen und das rege Treiben in den Geschäften. Es schneite sogar. Doch der Schnee verwandelte sich schnell in Matsch. Wenn es in Hamburg am Vormittag schneite, taute die leichte Schneeschicht, die die Stadt bedeckte, bereits am Nachmittag wieder. So hatte ich es jedenfalls in den letzten Jahren erlebt. Und an den Weihnachtstagen war es meistens sehr mild, keine Spur von weißen Flocken weit und breit. Schnee an Heiligabend hatten wir zuletzt vor sechs Jahren gehabt, daran erinnerte ich mich genau, weil Steffen damals mit Lena einen Schneemann baute. Es bereitete beiden großen Spaß.

»Ich habe fast alle Geschenke beisammen«, verriet Anne.

So viele Leute hat sie doch nicht zu beschenken, dachte ich. Dann fiel es mir wieder ein. Anne hatte zwei Schwestern, Neffen und Nichten und einen Cousin. Die wohnten alle nicht in Hamburg, deshalb sahen sie sich nicht oft. Weihnachten fuhr sie meistens mit Jörg nach Köln, dort wohnte ihre Lieblingsschwester, die einen Sohn und eine Tochter hatte. Lena und ich wollten das Weihnachtsfest wie abgesprochen bei meiner Mutter verbringen. Hoffentlich hat Lena inzwischen nicht andere Pläne, überlegte ich. Sie hatte ja Berkan kennengelernt.

Es stellte sich heraus, dass Berkan zwanzig Jahre alt war, im ersten Semester Maschinenbau studierte und in Berlin lebte.

»Wo hast du ihn kennengelernt?«, fragte ich Lena.

»Auf einer Party bei Selina. Er kommt öfter nach Hamburg, weil ein Onkel von ihm hier wohnt.«

»Berkan kommt aus der Türkei?«

»Er ist hier geboren, seine Eltern kommen aus der Türkei. Die wohnen in Berlin, deshalb studiert er da. Er kann sich kein Zimmer in einer anderen Stadt leisten.«

»Ja, sicher, warum sollte er nicht bei seinen Eltern wohnen?«

Lena schien ein feines Gespür zu haben. »Übrigens«, begann sie zu erklären, »manche Türken feiern auch Weihnachten. Seine Eltern haben das gemacht, solange sein Bruder und er klein waren. Na, du weißt schon, alle in der Klasse kriegen Geschenke und so, da haben sie mitgespielt. Aber jetzt feiern sie nicht mehr.«

»Es bleibt also dabei, wir fahren nach Travemünde?«

»Na klar, Weihnachten sind wir in Travemünde«, versprach Lena, und ich war beruhigt.

»Aber nächstes Wochenende fahre ich nach Berlin.«

»Nach Berlin?«

»Ja, du hast richtig gehört«, sagte Lena, »nach Berlin. Ich wohne bei einer Cousine von Berkan. Bei ihm geht das nicht, seine Eltern sind da etwas komisch.«

»Kann ich mir vorstellen, dass sie dafür nicht so offen sind.«

»Ja, so könnte man es auch nennen«, meinte Lena.

Musst du nicht fürs Abi lernen?, hätte ich am liebsten gefragt. Doch das wäre jetzt der falsche Spruch gewesen. Das war mir klar.

Ich fuhr zur Arbeit nach Blankenese. Auf dem Terminkalender stand Sascha von Poenitz. Er strahlte mich an, als er mir zur Begrüßung die Hand gab.

»Na, Sie scheinen heute ja besonders gute Laune zu haben.«

»Schlechte Laune hilft auch nicht weiter«, meinte er trocken.

»Gibt es einen Grund dafür?«, fragte ich.

»Mal sehen«, sagte Sascha.

Ich musste an das Gespräch mit Anne im Fitness-Center denken und wurde ein wenig verlegen.

Sascha hatte mit seinem Vater gesprochen. »Er hat mir mal wieder Anweisungen gegeben, wie ich mein Leben führen soll.«

»Und Sie haben ihm nicht widersprochen.«

»Doch, hin und wieder schon, aber er nimmt mich nicht ernst.«

Den Rest der Stunde erzählte Sascha von seiner Kindheit. Dabei kam auch zur Sprache, wie sehr ihn das Verhalten seiner Mutter verletzt hatte.

Dann sagte ich den Satz, den die meisten Klienten nicht gern hören, wenn sie beim Erzählen gerade an einem für sie wichtigen Punkt angelangt sind: »Die Zeit ist leider um.«

»Ja, natürlich, das vergeht immer so schnell, ich habe gar nicht auf die Uhr gesehen«, sagte Sascha.

Ich holte meinen Terminkalender, der auf dem Schreibtisch lag, und blätterte darin herum.

Sascha war aufgestanden und blickte mir über die Schulter.

»Wie wäre es«, sagte er dann, »wenn wir den nächsten Termin an einen anderen Ort verlegen?«

Ich drehte mich um. »Wie? Wie meinen Sie das?«

»Nun, ich meine«, sagte Sascha und sah mir dabei fest in die Augen, »wir könnten vielleicht essen gehen. In einer anderen Umgebung fällt es mir bestimmt leichter, über das ein oder andere zu sprechen.«

Ich war verblüfft, fing mich aber schnell wieder.

»Das geht nicht, Herr von Poenitz«, sagte ich. »Die Termine müssen bei mir in der Praxis stattfinden. Alles andere wäre zu persönlich.«

»Und persönlich mögen Sie nicht?«

»Schon, aber Sie sind mein Klient und nicht mein Tennispartner.«

»Sie spielen Tennis?«

»Das war nur ein Beispiel, und Sie wissen, wie ich das meine.«

»So, weiß ich das? Also gut, wann ist dann mein nächster Termin bei Ihnen in der Praxis?«

Ich gab ihm einen Termin im neuen Jahr und er verabschiedete sich höflich. Ich hatte nicht lange Zeit, über sein Verhalten nachzugrübeln, denn draußen wartete bereits der nächste Klient.

Am Abend rief ich Anne an. »Du, stell dir vor, der von Poenitz wollte sich mit mir zum Essen verabreden.« In der Aufregung nannte ich seinen Namen.

»Du meinst den Studenten, der so gut aussieht?«, fragte Anne.

»Genau der.«

»Das ist ein Witz«, erwiderte Anne

»Es kein Witz. Wir hätten neulich keine Scherze machen sollen.«

»Nee, erzähl mal, wie hat er dich gefragt?«

»Er wollte den nächsten Termin in ein Restaurant verlegen, in einer anderen Umgebung wäre er entspannter.«

»Und dann redet ihr ganz entspannt über seine Probleme. Wäre ja ein unterhaltsamer Abend für dich.«

»Na, ich denke, er hat das schon anders gemeint.«

»Ja, weiß ich doch«, sagte Anne, »aber was denkt der sich denn?«

»Ich habe ihm noch einen neuen Termin gegeben. Allerdings wird die Atmosphäre zwischen uns jetzt ein wenig merkwürdig sein.«

»Also nichts mit entspannt«, bemerkte Anne, »aber warte mal ab. Vielleicht wird ihm in der Zwischenzeit bewusst, wie unmöglich das war.«

»Na, hoffentlich.«

Ich verabredete mich mit Anne für den nächsten Tag zu einem Bummel über den Weihnachtsmarkt am Rathaus.

»Lass uns einen Glühwein trinken und alle komplizierten Männer dieser Welt vergessen«, schlug Anne am Schluss vor.

Ja, wenn das so einfach wäre, dachte ich, nachdem wir das Telefongespräch beendet hatten.

6

Wir verbrachten ein ruhiges Weihnachtsfest bei meiner Mutter in Travemünde. Am zweiten Weihnachtstag fuhren wir zurück nach Hamburg. Ich wäre gern noch länger geblieben, doch Lena hatte sich mit einigen Freundinnen verabredet und drängte darauf, nach Hamburg zurückzukehren.

Anne war noch immer in Köln und ich saß nun allein zu Hause.

Ich nahm ein Buch in die Hand, legte es wieder hin, schaltete den Fernseher ein und aus und lief ohne Ziel durch die Wohnung. Schließlich fuhr ich zu dem Eiscafé in Altona, um mich mit einer Portion Tiramisu zu trösten. Es war ja Weihnachten, und da durfte man ein bisschen sündigen. Außerdem hatte ich mit meiner Mutter lange Spaziergänge an der Ostsee unternommen. Das bedeutete Kalorienverbrauch.

Leider war das Café geschlossen. Das hätte ich mir auch denken können, überlegte ich hinterher. Jetzt war ich doppelt deprimiert.

Die Tage bis Silvester schlichen unendlich langsam dahin. Lena wollte mit Berkan und ihrer Clique ins neue Jahr feiern. Da würde ich in dieser Nacht allein zu Hause sitzen.

Endlich kam Anne aus Köln zurück. »Ich feiere Silvester bei einer Kollegin, willst du nicht mitkommen?«, bot sie mir an.

»Meinst du, das geht? Ich kenne sie doch gar nicht.«

»Natürlich geht das, also hör mal.«

»Ich habe keine Lust, mit glücklichen Paaren zu feiern. Das ertrag ich nicht.«

»Du wirst dich wundern«, meinte Anne, und sie sollte recht behalten.

Annes Kollegin hieß Jessica, war Ende dreißig und seit ein paar Monaten geschieden. Ganz gleich, mit wem ich mich am Silvesterabend unterhielt, alle schienen in irgendeiner Weise frisch getrennt zu sein. Anne und Jörg waren das einzige Paar auf der Party.

»Hier passe ich ja gut hin«, sagte ich zu Anne.

»Hab ich dir das nicht gesagt?«

»Woher kennt sie die ganzen Leute?«

»Aus dem Internet, sie hat einen Aufruf gestartet. So nach dem Motto *Wer macht mit bei der Trennungs-Silvester-Party?* Also nicht ganz so platt, aber so ähnlich. Die meisten haben sich vorher schon mal getroffen, damit sie wussten, wer da so kommt.«

»Was es alles gibt«, staunte ich. »Zu diesem Motto passe ich ja hervorragend.«

»Eben«, sagte Anne. »Und ich genau genommen nicht. Aber Jessica hat mir davon erzählt und meinte, ich solle doch kommen und Jörg mitbringen. Allemal besser, als mit ihm zu Hause auf dem Sofa zu sitzen.«

Jessica wohnte im vierten Stock. Direkt vor ihrer Wohnung befand sich an der Decke eine Luke, durch die wir kurz vor Mitternacht aufs Dach stiegen. Der Schornstein wurde mithilfe einer Holzplatte zur Bar umfunktioniert. Dort standen Sekt und Gläser bereit, damit wir um Mitternacht auf das neue Jahr anstoßen konnten.

Jörg kam nicht mit aufs Dach, er musste auf seine Festplatte aufpassen, die er in einer Aktentasche mitgebracht hatte.

Die letzten Sekunden des alten Jahres zählten wir mit. Wir umarmten uns, prosteten uns zu, stießen an und wünschten uns alles Gute. Das Feuerwerk bestaunten wir aus nächster Nähe, ohne dass es uns etwas anhaben konnte. Ein schönes Erlebnis, obwohl ich von der Silvesterknallerei im Allgemeinen nicht viel hielt. Aber ich hatte bisher auch noch kein Feuerwerk vom Dach aus betrachtet.

Ein neues Jahr begann. Was mich wohl alles erwartete? Hoffentlich wurde es ein gutes Jahr, ein besseres als das alte.

Der Januar war da und mit ihm begann der Alltag. Mein erster Klient im neuen Jahr war der kleine Andy. Er hatte etwas Neues zu berichten.

»Ich werde ab Mitte Januar wieder arbeiten. Als Verkäufer in einem Lederwarengeschäft in St. Pauli. Wissen Sie, ich habe ja Einzelhandelskaufmann gelernt.«

»Das kommt aber plötzlich«, sagte ich und mir fiel auf, dass sich mein Satz nicht gerade motivierend anhörte.

Meine Bemerkung störte Andy nicht. Er gab sich euphorisch. »Endlich wieder unter Leute kommen, das ist gut.«

»Bestimmt ist das gut.«

Seine gehobene Stimmung hielt die gesamte Sitzung über an. Als er ging, hoffte ich, dass er diese Chance nutzen würde. Er war es ja nicht mehr gewohnt, einer geregelten Arbeit nachzugehen.

Die Tage krochen so dahin. Morgens fühlte ich mich zerschlagen und wollte nicht aufstehen. Und am Abend fürchtete ich mich davor, ins Bett zu gehen, weil ich mich stundenlang hin und her wälzte, bevor ich einschlief. Mein Gedankenkarussell war zurückgekehrt, es kreiste und kreiste, und dieses Kreisen nahm kein Ende.

Am nächsten Morgen fing alles von vorn an. Ich konnte es kaum ertragen, wenn Klienten, meistens waren es Klientinnen, von ihren Beziehungsproblemen berichteten. Am liebsten hätte ich laut losgeschrien: *Ich halte das nicht mehr aus! Was glaubt ihr, was ich durchmache? Sucht euch eine andere Therapeutin!*

Doch ich blieb ruhig, stellte Fragen, versuchte zuzuhören und Denkanstöße zu geben und hoffte, dass keiner merkte, wie schwer mir das fiel.

Mitte Januar kam Sascha von Poenitz zum vierten Mal in die Praxis. Wir waren beide befangen, als wir uns begrüßten.

»Sind Sie gut ins neue Jahr gekommen?«, fragte ich, um die Atmosphäre etwas aufzulockern.

»Ja, bin ich, aber Weihnachten mit meinem Vater war furchtbar. Wir haben kaum miteinander geredet. Unsere Haushälterin hat Heiligabend das Essen zubereitet und ist gegangen. Wir saßen dann da und konnten nichts miteinander anfangen. Nur eben die üblichen Fragen.«

»Welche Fragen?«

»Nun, wie ich mir die Zukunft vorstelle, welche Pläne ich habe. Dieses Abtasten, ob sein Sohn auch das erreichen wird, was er sich vorstellt.«

Die Spannung zwischen Sascha und mir löste sich. Ich hatte meine Rolle als Therapeutin im Griff und er schien sich damit abgefunden zu haben, dass er lediglich mein Klient war.

Doch ich täuschte mich. Völlig unerwartet fragte Sascha: »Warum wollen Sie nicht mit mir essen gehen?«

»Das habe ich Ihnen bereits erklärt.«

»Ja, das haben Sie, aber ich verstehe es nicht. Es würde mir viel bedeuten, Sie näher kennenzulernen.«

»Jetzt hören Sie aber auf!«

»Geben Sie mir eine Antwort, die ich nachvollziehen kann.«

»Ich muss mich nicht rechtfertigen«, sagte ich und bemerkte, dass ich in die Defensive geriet.

»Nein, das müssen Sie nicht. Gehen Sie einfach mit mir essen.«

Jetzt hatte ich genug. »Herr von Poenitz, es reicht. Wenn Sie nicht hinnehmen können, dass ich mich nicht privat mit Ihnen treffe, muss ich die Therapie abbrechen.«

»Das wäre sehr schade«, bemerkte Sascha von Poenitz.

So kam ich nicht weiter. »Ich denke, wir brechen sie wirklich ab«, sagte ich entschlossen und legte meinen Notizblock aus der Hand.

Sascha von Poenitz blieb sitzen. »Sie wollen mich rauswerfen?«

»Ich werfe Sie nicht raus, ich breche die Therapie ab. Es ist besser, wenn Sie sich eine andere Therapeutin suchen, vielleicht ja auch einen Therapeuten.«

»Das geht nicht«, sagte Sascha. »Ein Mann würde mich zu sehr an meinen Vater erinnern.«

»Mag sein, aber es ist besser, wenn Sie jetzt gehen. Der Krankenkasse können Sie ja mitteilen, die Chemie hätte nicht gestimmt.«

»Das wäre gelogen«, widersprach Sascha.

»Das lässt sich alles regeln.«

Widerwillig erhob er sich, sah mich noch einmal kurz an und verließ wortlos den Raum.

Als er gegangen war, atmete ich tief durch. Was bildete sich dieser Kerl eigentlich ein?

Ich konnte es gar nicht abwarten, Anne davon zu erzählen. Am späten Nachmittag rief ich sie an.

»Der hat den Schuss wohl nicht gehört«, sagte sie. »Du hast ihm doch neulich schon gesagt, was Sache ist.«

»Das verstehe ich auch nicht.«

»Und du hast ihn rausgeworfen?«

»Na ja, was heißt rausgeworfen? Ich habe die Therapie für beendet erklärt.«

»Der wollte dich angraben, ist ja interessant«, kicherte Anne.

»Keine Ahnung, was der in mir sieht. Vielleicht seine Mutter.«

»Nun hör aber auf«, meinte Anne, »schließlich bist du immer noch eine attraktive Frau.«

»Vielen Dank, aber ich fühle mich im Augenblick überhaupt nicht so.«

»Er sieht dich eben mit anderen Augen.«

»Kann sein, aber so geht das nicht.«

»Nee, versteh schon. Ist wohl besser so.«

»Den sehe ich nie wieder«, sagte ich am Schluss des Gesprächs zu Anne.

Ich täuschte mich erneut.

Ich verabschiedete mich gerade von einem Klienten, als Hannes bei mir klingelte. »Hast du einen Moment Zeit?«, fragte er.

»Mein nächster Klient kommt in zehn Minuten.«

»Dann mache ich es kurz. Ich habe zwei Karten für die Elbphilharmonie. Hast du Lust, am Sonnabend mit mir dahin zu gehen?«

»Ich dachte, für die nächsten Monate ist alles ausverkauft. So steht es jedenfalls in den Zeitungen.«

»Gewusst, wie. Für manche Leute gibt es eben doch Karten.«

Ich fragte nicht einmal, was sie spielen würden. Ich hörte nur Elbphilharmonie. Das wirkte Wunder, da musste ich zugreifen.

»Ich würde mich freuen. Treffen wir uns dort?«

»Ach was, meinte Hannes, »ich hole dich natürlich ab. Deine Wohnung liegt ja sozusagen auf dem Weg.«

Hannes nannte eine Uhrzeit. Und ich freute mich. Am Sonnabend saß ich diesmal nicht allein zu Haus. Ein Mann holte mich zu einem Konzert ab, und ich lernte die viel gepriesene Akustik der Elbphilharmonie kennen.

Nach dem Konzert besuchten wir eine Hotelbar und unterhielten uns über das, was wir gerade erlebt hatten. Hannes begeisterte sich für das Orchester. »Die Streicher waren hervorragend«, schwärmte er.

»Und die Akustik ist tatsächlich einmalig«, warf ich ein. »Sie ist schon etwas Besonderes, unsere Elphi.«

»Höre ich da einen gewissen Stolz heraus?«, fragte Hannes.

»Ich kann es nicht leugnen, obwohl, nun ja, sie hat ja viele Millionen gekostet. Was hätte man damit alles machen können?«

»Ja, uns hat man nicht gefragt.«

Diesmal hatte Hannes sich in Schale geworfen. Zum dunkelblauen Anzug trug er ein weißes Hemd und eine dezente Krawatte. Ich hatte mich für diesen Abend in ein bordeauxfarbenes Kleid mit leicht gewagtem Dekolleté gezwängt.

»Gut siehst du aus«, lobte ich ihn.

»Du aber auch«, erwiderte er das Kompliment. »Rot steht dir bestens.«

Soso, für ihn war mein Kleid einfach nur rot, und es stand mir bestens. Was für ein Ausdruck. Nun gut, von modischen Details verstand er nicht viel. Die Hauptsache war, dass er nicht meine Rolle am Bauch entdeckte, die sich durch das eng anliegende Kleid deutlich abzeichnete. Eigentlich wusste ich nicht viel über Hannes. Ich wusste etwas über seine Familiengeschichte, dass er den Kanal rauf- und runterfuhr, gern Norwegerpullover trug und vor einigen Jahren seine Frau verloren hatte. Wie stellte er sich sein weiteres Leben vor?

Ich fragte ihn, ob er sich nicht irgendwann wieder binden wolle. Hannes war überrascht. Diese Frage hatte er anscheinend nicht erwartet.

»Binden, wie das klingt«, antwortete er. »Ich stelle mir bei diesem Wort immer vor, dass einem ein Seil umgelegt wird, mit dem man an einen anderen gebunden wird.«

»Ja, dieses Bild wirkt eher abschreckend«, sagte ich.

»Aber ich weiß ja, was du meinst. Ich suche nicht auf Biegen und Brechen eine Beziehung. Wenn es sich ergeben sollte, warum nicht? Ja, vielleicht binde ich mich dann sogar, aber bitte ohne Seil.«

Nun hatte ich wieder etwas mehr über ihn erfahren. Den Rest des Abends plätscherte unser Gespräch so dahin. Wir vermieden beide, persönliche Fragen zu stellen.

Irgendwann bezahlte Hannes die Cocktails und brachte mich nach Hause. Das war wirklich ein schöner Abend, dachte ich, als ich im Bett lag. Endlich hatte mich mal wieder ein Mann ausgeführt, auch wenn es nur ein guter Freund war.

Es war kurz nach zwölf. Ich hatte mir einen Salat in die Praxis mitgebracht. Das war mein Mittagessen. Als ich einen Teller aus dem Schrank nahm, klingelte es an der Tür. Sofort fiel mir Hannes ein. Hatte er wieder frei?

Ich öffnete die Tür und vor mir stand ein Mann in Jeans und Lederjacke, der mir den Rücken zuwandte. Langsam drehte er sich um und ich erkannte Sascha von Poenitz, der einen bunten Blumenstrauß in der Hand hielt.

»Darf ich reinkommen?«, fragte er.

Ich zögerte. »Was ist denn?«

»Ich möchte mich bei Ihnen entschuldigen. Ich bin Ihnen wohl etwas zu nahe getreten. – Darf ich reinkommen?«, fragte er noch einmal.

»Das möchte ich nicht.«

»Bitte nehmen Sie wenigstens den Blumenstrauß. Es tut mir wirklich leid.«

Zum Glück sind es keine roten Rosen, dachte ich und beschloss, auf Distanz zu bleiben.

»Ich will keine Blumen«, sagte ich.

»Aber ich bin jetzt kein Klient mehr, da könnten Sie den Strauß doch annehmen. Außerdem braucht er dringend Wasser. Haben Sie eine Vase?«

Ich nahm ihm den Strauß aus der Hand. »Geben Sie schon her. Sie sind wirklich unmöglich.«

»Wer? Ich oder die Blumen?«

»Sie natürlich. Das ist unmöglich, dass Sie hier noch mal aufkreuzen.«

»Finden Sie?«

»Ja, das finde ich.«

Ich ließ Sascha vor der Tür stehen und suchte in der Küche nach einem Gefäß für die Blumen. Schließlich legte ich sie in die Spüle.

»Und?«, rief er mir nach.

»Und was?«, fragte ich.

»Verzeihen Sie mir?«

Ich kehrte zur Tür zurück. »Gut, ich verzeihe Ihnen, aber bitte gehen Sie jetzt.«

»Werde ich Sie je wiedersehen?«

Lena wäre stolz auf mich gewesen. Ich blieb cool. »Wer weiß? Sie kennen doch den Spruch, man sieht sich immer zweimal im Leben.«

»Oder auch mehrmals, das würde mir gefallen.«

Sascha ging ein paar Schritte. Dann drehte er sich noch einmal um. »Also, bis irgendwann«, sagte er zum Abschied.

Ich blieb noch einen Augenblick an der Tür stehen und sah ihm nach. Eigentlich schade, dass er mein Klient war, dachte ich.

7

In mühseliger Kleinarbeit räumte ich am Wochenende und manchmal auch am Abend in Tante Lucies Haus die Schränke aus. Was sollten wir mit ihrem Porzellan machen? Gab es noch wichtige Papiere? Was war wertvoll und was nicht? In einer Schachtel befanden sich Fotos. Entsorge sie, wenn ich gestorben bin, hatte Tante Lucie vor Jahren einmal gesagt, die interessieren doch niemanden mehr.

Ich sah sie mir an. Einige interessierten mich schon. Ich betrachtete ein Bild, auf dem Christian und ich noch Kinder waren. Wir saßen nebeneinander auf einer Schaukel. Und Christian hatte den Arm um mich gelegt. Ich war vielleicht sechs und mein Bruder neun Jahre alt. Ich konnte mich nicht mehr daran erinnern, wann dieses Foto aufgenommen wurde.

Auf einem Bild war Tante Lucie mit ihrem Mann Heinz zu sehen. Ihm hatte sie ihren Wohlstand zu verdanken. Er stammte aus einer wohlhabenden Familie. Onkel Heinz redete immer davon, dass er Geschäftsmann sei.

Was er genau machte, war uns nicht ganz klar. Es ginge um Im- und Export, hieß es. Von Autoteilen war die Rede. Ich verstand damals nicht, wie man damit so viel Geld verdienen konnte. Und verstehe es auch heute noch nicht.

Meiner Mutter, Christian und mir erschien sein Geschäftsgebaren immer ein wenig dubios. Wenn meine Mutter die Sprache darauf brachte, wich Tante Lucie aus. Er ist doch tot, sagte sie, lasst ihn in Frieden ruhen. Er war ein fleißiger Mann. Wir beließen es dabei. Was sollte ich jetzt noch danach fragen, wie er sein Geld verdient hatte? Schließlich rettete mich die Erbschaft davor, von Steffens finanziellen Zuwendungen abhängig zu sein. Mal abgesehen davon, dass er mit neuer Frau und Kind kaum dazu in der Lage war. Ab Januar hatte er wie angekündigt die Mietzahlungen für unsere Wohnung eingestellt. Ich beklagte mich nicht darüber. Ich hatte ja nun ein finanzielles Polster.

Meine Mutter kam für ein paar Tage vorbei und wir sortierten gemeinsam die Sachen aus. Sie nahm sich ein paar Erinnerungsstücke mit. Ich fand eine Schatulle, in dem der Schmuck meiner Tante lag.

»Nimm ihn dir. Lucie hätte das sicher gewollt«, sagte meine Mutter.

Wir bestellten einen sogenannten Haushaltsauflöser. Er holte einige der Möbel ab. Außerdem räumte er den Keller leer. Die Gegenstände, die einen gewissen Wert besaßen, wurden gegengerechnet. Auf diese Weise verringerte sich die Rechnung, die er uns ausstellte. Zum Schluss organisierten wir den Abtransport der Möbel, die laut Haushaltsauflöser niemand mehr haben wollte. Es war ein merkwürdiges Gefühl, als sie hinausgetragen wurden, denn an jedem Stück hingen Erinnerungen.

Eine Wohnung der Jugendstilvilla war bereits vermietet. Dort lebte ein älteres Ehepaar. Die andere Wohnung, die sich im Erdgeschoss befand, hatte Tante Lucie genutzt. Für diese Wohnung mussten wir einen Mieter finden, und zwar möglichst schnell. Wir beauftragten einen Makler. Der fand schon nach kurzer Zeit einen Interessenten, den er uns vorstellen wollte.

Ich ging mit Christian zu dem Termin. Der Makler stellte uns Frau und Herrn Diepholz vor. Sie machten zwar einen seriösen, aber nicht unbedingt sympathischen Eindruck.

»Ich bin Diplom-Chemiker, und ich denke, die Miete wird für uns kein Problem. Ich arbeite in einer großen Chemiefirma«, eröffnete Herr Diepholz das Gespräch.

»Warum wollen Sie umziehen?«, fragte Christian.

»Im Moment wohnen wir in Schleswig-Holstein, und ich fahre jeden Tag fast eine Stunde zur Arbeit. Dieses Jahr werde ich achtundfünfzig, die Fahrerei will ich mir nicht mehr zumuten. Jeden Tag fast zwei Stunden für den Arbeitsweg, das muss nicht sein.«

»Das kann ich verstehen«, sagte ich.

Frau und Herr Diepholz hatten zwei Söhne. Der eine studierte in Münster und der andere war erst fünfzehn und ging noch zur Schule.

»Da steht ein Schulwechsel an, aber machen Sie sich keine Sorgen, es gibt hier in der Nähe ein ausgezeichnetes Gymnasium«, sagte ich.

»Davon haben wir gehört. Lukas hat sich auch schon im Internet informiert. Es gefällt ihm, was da angeboten wird.«

Dann begutachtete Herr Diepholz die Wohnung. »Sie müsste renoviert werden.«

Ich wunderte mich, denn ich wusste, dass die Wohnung erst vor einem Jahr renoviert wurde.

»Das ist ja Raufasertapete«, stellte Herr Diepholz fest, »das ist ja nun auch nicht mehr modern.«

»Es steht Ihnen frei, die Wände anders zu gestalten«, erwiderte ich.

»Die Küche ist nicht sonderlich groß«, bemängelte Frau Diepholz. »Für eine Altbauwohnung ist das ungewöhnlich.«

»Dann sind die Wege nicht so lang«, argumentierte ich.

Frau Diepholz war etwa Anfang fünfzig. Schon bei der Begrüßung waren mir ihre scharfen Gesichtszüge aufgefallen. Ihre dunklen Haare, die fast bis auf die Schultern fielen, unterstrichen diesen Eindruck. Sicher hatte es ihr Mann nicht leicht mit ihr. Aber was ging mich das an?

Frau Diepholz sah sich noch immer in der Küche um und zupfte dabei an ihren Fingern.

Ob sie es nicht abwarten kann, hier drinnen den Kochlöffel zu schwingen?, überlegte ich.

Schließlich kam sie zurück ins Wohnzimmer.

Herr Diepholz fand immer mehr vermeintliche Mängel.

Wollte er die Miete drücken? Was sollte das? Schließlich war das hier kein Neubau. *Dann lassen Sie es doch, wir finden einen anderen Mieter,* hätte ich am liebsten gesagt. Doch ich beherrschte mich.

Der Makler zeigte an die Decke.

»Beachten Sie bitte den Stuck.«

Frau und Herr Diepholz sahen nach oben.

»Das ist ganz nett«, sagte Herr Diepholz, und Frau Diepholz nickte.

Begeisterung sah anders aus.

»Bei den hohen Wänden steigen die Heizkosten«, kritisierte Herr Diepholz weiter. »Bis so ein Zimmer warm ist, kann es dauern.«

»Dann nehmen Sie sich doch lieber eine Neubauwohnung mit niedrigen Decken«, bemerkte ich.

Herr Diepholz nahm den scharfen Ton in meiner Stimme wahr.

Das hätte ich ihm nicht zugetraut.

»Schon gut, ich denke, wir nehmen die Wohnung.« Er sah seine Frau an. Die fummelte nervös an ihren Fingern und nickte.

Also bestimmt wohl doch *er*, was gemacht wird. Ich hätte wetten können, dass sie den Ton angab.

Christian verabschiedete sich. Wir gingen kurz in den Flur und ließen die anderen allein.

»Ich treffe mich noch mit Simone.«

»Willst du wirklich schon gehen?«

»Es ist doch alles geklärt.«

»Na hoffentlich! Viel Spaß mit deiner Simone.«

Ich ging wieder ins Wohnzimmer und verhandelte mit dem Ehepaar Diepholz. Beide waren mit der Höhe der Miete einverstanden. In ein paar Tagen würde ihnen unser Makler den Vertrag zuschicken. Von Renovierung war nicht mehr die Rede. Die Wohnung hatte ihnen anscheinend besser gefallen, als sie während der Besichtigung zugaben. Ich war erleichtert. Das war geregelt.

Sehr viel Kontakt würden wir nicht haben. Wozu auch? Hauptsache, sie bezahlten die Miete pünktlich. Das sind jetzt also unsere Mieter, dachte ich auf dem Weg nach Hause. Diepholz, Diepholz … Irgendwo hatte ich diesen Namen schon einmal gehört.

Ich hatte Feierabend und wollte gerade die Praxis verlassen, als das Telefon klingelte.

»Wie geht es Ihnen?«, fragte eine Männerstimme.

»Wer ist da?«

»Hier ist Sascha von Poenitz.«

Mir blieb die Sprache weg.

»Ist das so schrecklich?«, fragte die Männerstimme.

Ich fasste mich wieder. »Was möchten Sie?«

»Ich habe ein paar Wochen vergehen lassen, ich dachte, es ist besser so. Aber jetzt würde ich Sie doch gern wiedersehen.«

»Soso, und warum?«

»Weil ich Sie mag. Wir könnten am Wochenende etwas zusammen unternehmen. Sagen Sie mir einfach, was Sie möchten. Vielleicht eine Ausstellung besuchen, vielleicht ins Kino gehen. Machen Sie einen Vorschlag. Ich bin mit allem einverstanden.«

»Das ist wirklich verrückt.«

»Was ist daran verrückt?«

»Wissen Sie eigentlich, wie alt ich bin?«

»Das ist mir völlig egal.«

»Sie sind dreizehn Jahre jünger als ich.«

»Na und, was bedeutet das schon? Ich weiß, in der Therapie war ich der kleine Junge für Sie, der sich von seinem Vater unterdrücken lässt. Nun gut, das ist mein Problem. Aber ich habe auch noch eine andere Seite, eine erwachsene Seite.«

»Das mag sein.«

»Geben Sie sich einen Ruck und sagen Sie schon Ja.«

Ich spürte, wie meine Knie weich wurden. Was war das? Bisher hatte ich es doch immer geschafft, Sascha von Poenitz abzuweisen. Ich war verwirrt. Was zog mich zu diesem Mann hin?

»Also gut«, sagte ich nach einer kleinen Ewigkeit.

»Und wann?«, fragte Sascha.

»Dieses Wochenende geht es nicht«, erwiderte ich, denn ich wollte nicht den Eindruck erwecken, als hätte ich fürs Wochenende noch keine Pläne.

»Übernächsten Sonnabend?«

»Moment, ich muss nachsehen.«

Ich öffnete eine Schublade und raschelte mit Papier.

»Ja, da ginge es.«

»Und wo?«

»Kennen Sie das Restaurant Am Elbhügel?«, fragte ich.

»Ja, davon habe ich gehört.«

»Wir könnten dort zu Mittag essen.« Ein Mittagessen schien mir passender zu sein als ein Abendessen.

»Wann genau?«

»Um halb eins«.«

»Ich richte mich ganz nach Ihnen. Also um halb eins. Ich freue mich.«

Fast hätte ich ganz automatisch *ich auch* gesagt. Wie man es eben so macht.

»Dann bis übernächsten Sonnabend«, sagte ich stattdessen und wunderte mich über mich selbst. Soeben hatte ich mich mit einem ehemaligen Klienten verabredet. Wie konnte das passieren?

Auf der Fahrt nach Hause ging mir einiges durch den Kopf. Warum hatte ich einem

Treffen mit Sascha von Poenitz zugestimmt? Schmeichelte es mir, dass er sich so um mich bemühte? Fühlte ich mich begehrt? Natürlich, er war ein attraktiver Mann. Aber das war nicht alles. Es gab etwas zwischen uns. Was es war, konnte ich nicht beschreiben.

Dass ich während einer Behandlung keinen privaten Kontakt zu einem Klienten

haben durfte, war mir immer bewusst gewesen. Aber wie war das nach der Therapie? Damit hatte ich mich nicht näher beschäftigt, weil es bisher kein Thema für mich gewesen war. Niemals hätte ich geglaubt, dass ich in so eine Situation geraten könnte.

Eine angemessene Zeit müsse vergehen, hatte ich einmal gehört. Aber was bedeutete das genau? Gab es da nicht unterschiedliche Regelungen? Und noch ein Satz fiel mir ein: *Bis sich der Klient aus der Abhängigkeit gelöst hat.* Mir wurde ganz mulmig. Galt das auch für diesen Fall?

Konnte man wirklich von Abhängigkeit sprechen? Er war nur ein paar Mal bei mir in der Praxis gewesen, und das war bereits einige Wochen her, versuchte ich mich selbst zu beruhigen. Konnte es wirklich so verwerflich sein, sich mit einem ehemaligen Klienten zum Mittagessen zu verabreden? Das mulmige Gefühl blieb. Dennoch stellte ich auf einmal fest, dass ich mich darauf freute, Sascha von Poenitz wiederzusehen.

Gudrun Berner war bei mir in der Praxis. Die Krankenkasse hatte ihr weitere Therapiestunden genehmigt.

»Ich habe mich einer Mobbing-Gruppe angeschlossen«, berichtete sie.

»Das ist eine gute Idee. Wie haben Sie die gefunden?«

»Eine Bekannte gab mir den Tipp, sie hat mir auch die Adresse rausgesucht.«

»Und?«

»Eins habe ich begriffen: Ich kann kämpfen oder aufgeben. Ich versuche erst mal zu kämpfen.«

»Wie?«

»Bei der nächsten Gelegenheit stelle ich meinen Chef zur Rede. Und wenn er wieder anfängt, mich vor Kollegen bloßzustellen, werde ich das entsprechend kommentieren.«

Gudrun Berner klang entschlossen. Die Mobbing-Gruppe schien ihr Selbstwertgefühl zu stärken.

»Sagen Sie, wie heißt Ihr Chef?«

»Wieso? Warum wollen Sie das wissen?«

Ich ärgerte mich über meine ungeschickte Nachfrage.

»Ach, nur so«, versuchte ich mich herauszureden wie ein kleines Kind.

»Er heißt Diepholz«, beantwortete Gudrun Berner nun doch meine Frage.

»Diepholz!«, entfuhr es mir. Ich konnte mein Erstaunen kaum verbergen.

»Ja, warum, kennen Sie ihn?«

»Nein, natürlich nicht«, log ich. Es war ja auch noch nicht sicher, ob ihr Diepholz *der* Diepholz war.

»Vielleicht habe ich den Namen mal erwähnt«, meinte Gudrun Berner.

Zum Glück fragte sie nicht mehr nach, warum ich mich so dafür interessierte, wie ihr Chef hieß. Sie erzählte den Rest der Stunde weiterhin von ihrer Selbsthilfegruppe, von der sie sehr angetan war.

Nach der Sitzung dachte ich darüber nach, wie klein die Welt manchmal war. Ausgerechnet ihr Chef ist jetzt mein Mieter. Natürlich war er es. Schließlich hatte er erzählt, dass er Chemiker ist. Und wie viele Chemiker mit dem Namen Diepholz gab es schon in Hamburg? Keinen privaten Kontakt zu den Familienangehörigen eines Klienten – das besagten unsere Vorschriften. Aber zählten auch Chefs und Kollegen dazu? Wie weit ging diese Vorschrift? Das würde ja bedeuten, dass ich keine Brötchen mehr bei einem Bäcker hätte holen können, wenn ein Klient dort auch einkaufte. Herr Diepholz, der mit Vornamen Joachim hieß, wie ich im Mietvertrag gelesen hatte, war also der Chef von Gudrun Berner. Warum quälte er die arme Frau?

Lena und Berkan saßen in der Küche, als ich nach Hause kam.

»Wir wollten gleich zusammen kochen«, sagte Lena.

»Ihr hättet euch das Gulasch warm machen können, das im Kühlschrank steht.«

Ich war nie eine großartige Köchin gewesen. Aber ich konnte zwei Gerichte gut zubereiten. Das waren Gulasch und Rouladen.

»Berkan isst kein Schweinefleisch«, meinte Lena.

»Es ist Rindfleisch.«

»Mama, ich esse kein Fleisch mehr.«

»Wie das?«

»Ich bin Vegetarierin.«

»Seit wann das?«

»Seit zwei Tagen. Die armen Tiere, ich will das nicht mehr.«

»Na, das sind ja Neuigkeiten.«

Der vegetarische Trend hatte jetzt also auch Lena erreicht.

»Und du, Berkan, bist du ebenfalls Vegetarier?«

»Ähm, wir essen ja Lamm, Rind und auch Kalb.«

Lena schrie auf. »Die armen, kleinen Lämmer und Kälber! Sag mal, spinnst du?«

Ich war überrascht, wie sie mit ihm umging.

Berkan schien sehr verliebt zu sein. »Ja, vielleicht sollte ich auch eine Zeit lang auf Fleisch verzichten.«

Ich hatte den Eindruck, dass er nicht ernsthaft hinter seiner Aussage stand.

»Eine Zeit lang?«, fragte Lena und sah Berkan empört an.

»Und was wollt ihr kochen?«

»Spaghetti.«

»Mit Hackfleisch?«, versuchte ich Lena zu provozieren.

»Mit Tomatensoße und Kräutern, das geht nämlich auch«, sagte Lena. »Übrigens, sei froh, dass ich keine Veganerin bin. Dann dürften keine Eier und keine Milch mehr im Kühlschrank stehen.«

»In diesem Haushalt leben noch andere Personen«, bemerkte ich.

»Ach ja, wer denn?«

»Ich zum Beispiel.«

»Sorry, jetzt, wo du es erwähnst, fällt es mir auch auf.«

»Ganz schön frech, meine Liebe.«

Berkan verließ die Wohnung. Er wollte etwas aus dem Auto holen.

Lena füllte einen Topf mit Wasser. »Übrigens, Mama, Berkan schläft heute bei mir.«

Ich wusste, dass Lena seit einiger Zeit die Pille nahm. Ich musste mir also keine Sorgen machen. Das hatten wir alles schon früher mal besprochen.

Berkan kam zurück. »So, hier habe ich noch einige Sachen«, meinte er und schleppte sie in Lenas Zimmer.

Während Berkan und Lena in der Küche Spaghetti mit Kräutertomatensoße kochten, setzte ich mich ins Wohnzimmer und blätterte in der Zeitung. Ein Glück, dass ich keine Veganerin bin, dachte ich. Dann könnte ich kein Tiramisu mehr essen. Und das wäre nun wirklich sehr schade.

8

Als ich am verabredeten Treffpunkt eintraf, wartete Sascha von Poenitz bereits auf mich. Er gab mir ein Zeichen. Ich öffnete das Seitenfenster und er beugte sich zu mir herunter.

»Die haben geschlossen«, teilte er mir mit.

»Wie, geschlossen?«

»Sie machen Urlaub.«

»Oh, das wusste ich nicht. Entschuldigung.«

»Warum entschuldigen Sie sich? Es gibt ja noch mehr Restaurants in der Stadt. Ich kenne einen sehr guten Italiener, oben, in der Nähe der Elbchaussee.«

»Ich könnte hinter Ihnen herfahren«, schlug ich vor.

Sascha schüttelte den Kopf. »Am besten, Sie parken Ihren Wagen hier und steigen bei mir ein, ich fahre Sie später dann wieder zurück.«

»Was für ein Umstand.«

»Na, mit zwei Wagen dahin zu fahren finde ich noch umständlicher.«

»Gut, dann machen wir es so«, gab ich mich geschlagen.

Sascha fuhr einen soliden Mittelklassewagen. Ein schnittiger Sportwagen hätte sicher gut zu ihm gepasst, aber ich war froh, dass es keiner war. Ich halte nichts von Statussymbolen und Wichtigtuerei. Ich musste an meine Eltern denken. Immer schön bescheiden bleiben, hatten sie stets gepredigt.

Ich ließ mein Auto vor dem Restaurant stehen und stieg bei Sascha ein.

»Von hier aus hat man einen wunderbaren Blick auf die Elbe. Deshalb hatte ich dieses Restaurant vorgeschlagen.«

»Ja, das stimmt, die Hanglage ist fantastisch«, meinte Sascha. »Konnte ja keiner ahnen, dass sie geschlossen haben.«

Sascha fuhr geschickt die schmale Straße nach oben in Richtung des Blankeneser Bahnhofs.

»Mögen Sie Italienisch?«, fragte er.

»Das kommt ganz darauf an«, antwortete ich.

Kurze Zeit später saßen wir uns beim Italiener gegenüber. Der Kellner zündete die Kerze an, die auf dem Tisch stand. Ich sah mich um. Jetzt zur Mittagszeit waren nur wenige Gäste im Restaurant. In der einen Ecke saßen drei Männer, die wie Geschäftsleute aussahen, und ein paar Tische weiter saß ein Pärchen mit einer älteren Dame.

Mit Anne spielte ich manchmal ein Spiel. Immer, wenn wir ein Café oder Lokal besuchten, überlegten wir, in welcher Beziehung die Leute an den Nebentischen wohl zueinander standen. Dabei wählten wir keine naheliegenden Möglichkeiten, sondern ließen unserer Fantasie freien Lauf. Doch jetzt war nicht der passende Moment für so ein Spiel.

»Sind Sie Vegetarier?«, fragte ich.

Sascha lachte. »Wie kommen Sie darauf? Sehe ich so aus?«

»Ich frage nur, weil mir meine Tochter neulich ihr neues Ernährungsverhalten eröffnet hat.«

»Sie haben eine Tochter?«

»Ja.«

»Wie alt ist sie?«

»Fast achtzehn, sie macht dieses Jahr ihr Abitur.«

»Sie haben früh angefangen.«

»Wenn Sie fünfundzwanzig, fast sechsundzwanzig für früh halten.«

»Für die heutige Zeit ja. Viele Frauen wollen ja erst mal Karriere machen. Wie haben Sie das geschafft: Kind, Studium, Beruf?«

»Ja, das frag ich mich manchmal auch.«

»Ich bewundere Sie.«

Der Kellner brachte Antipasti.

»Ich dachte, so für den Anfang«, meinte Sascha.

Jetzt wusste ich auch, was er vorhin mit dem Kellner besprochen hatte.

Als Hauptgericht hätte ich gern Lasagne bestellt, mein Lieblingsgericht beim Italiener. Doch es erschien mir ein wenig zu banal.

Wir entschieden uns beide für Muscheln in Weißweinsoße.

»Dieser Monat hat ein ›R‹ im Namen«, sagte Sascha.

Ich stimmte ihm zu. »Im Sommer lieber keine Muscheln, so habe ich es auch gelernt.«

Sascha trug ein dunkelgraues Sakko und darunter ein hellblaues Hemd. Zum ersten Mal sah ich, dass seine Augen unterschiedliche Farben hatten. Das eine schimmerte mehr grünlich, beim anderen schienen die Blauanteile zu überwiegen. Oder lag es an der Beleuchtung?

Ich trug eine rote Bluse und einen schwarzen Blazer. Bloß keinen Ausschnitt, nur nicht zu viel Make-up, hatte ich gedacht, als ich die Sachen für die Verabredung heraussuchte, sonst bildet er sich noch ein, ich würde ihn beeindrucken wollen.

»Ich werde in einigen Monaten dreißig«, führte Sascha das Gespräch fort.

»Eine magische Zahl, aber im Nachhinein halb so schlimm.«

»Soso, da spricht jemand aus Erfahrung.«

»Sie müssen mich nicht darauf aufmerksam machen. Ich weiß, wie alt ich bin.«

»Oh, bin ich jetzt in ein Fettnäpfchen getreten? Das wollte ich nicht.«

»Nein, ist schon gut«, beteuerte ich.

»Hatten Sie befürchtet, ich würde Ihnen wieder die ganze Zeit von meinem Vater erzählen?«

»Das hoffe ich doch nicht.«

»Nein, ganz bestimmt nicht. Das ist jetzt meine Sache.«

Sascha wirkte in dieser Umgebung völlig anders als bei mir in der Praxis. Kein Wunder, er kehrte nicht mehr den hilfsbedürftigen Jungen heraus. Das sind doch nur die Rollen, sagte ich mir. Er kam ja in die Praxis, weil er Hilfe suchte. Das bedeutet nicht, dass er in allen Lebenslagen hilflos ist. Jetzt können wir uns auf Augenhöhe unterhalten.

Sascha gab sich charmant. Ich erfuhr, dass er Klavier spielte, gern zeichnete und den Strand und das Meer liebte.

»Sind Sie deshalb nach Hamburg gekommen?«, fragte ich.

»Wo ist denn hier das Meer?«, entgegnete Sascha.

»Immerhin ist es nicht weit. Was zeichnen Sie?«

»Alles, was es so gibt, ich wäre gern Illustrator geworden. Aber na ja, Sie wissen ja. Das wäre absolut nicht standesgemäß.«

»Bücher illustrieren, das finde ich sehr kreativ«, bemerkte ich.

»Was möchten Sie zum Dessert?«, fragte Sascha.

Tiramisu, Tiramisu rief eine Stimme in mir. »Wir könnten fragen, ob es Tiramisu gibt.«

Sascha winkte den Kellner heran, bevor ich es tun konnte. Für ihn war klar, dass der Mann die Bestellungen übernimmt. Das war schon bei der Vorspeise deutlich geworden.

»Haben Sie Tiramisu?«, fragte Sascha.

»Nein, ich bedauere«, antwortete der Kellner, »aber ich kann nachsehen, was wir Ihnen sonst anbieten können.«

»Dann möchte ich kein Dessert«, sagte ich schnell.

»Wir könnten woanders hinfahren«, schlug Sascha vor.

Ich lehnte ab. »Nein, das lassen wir, so wichtig ist es auch nicht.«

»Wie Sie meinen.«

Wir tranken Cappuccino. Das tröstete mich ein wenig über das Tiramisu hinweg.

»Das Wetter ist so schön«, sagte Sascha.

Ich blickte aus dem Fenster. Es stimmte, draußen schien die Sonne.

»Wie wär's, machen wir einen Strandspaziergang?«

Zu Hause wartete eine leere Wohnung auf mich. »Warum nicht?«, antwortete ich.

Sascha zahlte.

Danach stiegen wir wieder in sein Auto und fuhren zum Wittenbergener Strand.

»Sie fahren mich hier die ganze Zeit durch die Gegend.«

Sascha sah mich von der Seite an. »Aber das ist doch schön.«

Etwa anderthalb Stunden spazierten wir am Strand entlang.

»Sehen Sie da, das ist eine Flaschenpost«, rief Sascha plötzlich und lief zum Wasser.

»Kommen Sie lieber zurück, sonst holen Sie sich nasse Füße.«

Sascha hob die Flasche auf und hielt sie in die Luft. »Hier, eine wichtige Nachricht.«

Ich ging zu ihm.

Er kniete im Sand und betrachtete die Flasche. Sie war mit einem Korken verschlossen. Innen befand sich ein Zettel. Sascha öffnete die Flasche und fingerte nach dem Zettel.

»Nun bin ich aber gespannt«, sagte ich

»Gleich habe ich ihn«, versprach Sascha. Dann hielt er den Zettel in der Hand und begann ihn auseinanderzufalten.

Ich sah ihm über die Schulter. *Viele Grüße aus Cuxhaven, Ben und Miri* stand dort in ungelenker Kinderschrift zu lesen. Wir sahen uns an und lachten.

»Diese Flasche hat es von Cuxhaven an den Wittenbergener Strand geschafft«, stellte Sascha fest.

»Nur schade, dass wir das den beiden nicht mitteilen können. Sie haben keine Adresse oder Telefonnummer hinterlassen.«

»Das war wohl nicht so wichtig für sie. Sie wollten eine Flaschenpost auf die Reise schicken. Das hat ihnen genügt«, bemerkte Sascha.

Er steckte den Zettel wieder in die Flasche und verschloss sie. Mit großem Schwung warf er sie ins Wasser zurück. »Vielleicht hat noch jemand anderer Freude daran.«

Wir setzten unseren Spaziergang fort. Auf der Elbe glitt ein Containerschiff in Richtung Hafen an uns vorbei. Wir blieben stehen.

»Warten Sie mal«, forderte Sascha mich auf und holte ein Blatt und einen Bleistift aus der Innentasche seines Mantels.

»Was haben Sie vor?«

Wir ließen uns am Strand auf einem großen Stein nieder. Sascha legte das Blatt auf sein Knie und skizzierte mit wenigen Strichen das Schiff. Davor zeichnete er den Strand mit einem Stein, auf dem zwei Menschen dicht nebeneinandersaßen.

»Sind wir das?«, fragte ich.

»Wer sonst?«

Ich war beeindruckt. Er konnte wirklich gut zeichnen.

»Ich habe immer Papier und Bleistift bei mir. Könnte ja sein, dass ich ein interessantes Motiv entdecke.«

Er reichte mir das Blatt. »Für Sie, als Erinnerung an einen schönen Tag.«

Ich nahm die Zeichnung an mich und betrachtete sie. Dann faltete ich das Blatt vorsichtig und steckte es in meine Handtasche. »Lassen Sie uns zurückgehen«, schlug ich vor.

Wir liefen über den Strand zum Wanderweg zurück. Kurz bevor wir ihn erreichten, stolperte ich über einen Ast, der sich unter dem Sand versteckt hatte. Sascha, der neben mir ging, fing mich mit beiden Armen auf.

»Danke, da haben Sie aber schnell reagiert.«

Es war nur ein kurzer Moment, in dem ich in seinen Armen lag. Doch dieser Moment war alles andere als unangenehm.

Der Himmel bewölkte sich.

»Das sieht nach Regen aus«, sagte ich.

Wir gingen zum Auto und Sascha fuhr mich zu unserem Treffpunkt zurück. Inzwischen goss es in Strömen.

»Warten Sie«, sagte Sascha, »ich hole einen Regenschirm aus dem Kofferraum und begleite Sie zu Ihrem Wagen.« Er stieg aus, kramte im Kofferraum und kam mit einem Schirm zurück.

»Haken Sie sich bei mir ein, sonst werden Sie nass.«

Ich tat es.

»Darf ich Sie anrufen?«, fragte Sascha, während ich in meiner Handtasche nach dem Autoschlüssel suchte.

Ich ignorierte seine Frage. »Ach, da ist er ja.«

Ich öffnete die Tür und setzte mich ans Steuer.

Sascha blieb mit dem Schirm in der Hand neben meinem Wagen stehen.

Ich öffnete das Fenster einen Spalt. »Also dann, auf Wiedersehen.«

Sascha beugte sich zu mir herunter und fragte noch einmal: »Darf ich Sie anrufen?«

»Ja«, sagte ich und wunderte mich wieder einmal über mich selbst.

Über die Elbchaussee fuhr ich zurück in Richtung Altona. Inzwischen hatte der Regen aufgehört. Was sollte ich allein in der Wohnung sitzen? Lena war mit ihrer Clique unterwegs. Ich war froh, dass sie so viele Kontakte hatte. Sollte sie doch ihre Jugend genießen.

Gedankenverloren fuhr ich an meiner Wohnung vorbei und landete kurz darauf am Altonaer Bahnhof. Was wollte ich hier? Dann fiel es mir wieder ein. Tiramisu, Tiramisu, das war es. Ich hatte es beim Italiener heute Mittag nicht bekommen. Das musste ich nachholen.

Es dauerte etwas, bis ich einen Parkplatz gefunden hatte. Die paar Schritte zu meinem Eiscafé ging ich zu Fuß. Zum ersten Mal kam ich nicht hierher, um mich mit meinem Lieblingsdessert zu trösten.

Ich fand, dieser Tag verdiente einen krönenden Abschluss. Ich hatte mich in Saschas Gesellschaft wohlgefühlt, es war ein guter Tag, eigentlich sogar ein sehr guter Tag. Und das Tiramisu schmeckte einfach traumhaft.

»Oh Mann, ich fasse es nicht«, sagte Anne, als wir nach dem Trainingsprogramm an der Bar unseres Fitness-Centers saßen. »Du wirst ihn also wiedersehen.«

»Könnte sein. Aber bis jetzt hat er sich nicht gemeldet.«

»Das kommt noch«, meinte Anne, »heute ist ja erst Montag. Wahrscheinlich hält er sich an die Drei-Tage-Regel.«

»Gibt's die immer noch?«

»Mir scheint, du warst überwältigt von ihm?«

»Na, überwältigt ist übertrieben …«

»So wie du von dem Treffen geschwärmt hast.«

»Geschwärmt, das hört sich an, als ob ich sechzehn wäre.«

»In uns steckt eben immer noch das kleine Mädchen, das vom edlen Ritter träumt. Im Beruf geben wir uns selbstbewusst, aber kaum sind Gefühle im Spiel …«

Anne beendete den Satz nicht, aber ich wusste genau, was sie meinte. Seit jenem Nachmittag mit Sascha war ich ein wenig durcheinander. In der Praxis hatte ich heute sogar den ganzen Tag auf seinen Anruf gewartet. Er hatte ja keine private Nummer von mir. Er konnte mich nur in der Praxis anrufen – wenn er es tat. Warum musste ich ständig an ihn denken?

Ich fragte mich, ob es ihm schon reichte. Er hatte es geschafft, seine ehemalige Therapeutin zu einem Date zu überreden. Das hatte sein Ego gepuscht – wozu jetzt noch weitermachen? Bin ich wie ein junges Ding auf ihn reingefallen? Nun, was heißt reingefallen?, versuchte ich mich zu trösten. Schließlich hatte ich den Nachmittag mit ihm auch genossen. Und wenn er sich nie wieder meldete, dann musste ich eben damit leben.

Als sich am Donnerstag einer meiner Klienten im Flur von mir verabschiedete, bemerkte ich, dass mein Anrufbeantworter blinkte. Ich hörte ihn ab. Der Anrufer war Sascha, der sich wortreich dafür entschuldigte, weil er mich jetzt sicher stören würde. Dann fragte er, ob ich am Wochenende Zeit hätte, und bat um einen Rückruf.

Nein, mein Lieber, heute ist Donnerstag, so kurzfristig habe ich bestimmt keine Zeit für dich. Was glaubst du eigentlich? Meinst du, ich sitze hier herum und warte auf deine Einladung? Trotzdem freute ich mich. Er hatte sich gemeldet, er war also noch interessiert.

Ich rief nicht zurück. Das Wochenende ging vorbei. Am Montag rief mich Sascha in der Mittagspause an.

»Ich habe mir gedacht, dass Sie nicht zurückrufen«, sagte er.

»Ja, ich habe das Band erst heute abgehört«, log ich.

Sascha kam schnell zur Sache. »Hätten Sie Lust, mit mir einen Ausflug zu machen? Sonntag zum Beispiel.«

»Einen Ausflug wohin?«

»Ich habe gehört, dass es in der Nähe der Ostsee einen kleinen Ort gibt, der Pönitz heißt, er liegt an einem See. Wir könnten uns den Ort mal anschauen.«

»Haben Ihre Vorfahren den Ort gegründet?«, fragte ich.

»Davon habe ich nie etwas gehört, scheint wohl eher ein Zufall zu sein. Schreibt sich auch mit ›ö‹ statt mit ›oe‹.«

Sollte ich mich wirklich noch einmal mit ihm treffen? Zweifel überkamen mich. »Ähm, am Sonntag bin ich bei einer Freundin zum Geburtstag eingeladen.« Eine andere Ausrede fiel mir so schnell nicht ein.

Sascha gab nicht auf. »Den ganzen Tag?«, fragte er.

»Zum Brunch, es wird sich wohl über Mittag hinziehen«, schwindelte ich weiter.

»Dann hole ich Sie dort gegen halb zwei ab. Was halten Sie davon?«

Ich war hin- und hergerissen. Dann dachte ich an den schönen Nachmittag, den ich mit Sascha an der Elbe verbracht hatte.

»Nun ja«, sagte ich. »Die Uhrzeit würde passen.«

»Wo wohnt Ihre Freundin denn?«

»Harvestehude, in der Isestraße.« Ich ärgerte mich, dass ich das gesagt hatte.

»Wie praktisch, das ist bei mir in der Nähe. Ich wohne in Eppendorf.«

»Ach, gleich neben der Uni-Klinik?«

»So ungefähr. Ich hatte Glück, dass ich diese Wohnung bekommen habe.«

Ich hörte ihm kaum zu, sondern überlegte, wie ich die Situation retten könnte. Annes genaue Adresse wollte ich ihm nicht nennen. Mir fiel das Café ein, das sich direkt gegenüber ihrer Wohnung befand.

»Das Café Lennart«, sagte ich, »wir könnten uns vor dem Café in der Isestraße treffen.« Ich versuchte, ihm die genaue Lage zu erklären.

Sascha winkte ab. »Das finde ich schon.«

Wir verabschiedeten uns.

Nach diesem Gespräch fragte ich mich, was ich soeben getan hatte. Natürlich gab es keine Geburtstagsfeier und es gab auch keinen Brunch bei Anne.

»Na, du hast Ideen«, meinte Anne, als ich ihr am Telefon von dem Gespräch mit Sascha und meiner Absicht erzählte, mich mit ihm fast vor ihrer Haustür zu treffen.

»So ist das mit Ausreden«, sagte ich. »Man redet sich um Kopf und Kragen.«

»Besonders dann, wenn man nicht so genau weiß, was man will.«

»Ich glaube, das ist das Problem«, gab ich zu.

»Trefft ihr euch jetzt immer in der Isestraße?«

»Übertreib nicht.«

Anne musste lachen.

»Übertreibungen veranschaulichen, hat schon Pestalozzi gesagt.« Anne zitierte gern den bekannten Pädagogen und manchmal fragte ich mich, ob die Zitate wirklich von ihm waren.

»Dann komm doch am Sonntag wirklich zu mir«, schlug Anne vor. »Ich könnte dir Lammkoteletts anbieten.«

»Das ist ja besser als ein Brunch.«

»Was habt ihr eigentlich vor am Sonntag?«

»Wir fahren nach Pönitz.«

»Wie bitte? Herr von Poenitz fährt mit dir nach Pönitz? Hat der edle Herr dort ein Schloss?«

»Nein, mit seiner Familie hat das nichts zu tun. Ein Ort in der Nähe der Ostsee heißt zufällig so. Das interessiert ihn natürlich.«

»Und dich interessiert es auch?«

»Na ja, ich komm mal raus aus Hamburg, ein Ausflug eben.«

»Soso, mit Herrn von Poenitz nach Pönitz«, wiederholte Anne.

»Das findest du wohl lustig.«

»Ja«, sagte Anne, »das finde ich ziemlich lustig.«

9

Der kleine Andy war in der Praxis. Er hatte seine Arbeit in dem Lederwarengeschäft wieder aufgegeben.

»Das war nichts für mich«, gestand er, »der Stress, einfach zu viel Stress.«

Andy führte allerlei körperliche Beschwerden an, um zu rechtfertigen, dass dies nicht der passende Job für ihn gewesen sei.

»Und jetzt wollen Sie wieder zu Hause sitzen und den ganzen Tag über Ihr Leben und Ihren früheren Partner nachdenken«, versuchte ich ihn zu provozieren.

Doch er blieb ganz ruhig. »Och, ich werde mich bestimmt nicht langweilen.«

Er ist ein hoffnungsloser Fall, sinnierte ich vor mich hin, als er gegangen war. Ob er nun eine Therapie macht oder irgendwo fällt ein Fahrrad um – alles Banane, hätte Anne gesagt.

Nach Feierabend fuhr ich nach Othmarschen. Ich war neugierig, ob die neuen Mieter schon eingezogen waren. An den Fenstern hingen keine Gardinen. Soweit ich es erkennen konnte, standen auch keine Möbel im Wohnzimmer. Ich ging in den Garten. Plötzlich öffnete sich die Terrassentür und Herr Diepholz erschien. Ich erschrak. Jetzt dachte er bestimmt: Was schnüffelt meine Vermieterin hier herum? Doch er schien sich überhaupt nicht darüber zu wundern, dass ich in seinem Garten herumschlich.

»Ach, Frau Winkler-Böhm, Sie sind's! Kommen Sie doch rein, ich bessere noch ein paar Kleinigkeiten aus, Schönheitsreparaturen sozusagen.«

»Guten Tag, Herr Diepholz«, begrüßte ich ihn, »ich wollte nur mal nach dem Rechten sehen. Ich ahnte nicht, dass Sie hier sind, sonst hätte ich geklingelt.«

»Möchten Sie eine Tasse Tee?«, fragte Herr Diepholz. »Kaffee kann ich Ihnen nicht anbieten. Unsere Kaffeemaschine ist noch in der alten Wohnung. Aber ich habe einen Wasserkocher und genügend Teebeutel.«

Wir gingen in die Küche. Dort standen zwei Stühle und ein Tisch. Herr Diepholz nahm zwei Tassen und eine Teekanne aus dem Küchenschrank. Ach, das Geschirr haben sie eingeräumt, überlegte ich. Wo blieben die Möbel? Lediglich im Wohnzimmer stand ein Schrank. Der Wasserkocher blubberte und Herr Diepholz goss das Wasser auf die Teebeutel in der Kanne.

»Ist Ihre Frau nicht hier?«

»Die fühlt sich heute nicht so gut. Ich glaube, der Umzug macht ihr zu schaffen.«

»Ja, es ist nicht so leicht, den Wohnort zu wechseln.«

»Und die ganzen Sachen, die verpackt werden müssen. Meine Frau macht das alles sehr nervös.«

Ich erinnerte mich daran, wie Frau Diepholz neulich in der Küche gestanden und an ihren Fingern gezupft hatte.

Herr Diepholz setzte sich, nahm die Kanne und goss uns Tee ein. »Ich hoffe, er hat lange genug gezogen.«

»Auf jeden Fall ist er heiß«, sagte ich. »Das tut gut, denn draußen ist es ja noch frisch.«

»Anfang März freut man sich immer auf den Frühling. Hoffentlich kommt der bald.«

Was machte ich hier? Was wollte Herr Diepholz? Brauchte er einfach ein bisschen Gesellschaft? Gern hätte ich ihn gefragt, ob er der Chef von Gudrun Berner war. Aber das ging ja nicht.

Herr Diepholz hatte ein olivfarbenes Hemd und eine weit geschnittene, graue Flanellhose mit Bügelfalte an. Als Jugendliche hatte ich diese Hosen immer Familienvaterhosen genannt, weil sie so bieder aussahen. Seine gestreifte Krawatte hing über dem Stuhl. Er musste direkt von der Arbeit hierhergekommen sein.

»Neulich bei der Besichtigung war ich sehr kritisch«, sagte Herr Diepholz und griff sich an die Stirnglatze, »aber vieles ist ja Geschmackssache. Die Raufasertapeten haben wir jetzt auch dran gelassen. Was soll's?«

»Dann hatten Sie nicht ganz so viel Arbeit«, bemerkte ich.

»Meine Frau, also ehrlich gesagt, meiner Frau geht es nicht nur heute schlecht. Sie ist krank.«

Ich sah auf.

»Wie, sie ist krank?«

»Sie kann nicht schlafen, rennt nachts umher und ist dann tagsüber todmüde. Es ist manchmal nicht leicht mit ihr.«

Jetzt wurde mir klar, warum er mich hereingebeten hatte. Er wollte sich aussprechen. Bestimmt hatte er mitbekommen, dass ich Therapeutin war. Eine Tasse Beuteltee für ein halbes Stündchen Lebensberatung. Das Spiel spielte ich nicht mit.

»Ich muss jetzt wieder«, sagte ich und stand auf. »Ich habe noch vieles zu erledigen. Entschuldigen Sie bitte die Störung.«

»Sie haben nicht gestört. So eine kleine Unterbrechung ist doch immer willkommen.«

Ich wünschte ihm gutes Gelingen für den Umzug und verabschiedete mich.

Als ich im Wagen saß, dachte ich an Gudrun Berner. Ließ ihr Chef seine Launen an ihr aus, weil er unter seiner Frau litt?

Möglich war es. Aber das musste ich für mich behalten. Ich ließ den Motor an und fuhr davon.

Am Sonntag aß ich bei Anne und Jörg zu Mittag. Danach sah ich unruhig aus dem Fenster.

»Es ist erst eins«, meinte Anne. »Ein wenig wirst du dich noch gedulden müssen.«

Jörg erklärten wir, dass mich ein Bekannter abholen würde, der mit mir etwas besprechen wolle. Jörg stellte keine Fragen. Er verzog sich in sein Arbeitszimmer.

»Du willst doch nicht sofort zu ihm rennen, wenn er auf der Bildfläche erscheint?«, fragte Anne.

»Aber ich will ihn auch nicht zu lange warten lassen«, meinte ich. »Es ist ja auch schwer, einen Parkplatz zu finden.«

»Ach, was muss Liebe schön sein«, seufzte Anne.

»Von Liebe kann keine Rede sein.«

»Ach nein, nicht wenigstens ein bisschen?«, neckte sie mich.

»Willst du mich veralbern?«

»Hat er dich schon an der Angel?«

»An der Angel! Wie hört sich denn das an? Eher habe *ich ihn* wohl an der Angel.«

»Ach, du denkst, er frisst dir aus der Hand. Wer hat denn so sehnsüchtig auf seinen Anruf gewartet?«

Ich sah, wie Sascha mit seinem dunkelgrünen Mittelklassewagen langsam am Café vorbeifuhr. Er hielt bereits Ausschau nach mir.

»Ich muss los!«

»Nun lass ihn wenigstens noch einmal um den Block fahren, das sieht doch blöd aus, wenn du sofort auf der Matte stehst.«

»Du wiederholst dich«, sagte ich und zog meinen Mantel an. Es war kurz nach halb zwei.

Anne nahm mich in den Arm.

»Also, meine Liebe, ich wünsche dir viel Spaß mit Herrn Poenitz in Pönitz.«

»Hier ist es wirklich sehr ruhig«, sagte Sascha.

Der Ort namens Pönitz wirkte wie ausgestorben. An einer Tankstelle empfahl man uns, zum See zu fahren.

»Gehört der auch zu Pönitz?«, fragte Sascha.

»Ja, fahren Sie in Richtung Ostsee.«

»Hattest du nicht irgendwas von einem See erzählt?«, fragte ich.

Bereits auf der Fahrt hierher duzten wir uns. Ich weiß nicht mehr, wer damit anfing. Aber auf einmal schien es selbstverständlich zu sein.

In Richtung Scharbeutz entdeckten wir das andere Pönitz. Es lag zwischen zwei idyllischen Seen, einem kleinen und einem großen.

Hier sah es schon netter aus. Außerdem gab es etliche Restaurants mit Blick auf den großen See. Sascha schlug vor, einen Kaffee zu trinken.

Wir gingen in eines der Restaurants, das mit Schildern am Straßenrand auf sein vielseitiges Angebot an Fischgerichten auf sich aufmerksam machte. Obwohl die Mittagszeit vorbei war, empfing uns bereits am Eingang ein leichter Fischgeruch.

Wir suchten uns einen Platz im Wintergarten und bestellten zwei Kännchen Kaffee.

»Eigentlich hätten wir uns auch auf die Terrasse setzen können«, meinte Sascha. »Da gibt es doch sowieso immer nur Kännchen.«

»Lieber nicht«, sagte ich. »Draußen ist es doch noch ein bisschen kalt.«

Wir genossen die Aussicht auf den See. »Dort führt ein Weg entlang«, erklärte Sascha. »Wir könnten nachher einen Spaziergang machen.«

»Ja, warum nicht?«

Leicht verunsichert sah ich mich um. Was mochten die Leute denken? Fiel es jemandem auf, dass Sascha etliche Jahre jünger war als ich? Hielten sie uns am Ende sogar für Mutter und Sohn? Tuschelten sie hinter vorgehaltener Hand? Sieh mal, da hat sich die Alte einen jungen Liebhaber genommen – einen Toy Boy. Ich versuchte, meine Gedanken zu kontrollieren. Was sollte das? Ich war nur dreizehn und nicht dreißig Jahre älter als Sascha. Warum überfiel mich so eine plötzliche Unsicherheit? Erst neulich hatte mir Hannes gesagt, ich würde viel jünger aussehen, als ich war.

Um mich abzulenken, blätterte ich in der Speisekarte, die auf dem Tisch lag.

»Was ist dein Lieblingsgericht?«, fragte Sascha.

Ich blickte hoch und lächelte verschmitzt. »Eisbein mit Sauerkraut.«

»Das glaube ich dir nicht. Du wirkst eher kalorienbewusst.«

Jetzt setzte ich ein ernstes Gesicht auf. »Na und, warum sollte es nicht mein Lieblingsgericht sein?«

Mein Vater fiel mir ein, er hatte immer von Leibgericht gesprochen. Und ich erinnerte mich daran, dass er Labskaus über alles liebte.

Sascha spielte mit der Zuckerdose. »Also, sag schon! Welches Gericht ist es?«

»Hier gibt es das nicht.«

»Und wo gibt es das?«

»Unten am Strandweg in Blankenese.«

»Verrate endlich, was es ist!«

»Rotzungenfilet mit Parmesankruste auf feinem Gurkensalat, dazu natürlich Butterkartoffeln.«

»Ah, so ein Auf-unter-Gericht. Hört sich aber gut an.«

»Nur auf«, korrigierte ich ihn, »und es schmeckt auch sehr gut.«

Nach dem Kaffee spazierten wir ein Stück am See entlang und entdeckten zahlreiche kleine Ferienhäuser.

»Hier gefällt es mir«, begeisterte sich Sascha, »und es ist so ruhig.«

»Wir haben März«, sagte ich. »Im Sommer ist hier bestimmt mehr los.«

Wir fuhren weiter zur Ostsee, die nur drei Kilometer entfernt lag. Ab und zu schien an diesem Tag die Sonne, dann aber schoben sich wieder die Wolken davor. Wir standen auf der Seebrücke von Scharbeutz und sahen aufs Meer. Ich dachte an meine Mutter. Sie wohnte ja hier ganz in der Nähe. Aber ich konnte sie nicht besuchen. Sie hätte sich gewundert, wenn ich plötzlich mit Sascha vor der Tür gestanden hätte.

»Woran denkst du?«, fragte Sascha.

»Angeblich fragen das doch immer die Frauen.«

»Ja, manchmal will das auch ein Mann wissen«, meinte Sascha, strich mir mit der Hand über die Schulter und küsste mich auf die Wange.

Ich drehte den Kopf zur Seite. »An nichts«, schwindelte ich.

»Man denkt immer an etwas, Julia.«

Zum ersten Mal hatte Sascha mich bei meinem Vornamen genannt.

»Schade, dass es noch nicht Frühling ist«, bedauerte ich auf der Rückfahrt, »dann blühen hier überall die Rapsfelder.«

»Dann sollten wir demnächst wiederkommen«, sagte Sascha.

Er fuhr mich in die Isestraße. Dort stand in der Nähe von Annes Wohnung mein Wagen. Bevor ich ausstieg, küsste Sascha mich noch einmal – diesmal auf den Mund.

Am Montag kam Hannes vorbei und fragte, ob er mir etwas vom Chinesen mitbringen solle.

»Oh ja«, antwortete ich. »Bringst du mir zweimal gebratenes Rindfleisch mit Bambus und Pilzen mit?«

»Dein Wunsch ist mir Befehl«, scherzte Hannes. »Wir können dann nachher oben bei mir essen.«

»Dann lerne ich endlich dein Reich kennen.«

»Na ja, wenn man das Reich nennen kann«, sagte er und machte sich auf den Weg.

Bisher war ich noch nie bei ihm im Obergeschoss gewesen.

Wenig später sah ich Hannes am Fenster vorbeigehen. Ich fing ihn im Hausflur ab.

»Na, hat alles geklappt?«

»Komm doch gleich mit nach oben.«

Ich schloss die Tür zu meinen Praxisräumen ab und stieg hinter ihm die Treppe hinauf. Oben angekommen, nahm ich ihm die zwei Pakete vom Chinesen ab, damit er seine Schlüssel suchen konnte.

»Hoffentlich wird das Essen nicht kalt«, meinte Hannes. Endlich fand er die Schlüssel in der Innentasche seiner Jacke.

Wir gingen in seine Wohnung, die aus anderthalb Zimmern, einer kleinen Küche und einem Bad bestand.

Hannes holte zwei Teller und Besteck.

»Aus der Verpackung esse ich nicht so gern. Außerdem können wir so von beiden Gerichten probieren.«

Er stellte die Packungen auf den Tisch, der in einer kleinen Essecke stand, und wir bedienten uns.

»Das süßsaure Schweinefleisch ist nicht schlecht«, bemerkte ich.

Lena hätte dieser Satz nicht gefallen.

Die antiken Möbel in seinem Wohnzimmer stammten alle noch von seinem Großvater. Ich fühlte mich in eine andere Zeit versetzt.

»Es ist gemütlich bei dir.«

»Ja, ein bisschen klein, aber mir genügt es. In Kiel fühle ich mich nicht zu Hause. Meine Heimat ist Hamburg. Gut, dass ich hierherkommen kann, wenn ich freihabe.«

»Du hast jetzt öfter montags frei.«

»Na, dafür habe ich auch häufig Wochenenddienst. Manchmal ist es nur Bereitschaft, aber ich muss eben erreichbar sein, wenn ich gebraucht werde.«

Ich musste an Sascha denken. Demnächst absolvierte er sein praktisches Jahr im Krankenhaus. Ob er dann ebenfalls Bereitschaftsdienst hatte? Hannes erzählte ich nichts von Sascha. So lange kannte ich meinen Medizinstudenten ja noch nicht. Erst mal abwarten, wie sich alles entwickelt, dachte ich.

Ich sah mich in seinem Wohnzimmer um und entdeckte eine Vitrine, in der kleine Gegenstände lagen.

»Das sind ja Kompasse«, staunte ich.

»Ja, die sammle ich.«

»Darf ich die mal sehen?«, fragte ich

Wir gingen zur Vitrine und Hannes holte einen nach dem anderen heraus und gab zu jedem Kompass einen Kommentar ab. Er schien sich zu freuen, dass sich jemand für seine Sammlung interessierte.

Auf seinem Schreibtisch am Fenster stand ein eingerahmtes Foto, das Hannes mit einer Frau zeigte. Bestimmt war es seine verstorbene Frau. Ich hatte sie nicht gekannt. Trauerte er noch immer um sie? Sicher hatte er sie sehr geliebt.

Ich räusperte mich. »Ich muss wieder, in zehn Minuten kommt der nächste Klient.«

Hannes brachte mich zur Tür. »Hast du morgen Zeit? Wir könnten etwas unternehmen.«

»Ach, ich weiß nicht«, wich ich aus. »Ich bin in den letzten Tagen immer so müde, brauche wohl mal wieder Urlaub.«

»Das würde dir sicher guttun.«

»Da hast du recht. Danke nochmals«, sagte ich, »bis demnächst.«

Hast du morgen Zeit?, hatte Hannes gefragt. Ich konnte mich nicht mit ihm verabreden, da ich bereits mit Sascha verabredet war. Wir wollten ins Kino gehen.

Ich war seit ewigen Zeiten nicht mehr im Kino gewesen. Und ich hatte große Lust, wie zu Studentenzeiten mit Popcorn auf dem Schoß im Kino zu sitzen und vielleicht sogar Händchen zu halten – oder, genauer gesagt, Saschas Hand in meiner zu spüren.

»Nun gib es zu«, nötigte mich Anne am Telefon. »Du bist verknallt.«

»Verknallt sind Siebzehnjährige, bin ich vielleicht siebzehn?«

»Wenn wir verknallt sind, sind wir alle wie siebzehn.«

»Na ja«, gab ich zu, »er hat was.«

»Und habt ihr sein Schloss gefunden?«

»Nicht nur das, ich habe auch seine weißen Pferde gesehen«, ging ich auf Annes Scherz ein.

»Na, dann wirst du ja demnächst als Schlossherrin dort einziehen.«

»Kann sein.«

»Aber mal ernsthaft, seid ihr jetzt ein Paar?«

»Hmmm, das weiß ich nicht.«

»Dann finde es schleunigst heraus. Nachher heulst du dir die Augen nach ihm aus und brauchst selbst eine Therapeutin.«

»Die hätte ich schon in den letzten Monaten gebraucht. Übrigens, ich sehe ihn heute noch.«

»Wen?«

»Den Schlossherrn.«

»Ach, guck mal an. Erst Sonntag und nun schon wieder.«

»Wir gehen ins Kino.«

»Was seht ihr?«

»Ich habe den Titel vergessen. Aber es ist ein Film, der in Amerika eine Auszeichnung bekommen hat.«

»Golden Globe, meinst du wahrscheinlich. Aber der Film ist ja auch Nebensache.« Anne kicherte. Allmählich kam ich mir wirklich vor wie eine Siebzehnjährige. »Dann viel Spaß, und erzähl mal, was danach alles passiert ist!«

Der Film war einfach schrecklich.

»Hollywood hat sich mal wieder selbst gefeiert«, meinte Sascha, der anscheinend in den letzten Jahren öfter im Kino gewesen war als ich. »Die Amerikaner lieben es, Filme zu drehen, in denen es um Schauspieler, Drehbuchautoren und Regisseure geht, die Filme in Hollywood drehen.«

Da konnte ich nicht mitreden.

Nach dem Kinobesuch gingen wir in eine kleine Tapas-Bar.

»Ich mag Spanien«, verriet mir Sascha an diesem Abend, während wir die Speisekarte mit den Tapas-Angeboten studierten. »Am liebsten ist mir das sogenannte grüne Spanien. Dort ist es im Sommer nicht so heiß.«

»Aber die Sonne scheint?«

»Es regnet dort auch, sonst wäre es ja nicht das grüne Spanien.«

Mir fiel ein, dass ich mal im Baskenland war. »San Sebastian kenne ich, aber geregnet hat es da nicht.«

Saschas Augen begannen zu leuchten. »Oh, du warst in San Sebastian? Einen schönen Stadtstrand gibt es dort. Einen der schönsten überhaupt. Wie wär's, wollen wir nicht mal zusammen nach Spanien …?«

»Du meinst, Urlaub machen«, unterbrach ich ihn.

»Ja, genau.«

»Aber bitte nicht da, wo es öfter mal regnet.«

Sascha ging an die Theke, um zu bezahlen. Er bestand immer darauf zu zahlen. Das war nicht nötig, denn schließlich war ich berufstätig und durchaus in der Lage, auch mal die Rechnung zu begleichen. Und er war in der Ausbildung, brauchte eigentlich sein Geld. Wahrscheinlich ließ es sein Stolz oder seine Erziehung nicht zu.

Sein Vater war ja nach Saschas Beschreibung sehr konservativ, und irgendetwas färbte eben doch auf den Sohn ab, ob er es nun wollte oder nicht. Und es gab da noch etwas, was mich an Sascha irritierte. Wenn er mit Kellnern oder Serviererinnen sprach, wirkte er oftmals leicht überheblich.

Sicher nur eine dumme Angewohnheit, er meint es bestimmt nicht so, versuchte ich mir einzureden.

Sascha kam zurück. »So, das wäre erledigt.«

Draußen vor der Tür fragte mich Sascha, ob ich am Donnerstag viele Termine hätte.

»Wieso fragst du?«

»Ich dachte, ich könnte mal etwas für uns kochen.«

»Bei dir?«

»Ja, in meiner Studentenbude in Eppendorf.«

»Aha, in deiner Studentenbude. Was gibt es denn?«

»Lass dich einfach überraschen.«

»Ich liebe Überraschungen«, sagte ich euphorisch.

Warum hatte ich das gesagt? Ich liebte keine Überraschungen, eigentlich hasste ich sie sogar. Wollte ich einfach nur witzig sein, einen besonders jugendlichen Eindruck machen?

»Kannst du gegen acht kommen?«

»Aber bitte nicht morgens.«

Sascha lachte. »Das wäre etwas zu früh.«

10

Lena saß jetzt ständig in ihrem Zimmer und lernte. Berkan hatte ich seit zwei Wochen nicht mehr gesehen.

»Was ist los? Kommt Berkan nicht mehr nach Hamburg?«

»Ach der, der hat Prüfungen.«

»So ähnlich wie du.«

»Jaja, Mama, ich muss lernen.«

»Aber ihr seht euch doch noch?«

»Och nee, musst du immer fragen? Du hast doch jetzt selbst ein Liebesleben.«

»Wie kommst du darauf?«

»Glaubst du, ich bin blöd? Du bist doch ständig unterwegs.«

»Ja, mit Anne.«

»Haha, sehr witzig. Ist es der Rothaarige?«

»Welcher Rothaarige?«

»Schon gut, dann eben nicht.«

Lena vertiefte sich wieder in ihre Bücher. Ich war froh, dass sie nicht mehr so oft mit Berkan oder ihrer Clique unterwegs war. Schließlich sollte sie im Abi eine gute Durchschnittsnote bekommen. Ob das für ein Biologiestudium wichtig war? Aber wer weiß, vielleicht hätte sie demnächst andere Pläne. In diesem Alter begeisterte man sich ja heute für dieses und morgen für jenes.

Nicht jeder ist schließlich wie ich. Ich wusste immer genau, dass ich Psychologie studieren wollte. Und was hatte es mir gebracht? Nun, ich hatte einen anerkannten Beruf, von manchem natürlich auch belächelt. Aber man soll ja die guten Seiten sehen. Und immerhin, so hatte ich Sascha kennengelernt. Ich amüsierte mich über diesen Gedanken. *Ach, für so was ist dein Beruf gut,* hätte Anne jetzt gesagt. Mir fiel ihre Frage von neulich ein. Na gut, Anne, sagte ich zu mir selbst, ich gestehe, ich bin verknallt. Und wenn ich ehrlich bin, sogar ziemlich verknallt.

Saschas angeblich so bescheidene Behausung bestand aus drei Zimmern, einem Bad und einer großen Wohnküche.

»Das ist also deine sogenannte Studentenbude«, sagte ich erstaunt. »Ganz schön nobel. Und ein Klavier hast du auch.«

»Es ist nicht so, wie du denkst.«

»Irgendwie habe ich diesen Spruch schon mal in einem anderen Zusammenhang gehört.«

Sascha nahm Servietten aus dem Schrank, faltete sie und legte sie auf die Teller, die bereits auf dem Wohnzimmertisch standen. Er trug ein weißes Hemd zur schwarzen Hose. Die Ärmel hatte er hochgekrempelt. Ob er schon seit Stunden am Herd stand?

»Setz dich doch, Julia, ich muss noch mal eben in die Küche.«

»Ich sterbe vor Hunger.«

»Kann ich mir vorstellen. Einen Moment bitte, gleich wird serviert.«

»Brauchst du Hilfe?«

»Nein, du weißt doch, die Überraschung.«

Sascha kam mit einer Schüssel Kartoffelgratin herein.

»Das ist nur der Anfang«, rief er übermütig. Danach brachte er eine Platte, die er mit einer Schale zugedeckt hatte. »Na, was wird das wohl sein?«

Ich musste lachen. »Ich ahne etwas, nun nimm schon die Schale weg.«

Sascha lüftete das Geheimnis. »Tatata, da ist es, dein Lieblingsgericht – Rotzungenfilet mit Parmesankruste auf feinem Gurkensalat. Es war nicht so leicht, das Filet zu bekommen. Ich war in drei Fischgeschäften.«

»Ach, du Armer, du tust mir richtig leid.« Wir setzten uns. »Das ist eine Überraschung, die mir gefällt«, sagte ich.

Sascha sprang noch einmal auf. »Ich habe den Wein vergessen.«

Er schenkte uns Weißwein ein. Wir prosteten uns zu.

»Auf ein köstliches Mahl!«

Der Wein passte hervorragend zu dem Fischgericht.

»Schmeckt es?«, fragte Sascha und sah mich erwartungsvoll an.

»Du bist ein guter Koch«, lobte ich ihn.

Sascha strahlte und schenkte Wein nach.

»Oje, dann muss ich mir nachher ein Taxi nehmen.«

Sascha sah mich prüfend an. »Musst du?«

Ich wich seinem Blick aus.

»Wie war das nun mit der Wohnung?«

»Ich habe hier erst mit einem Kommilitonen zusammengewohnt. Doch der studiert nun in einer anderen Stadt. Jetzt bin ich auf der Suche nach einem neuen Mitbewohner.«

»Die Wohnung muss ziemlich teuer sein.«

»Das stimmt, aber es ist ja nur vorübergehend, dass ich die Miete allein trage.«

Unsere Gespräche wurden persönlicher. Sascha erzählte von seinen Kindheitsträumen und dass er einige davon noch nicht aufgegeben habe, und er schaffte es, dass auch ich Dinge über mich preisgab, die ich bisher zurückgehalten hatte.

Es wurde ein wunderbarer Abend. Leise drang klassische Musik aus dem Nebenzimmer. Die Kerzen, die Sascha angezündet hatte, flackerten in einem Leuchter auf dem Klavier. Er nahm mich in die Arme, küsste mich leidenschaftlich und ich fühlte mich wie im Rausch. Ein junger, gut aussehender Mann, der mich begehrte.

Ich nahm mir kein Taxi. Ich verbrachte die Nacht bei ihm.

Auch wenn man im siebten Himmel schwebte, muss man irgendwann auf die Erde zurück. Das bekam ich zu spüren, als ich morgens um sieben nach Hause kam. Lena führte sich auf, als sei sie meine Mutter und ich ihre siebzehnjährige Tochter. Eigentlich gar nicht so verkehrt, wie siebzehn hatte ich mich letzte Nacht ja auch gefühlt.

»Spinnst du jetzt total?«, schrie sie mich an. »Die ganze Nacht wegzubleiben?«

»Ich habe dir eine Nachricht auf den Anrufbeantworter gesprochen«, versuchte ich mich zu verteidigen.

»Dass du nicht kommst, ja, stimmt, aber kein Wort zu viel. Wo du warst, *warum* du nicht kommst. Keine Ahnung, was du dir denkst. Mann, ich mach mir doch Sorgen.«

»Krieg dich wieder ein, ich bin ja jetzt da.«

»Na super, meine Mutter kommt morgens um sieben nach Hause. Ich glaub es nicht. Bist du um die Häuser gezogen oder warst du bei dem Rothaarigen?«

»Wen meinst du eigentlich immer damit?« Jetzt fiel es mir ein. »Ach, Hannes, meinen Vermieter.«

»Wer oder was auch immer.«

»Ich bin dir keine Rechenschaft schuldig. Außerdem muss ich gleich zur Arbeit und du musst zur Schule.«

Lena verschwand im Bad und schlug die Tür hinter sich zu.

»Du bist es nicht gewohnt, dass deine Mutter ein Privatleben hat«, rief ich ihr hinterher.

Sie kam mit der Zahnbürste im Mund aus dem Bad.

»Seit Steffen weg ist, bist du echt chaotisch.«

»Was soll das heißen? Habe ich kein Recht auf ein eigenes Leben, nur weil er abgehauen ist?«

»Vielleicht solltest du mal überlegen, warum er abgehauen ist.«

Das saß.

»Dann zieh doch zu ihm, wenn du es hier nicht mehr aushältst. Aber eins sag ich dir, der hat bald sein eigenes Kind, da störst du nur.«

»Du bist so was von gemein. Hörst du dir eigentlich selber zu?« Lena pfefferte die Zahnbürste durch die Gegend und brach in Tränen aus.

Ich ging zu ihr und nahm sie in den Arm.

»Ich hatte Angst um dich«, schluchzte sie.

»Ich weiß, tut mir leid.«

»Ach Mensch, Mama, irgendwie ist echt alles durcheinander.«

Einen Moment hielt ich sie noch im Arm. »So, wir müssen aber trotzdem jetzt los.«

Lena hatte sich beruhigt. »Wir schreiben heute Mathe«, sagte sie und verschwand wieder im Bad. Und diesmal knallte sie die Tür nicht zu.

Ich stand nackt vor dem Spiegel und betrachtete meine kräftigen Oberschenkel und meine Bauchrolle. So hatte Sascha mich also vergangene Nacht gesehen. Aber es schien, als wäre das alles egal gewesen. Es gab keinen Altersunterschied und wir waren nicht mehr Therapeutin und Klient. Wir waren einfach ein Mann und eine Frau, die nicht genug voneinander bekommen konnten. So hatte es sich jedenfalls angefühlt. Ich war nicht mehr die Verlassene, sondern eine Frau, die umworben und geliebt wurde. Du musst immer bei mir bleiben, hatte er mir ins Ohr geflüstert, ich brauche dich. Steffen hatte die ganzen Jahre so etwas nicht zu mir gesagt.

Ich suchte schnell ein paar Sachen heraus. Gleich musste ich in die Praxis fahren. Ich hätte gern noch ein wenig geträumt, aber um neun Uhr stand der erste Klient vor der Tür.

Sascha und ich telefonierten jetzt jeden Tag miteinander. Er kannte inzwischen auch meine Privatadresse. Ich wollte ihm nichts mehr verheimlichen. Manchmal holte er mich von zu Hause ab, aber ich traute mich nicht, ihn Lena vorzustellen. Was sie wohl sagen würde? Einmal hatte sie aus dem Fenster geschaut, als ich zu Sascha in den Wagen stieg. Ich erzählte ihr, dass ich Sascha durch Anne kennengelernt hätte. Sofort nahm sie an, er sei ein Kollege von ihr.

»Ach, so ein Pauker«, hatte sie gesagt. »Komm bloß nicht auf irgendwelche Nachhilfe-Ideen. Das brauch ich nicht.« Sie machte eine Pause. »Und wie ist er so?«

»Na, nett natürlich.«

»Pah, tolle Beschreibung. Wenn er nicht nett wäre, würdest du ja wohl kaum dauernd mit ihm rumziehen. Bring ihn doch mal mit!«

Bei diesem Satz kam es mir wieder so vor, als sei ich die Tochter und Lena die Mutter. Ich hatte ein schlechtes Gewissen, weil ich sie anlog. Aber was sollte ich machen? Sollte ich ihr sagen: Ach, weißt du, er war bei mir in der Praxis, weil er Hilfe brauchte, und ganz zufällig haben wir uns dann verliebt? Sicher hätte sie ihm gegenüber Vorurteile. Was ist denn das für einer? Reißt seine Therapeutin auf. Und du, machst du dich neuerdings an deine Klienten ran? Bist du schon so verzweifelt?

Nein, ich konnte es nicht riskieren. Ich kannte Sascha noch nicht lange genug. Wie sich unser Verhältnis entwickeln würde, stand in den Sternen. Im Augenblick genoss ich einfach die Zeit mit ihm.

Aber ich nahm mir vor, nicht mehr die ganze Nacht wegzubleiben. Ich wollte mir nicht vorwerfen lassen, dass ich mich nicht um Lena kümmerte.

»Mama«, rief Lena eines Abends. »Telefon für dich, irgendein Sascha.«

Natürlich hatte ich ihm inzwischen auch meine private Telefonnummer gegeben.

»Hallo, Augenblick mal«, sagte ich.

Lena stand mit großen Augen neben mir. Ich gab ihr ein Zeichen, dass ich nichts dagegen hätte, wenn sie mich allein ließe.

Lena zuckte mit den Schultern und ging in ihr Zimmer.

»Hallo Julia. Neulich in der Tapas-Bar, da haben wir doch über Spanien gesprochen.«

»Ja, ich erinnere mich.«

»Ich habe eine Idee. Wir wäre es, wenn wir Anfang April für eine Woche Urlaub in Spanien machen? Du und ich. Ein bisschen Sonne könnte uns guttun. Am Ende des Winters fühlt man sich ja immer ein bisschen ausgelaugt.«

»Und dein Studium?«

»Das krieg ich hin. Aber wie ist es bei dir? Du müsstest ja wohl einige Termine absagen.«

Ein Kurzurlaub in Spanien mit Sascha. Warum eigentlich nicht?

Sofort dachte ich an Palmen, Strände und Meeresrauschen – und an sonnige Tage und lauschige Abende. In Gedanken packte ich bereits meinen Koffer. Ein, zwei warme Pullover müsste ich mitnehmen, denn so lauschig waren die Abende im April ja noch gar nicht. Und natürlich was Elegantes und leichte T-Shits und …

»Der Gedanke ist wirklich verlockend und wenn wir erst Mitte April fahren, müsste ich auch keine Termine absagen.

Ich vergebe dann für diese Zeit einfach keine. Willst du nach Andalusien?«

»Ich dachte an eine andere Gegend.«

»Was schwebt dir vor?«

»Ein Freund von mir ist gerade aus Spanien zurückgekommen. Er war in Tarragona und erzählt die ganze Zeit davon.«

»Tarragona, das ist in der Nähe von Barcelona. Also eher ein Städtetrip«, sagte ich.

»Ich habe recherchiert, es gibt ein gutes Hotel direkt am Strand. Und das Angebot für die Vorsaison ist günstig.«

»Kannst du ein konkretes Angebot einholen?«

»Na klar.«

»Lass uns morgen noch mal telefonieren.«

»Mach's gut, bis morgen. Ich hab dich lieb«, flüsterte Sascha ins Telefon.

»Ich dich auch«, sagte ich.

Es dauerte nicht lange und Lena schoss aus ihrem Zimmer.

»Aha, Sascha heißt er also. Na ja, die Stimme hörte sich nicht schlecht an. Ist es was Ernstes?«

Ich fummelte am Telefon herum.

»Was ist denn das für eine Frage?«

»Na, wenn ihr jetzt schon zusammen verreist.«

»Was fällt dir ein? Du hast gelauscht.«

»Du erzählst ja nichts.«

»Er ist mein Freund«, sagte ich, »und ob es was Ernstes ist, weiß ich noch nicht.«

»Das ist ja mal eine Aussage. Und übrigens, mit Berkan und mir, das ist vorbei.«

»Ach Schatz, das ist schade. Warum denn auf einmal?«

»Ich hätte zu wenig Zeit für ihn, hat er gesagt.«

»Aber er muss doch verstehen, dass du fürs Abi lernen muss.«

»Versteht er aber nicht, der Blödmann.«

Ich sah Lena an. Wie sie dastand mit ihren langen blonden Haaren, ihren blauen Augen und ihren vollen Lippen. Eigentlich müssten die Jungs bei ihr Schlange stehen. Taten sie aber nicht, weil sie sich für Berkan entschieden hatte. Ausgerechnet für einen, der nicht begriff, dass sie lernen musste.

»Und nun fährst du auch noch weg, mit diesem Sascha. Lässt mich allein!«

»Es ist nur für eine Woche. Ich brauch auch mal Urlaub.«

Lena seufzte. »Ich werde schon zurechtkommen.«

»Du fliegst mit ihm nach Spanien?«, fragte Anne, als wir auf dem Stepper im Fitness-Center standen.

»Ja, nach Tarragona, er organisiert alles.«

»Das imponiert dir.«

»Ich finde es angenehm. Bei Steffen war ich die treibende Kraft, wenn es um Urlaub ging. Ich musste mich um alles kümmern. Er war da höchst phlegmatisch.«

»Ich glaube, er war eher der spontane Typ. So nach dem Motto, ach, lass uns mal losfahren und sehen, wo wir landen«, beschrieb Anne meinen Ex.

»Ach, wie spannend, sehr abenteuerlich«, sagte ich.

»Er musste nicht ständig alles vorausplanen.«

»Aber oft geht es nicht anders«, gab ich zu bedenken und kam mir auf einmal spießig vor.

»Meinst du, dein Sascha ist ein Macher?«

Ich amüsierte mich. »Ein Macher, was soll das denn? Nur, weil er den Vorschlag mit Spanien gemacht hat? Weil er sich um die Buchung kümmert?«

»War nur so eine Idee«, meinte Anne. »Ich wollte mir ein Bild von ihm machen.«

»Du suchst nach einer Schublade. Jung, gut aussehend, gebildet, verwöhnt, aus wohlhabender Familie und …«

»Ohne Geborgenheit aufgewachsen«, ergänzte Anne.

»Spricht da die Pädagogin aus dir?«

»Na, seine Mutter hat ihn doch im Stich gelassen.«

»Seinen Vater, nicht ihn.«

»Du hast mir erzählt, sie ist nach Amerika gegangen und hat nie wieder etwas von sich hören lassen.«

»Sie hat ihm geschrieben.«

»Das ist natürlich sehr fürsorglich.«

Ich stieg vom Stepper. »Das reicht für heute.«

»Gut, hören wir auf.«

Nach dem Duschen setzten wir uns ins Restaurant.

Anne sah in die Speisekarte. »Was ist, essen wir eine Kleinigkeit?«

Anne bestellte sich Bruschetta und ich eine Quiche Lorraine. Ich aß immer Quiche, wenn sie irgendwo auf der Karte stand. Sie erinnerte mich ans Elsass. Dort war ich einmal mit Steffen gewesen. Wir waren begeistert von den kleinen Weindörfern und schätzten auch die Küche dieser Gegend. Schon wieder dachte ich an Steffen. War es nicht schon ewig her, dass er ausgezogen war? Sascha hieß der neue Mann in meinem Leben und mit ihm würde ich demnächst nach Spanien fliegen.

Die Kellnerin brachte unsere Bestellungen.

»Sag mal, wie findet Lena deinen Sascha eigentlich?«

Mit dieser Frage hatte ich nicht gerechnet. »Wie soll sie ihn finden? Sie kennt ihn nicht.«

»Du hast ihr noch gar nichts erzählt?«

»Sie hat mitgekriegt, dass ich einen Freund habe.«

»Ach, und sie will nicht wissen, wer er ist?«

Ich wurde rot. »Was soll ich denn sagen? Das ist Sascha, er war ein Klient von mir?«

»Hm, verstehe.« Anne schwieg einen Moment. Dann fing sie an zu kichern. »Und ich dachte, du hast Angst, dass sie ihn dir ausspannt.«

»Na hör mal!«

»War ein Witz. Er steht ja nicht auf junge Dinger.«

»Das musst du nicht immer so betonen.«

»Komm, du weißt, wie ich das meine.«

Ich nahm einen Schluck von dem Mineralwasser, das ich mir bestellt hatte.

»Ich muss dir etwas gestehen.«

»Oh, ich bin gespannt.«

»Ich habe Lena gesagt, dass ich Sascha durch dich kennengelernt habe. Sie nahm sofort an, er sei Lehrer.«

»Ach nee. Das ist echt krass.«

»Du sprichst wie deine Schüler, das wird immer schlimmer.«

»Ja, in dem Fall erscheint mir das völlig angebracht. Echt krass! Ich helfe dir ja gerne mal aus der Patsche, aber irgendwann musst du ihr sagen, was Sache ist. Oder will dein Sascha eine Umschulung machen, um der Wahrheit gerecht zu werden?«

»Um der Wahrheit gerecht zu werden«, wiederholte ich. »Du kannst dich ja doch anders ausdrücken.«

»Lenk nicht ab!«

»Keine Ahnung, wie ich da wieder rauskomme.«

»Sascha weiß aber, dass du eine Tochter hast?«

»Ja, das habe ich ihm erzählt.«

»Und, hat er gefragt, was sie so macht?«

Ich versuchte mich zu erinnern. »Nein, er hat nicht danach gefragt. Wahrscheinlich möchte er nicht aufdringlich sein.«

»Was heißt nicht aufdringlich sein? Wenn man jemanden liebt, möchte man doch alles über ihn wissen.«

Ich wurde nachdenklich. »Ja nun, unsere Beziehung ist noch neu. Man darf nicht zu viel erwarten.«

Anne zog die Augenbrauen hoch. »Wenn du meinst.«

»Jetzt freue ich mich erst mal auf den Urlaub«, sagte ich.

11

Sascha und ich flogen nach Barcelona. Dort holte uns ein Shuttlebus ab, der uns zum Hotel nach Tarragona brachte. Es war diesig an diesem Tag, das Thermometer zeigte einundzwanzig Grad.

Wir wohnten im fünften Stock eines Vier-Sterne-Hotels. Das Zimmer war einfach eingerichtet, aber der Blick auf die Costa Dorada, die direkt vor uns lag, beeindruckte uns.

Ich ging auf den Balkon. »Wundervoll, ein Hotel am Strand, da können wir nachts die Wellen rauschen hören.«

»Nur mit dem Baden wird es in dieser Jahreszeit noch nichts.«

»Das war zu erwarten«, sagte ich, »aber immerhin gibt es einen Pool.«

Sascha kam zu mir und umarmte mich. »Es ist schön, mit dir hier zu sein. Weißt du, dass ich davon geträumt habe, seit ich dich zum ersten Mal sah?«

»Du hast damals schon davon geträumt, mit mir nach Spanien zu fliegen?«

»Ich habe davon geträumt, mit dir an einem Ort zu sein, wo ich dich ganz für mich habe.« Sascha sah mich zärtlich an. »Lass uns die Zeit genießen.«

Ich küsste ihn auf die Wange. »Ich werde sie genießen. Und wenn jetzt noch die Sonne rauskäme, wäre mein Glück vollkommen.«

»Soso«, neckte mich Sascha, »du brauchst nur ein paar Sonnenstrahlen, das genügt dir.«

Ich lehnte mich an seine Schulter. »Also, mit dir hat das natürlich auch zu tun. Jedenfalls so ein kleines bisschen.«

Ich ging ins Zimmer zurück.

Sascha folgte mir und schlang von hinten die Arme um mich. »Wirklich nur ein kleines bisschen? Gestehe, dass ich mehr damit zu tun habe.«

»Ich gestehe«, sagte ich und drehte mich um.

Sascha zog mich an sich und wir küssten uns.

Am Nachmittag bummelten wir durch die Altstadt von Tarragona, bewunderten die ehemalige Arena für Pferde- und Wagenrennen, die, wie man uns erklärte, Ende des ersten Jahrhunderts gebaut wurde. Wir erfuhren auch, dass Teile der Zuschauertribünen noch heute unter einer Straße lagen.

Sascha unterhielt sich mit einem Ladenbesitzer, der uns seinen gläsernen Fußboden zeigte, durch den Fragmente dieser Tribünen zu sehen waren. Sascha übersetzte die Erklärungen des Ladenbesitzers und ich staunte.

»Du hast mir gar nicht erzählt, dass du Spanisch sprichst«, sagte ich, als wir später bei einem Cortado vor einer Bar saßen.

»Hätte ich sollen?«

»Ja, natürlich.«

»Ich kann es nicht perfekt«, wiegelte Sascha ab. »Aber für das Nötigste reicht es.«

»Nicht mal mein Englisch ist so gut«, gab ich zu bedenken, »selbst da stottere ich herum. Was soll ich machen? Ich war nie sonderlich sprachbegabt.«

»Hör auf, mich zu bewundern. Ich kann die Sprache nur, weil ich die meiste Zeit auf einem Gymnasium mit spanischem Zweig war.«

Ich sah ihn fragend an. »Nur deshalb?«

»Na gut, ich hatte auch eine spanische Freundin. Es gab ein Austauschprogramm. Fünfzehn Schüler von uns waren nach Madrid eingeladen und die Schüler aus Madrid kamen später zu uns.«

»Aha, und Schülerinnen natürlich.«

Sascha grinste. »Natürlich.«

»Wo bist du eigentlich zur Schule gegangen?« Ich wunderte mich, warum ich ihn das noch nie gefragt hatte.

»Die meiste Zeit in Hamburg. Wir haben in den Walddörfern gewohnt.«

»Du bist in Hamburg aufgewachsen?«

»Ja, mein Vater hat ja erst später die Chefarztstelle in Berlin angenommen. Und ich bin dann wohl oder übel mitgezogen. Das letzte Jahr bis zum Abi bin ich dann dort zur Schule gegangen.«

»Schulwechsel ein Jahr vor dem Abitur, das war bestimmt nicht so einfach.«

»Was sollte ich machen? Aber wie du siehst, bin ich zum Studieren zurückgekommen.«

Die Stadt, in der sein Vater wohnte und arbeitete, hatte mir Sascha inzwischen verraten. Und ich dachte: Was ist los? Wie kommt es, dass ich auf einmal so viel mit Berlin zu tun habe? Lenas Berkan kam aus Berlin, Sascha war in Berlin zur Schule gegangen. Fehlte nur noch, dass meine Tochter jetzt dort studieren wollte. Dann fiel mir wieder ein, dass Lena ja nicht mehr mit Berkan zusammen war. Das hatte sie jedenfalls behauptet.

Sascha und ich gingen zum Hotel zurück. Wir waren müde von der Reise und von den vielen neuen Eindrücken. Vom

Balkon unseres Zimmers beobachteten wir, wie die Sonne über der Costa Dorada unterging.

»Wir könnten in den nächsten Tagen einen Ausflug nach Barcelona machen«, schlug Sascha vor.

Eigentlich eine gute Idee. Doch sie behagte mir nicht. War ich doch vor einigen Jahren mit Steffen für drei Tage in dieser Stadt gewesen. Damals waren wir mit dem Auto losgefahren und hatten überall Halt gemacht, wo es uns gefiel. Das war ganz nach Steffens Geschmack. Keine Reiseplanung, keine Hotelreservierung, einfach losfahren und sich treiben lassen. Ich ärgerte mich über mich. Was sollte das? Ich musste ihn endlich abschütteln und ein neues Leben beginnen.

»Lass uns erst mal hier ankommen«, sagte ich, und Sascha schien zu spüren, dass irgendetwas nicht stimmte.

»Warst du schon mal in Barcelona?«

»Ja, als Studentin.«

Das war nicht gelogen. Ich verschwieg lediglich, dass es eine zweite Städtereise gegeben hatte – die mit Steffen. Mir war nicht danach, mit Sascha zu diskutieren. Er wusste, dass ich in Trennung lebte. Nur einmal fragte er, ob ich noch etwas für Steffen empfinde. Ich hatte abgewinkt und von Scheidung geredet. Demnächst würde ich sie einreichen, sagte ich. Aber ich tat nichts. Steffen unternahm ebenfalls nichts in dieser Richtung. Eigentlich verwunderlich. Er war es doch, der sich getrennt hatte, dann sollte er auch die Scheidung beantragen.

Den nächsten Vormittag verbrachten wir am Strand. Der Wetterbericht hatte für den ganzen Tag Sonne vorausgesagt, allerdings nur bei neunzehn Grad.

Da es etwas windig war, spazierten wir in unseren Jacken an der fast menschenleeren Küste entlang.

Zurück im Hotel kamen wir in der Lobby mit zwei schwedischen Touristinnen ins Gespräch, die schon einige Tage in Tarragona verbracht hatten. Sie überredeten uns, einen Espresso mit ihnen zu trinken. Beide sprachen sehr gut Deutsch. Sie erklärten, dass die Schweden einfach einige andere Sprachen beherrschen müssten, denn wer würde sich schon die Mühe machen, Schwedisch zu lernen?

»Ja, das ist so ähnlich wie bei den Holländern oder den Dänen«, sagte ich, um auch etwas zu dem Gespräch beizutragen.

Sascha unterhielt sich angeregt. Ich bemerkte, dass die beiden, die ich auf etwa fünfundzwanzig, höchstens sechsundzwanzig Jahre schätzte, ihm interessierte Blicke zuwarfen. Meine kritische innere Stimme meldete sich. Bestimmt denken diese jungen Dinger jetzt: Was will der blendend aussehende Typ denn mit der Alten? Wo war mein Selbstbewusstsein, von dem ich glaubte, ich hätte es in den letzten Wochen wiedergefunden?

Die beiden Schwedinnen gaben jetzt Tipps. »Ihr müsst morgen unbedingt zur Plaza del Forum kommen, dort findet ein Wettkampf der Castelleres statt. Sie bauen Menschentürme, das ist ein alter Brauch hier«, erklärte die eine, die sich als Annbrit vorstellte.

Die andere, deren Namen ich nicht kannte, meldete sich jetzt auch zu Wort: »Sonst finden diese Wettkämpfe nur von Juli bis September statt. Die Veranstaltung morgen ist eine Ausnahme. Ich glaube, sie machen es für die Touristen. Denen wollen sie ja auch in der Vorsaison etwas bieten.«

»Oh ja«, meinte Sascha, »das lassen wir uns nicht entgehen.« Er sah mich fragend an und tätschelte dabei meinen Oberschenkel. Ich kam mir bei dieser Geste vor, als sei ich seine Frau, mit der er schon zwanzig Jahre verheiratet war.

Die beiden Schwedinnen plapperten weiter munter drauflos. Ich beobachtete sie. Annbrit hatte kurz geraspelte, blonde Haare und ein paar Kilo Übergewicht. Die andere war ebenfalls blond. Doch sie hatte längere, lockige Haare und sie war schlank. Ganz offensichtlich war sie die Attraktivere. Beide trugen Skinny-Hosen und T-Shirts mit Glitzerapplikationen und ihre nackten Füße steckten in flachen, zierlichen Riemchen-Sandalen. Ich fror beim Anblick ihrer übertrieben sommerlichen Schühchen. Im April steigen die Temperaturen an der Costa Dorada selten auf mehr als zwanzig Grad. Auch als Schwedin sollte man das wissen. Am meisten störte mich, dass sie bei allem, was Sascha sagte, laut auflachten.

Am Abend in der Hotelbar sahen wir die beiden wieder. Sie winkten uns zu und wir winkten zurück. Zum Glück saßen sie nicht in unserer Nähe. Ihr Gekicher hätte ich nicht ertragen.

»Nett, die zwei«, meinte Sascha. »Sie kommen aus Uppsala und studieren Romanistik.«

»Sprachbegabt sind sie wohl, aber sie lachen ein bisschen viel.«

»Ja, wenn man so jung ist, hat man noch etwas zu lachen.«

»Du bist kaum älter«, gab ich zu bedenken.

Sascha schien zu ahnen, wohin das Gespräch führen könnte.

»Ich sagte dir schon, ich kann nichts mit jüngeren Frauen anfangen.«

Fast hätte ich gesagt: *Das sah heute Nachmittag aber ganz anders aus.* Doch ich verkniff mir die Bemerkung, die zu sehr nach Eifersucht geklungen hätte.

»Wollen wir tanzen?«, fragte Sascha.

Ich stellte mir vor, wie die beiden Schwedinnen uns beim Tanzen mit ihren Blicken verfolgten und miteinander tuschelten. Das wollte ich auf keinen Fall.

Ich trank einen Schluck von meiner Margerita.

»Vielleicht später.«

»Später bin ich müde. Der Tag war zwar schön, aber auch anstrengend.«

»Anstrengend?«

»Im positiven Sinn«, sagte Sascha, und ich überlegte, ob etwas im positiven Sinn anstrengend sein konnte.

Wir gingen aufs Zimmer. Ich war froh darüber, ersparte es mir doch, mich den Blicken von Annbrit und der anderen Schwedin beim Tanzen auszusetzen.

Nachdem wir den nächsten Tag mit Bummeln durch die Gassen und Besichtigungen in der Altstadt verbracht hatten, gingen wir gegen Abend zur Plaza del Forum. Hier waren bereits viele Menschen, die auf das große Spektakel warteten. Es dauerte nicht lange und eine Gruppe von Männern, Frauen und Kindern in rot-weiß gestreiften Hemden kam auf den Platz. Ihr folgte eine zweite Gruppe, bekleidet mit schwarzen Hemden.

»Das müssen die Colles Castelleres sein«, stellte Sascha fest, »davon hat uns Annbrit ja erzählt.«

Die Menge um uns herum johlte. Die Colles Castelleres liefen umher und banden sich schwarze Schärpen um. Trommler verkündeten, dass gleich etwas Spannendes passieren würde.

Neben uns stand eine deutsche Reisegruppe.

»Sind das die Turmbauer von Tarragona?«, fragte ein Mann.

»Das müssen sie wohl sein«, antwortete Sascha. »Wir haben auch erst gestern davon gehört.«

Und dann ging es los. Einige der Männer und Frauen in den rot-weiß gestreiften Hemden bildeten einen Sockel. Sofort kletterten weitere Mitglieder der Gruppe hinauf und bildeten einen weiteren Sockel, der es den anderen ermöglichte, immer weiter nach oben zu steigen. Jeweils drei Personen der Pyramide hielten die nächsten drei der Gruppe. Zum Schluss kamen die Kinder, sie kletterten ganz nach oben und streckten die Arme aus. Der Menschenturm war fertig. Die Zuschauer klatschten.

Als plötzlich eins der Kinder ins Wanken geriet, herrschte absolute Stille auf der Plaza del Forum. Alle sahen gebannt nach oben. Doch das Kind fing sich wieder. Schnell und geschickt stieg es nach unten und kurz darauf löste sich der gesamte Menschenturm auf.

Jetzt machten sich die Colles Castelleres mit den schwarzen Hemden bereit. Bei ihnen lief alles ähnlich ab wie bei der ersten Gruppe. Wir konnten nicht entscheiden, wer nun besser oder schneller war. Aber am Ende bekamen wir mit, dass die Gruppe mit den rot-weiß gestreiften Hemden gewonnen hatte. Sascha unterhielt sich mit einem Einheimischen. Es ginge darum, welche Gruppe den höchsten und schwierigsten Menschenturm baue, erklärte er.

»Das ist gelebte Folklore«, sagte Sascha, der sichtlich angetan war.

Mich hatte das Spektakel weniger beeindruckt. »Oder eine Show für die Touristen«, bemerkte ich.

»Das natürlich auch«, gab Sascha zu.

Der Platz leerte sich. Und wir konnten beobachten, wie die meisten Menschen in die umliegenden Cafés, Bars und Restaurants strömten.

Der zweite Teil des Abends begann.

»Die wollen jetzt alle Tapas der katalanischen Küche genießen«, meinte der Reiseleiter der deutschen Gruppe, die noch immer neben uns stand. »Und natürlich Cerveza, denn Bier gehört dazu.«

»Also dann«, meinte Sascha, »wenn das hier so üblich ist, dann wollen wir uns nicht ausschließen.«

Sascha legte den Arm um mich.

Ich sah zu ihm hoch. »Das geht natürlich auf keinen Fall. Aber vielleicht kann ich zu den Tapas statt Bier auch ein Glas Wein bekommen.«

Sascha zwinkerte mir zu. »Ich werde mit dem Wirt reden. Vielleicht erlaubt er es.«

Wir fuhren nach Barcelona, schlenderten die Ramblas entlang, blieben stehen und staunten, wenn ein Händler auf dieser berühmten Flaniermeile etwas Ungewöhnliches anbot, und wir besuchten die Sagrada Família, obwohl jeder von uns schon einmal die immer noch unvollendete Kirche besichtigt hatte. Nur einen Moment lang dachte ich an Steffen, doch ohne dabei sentimental zu werden. Ich wertete dies als gutes Zeichen. Sascha war an meiner Seite und das bedeutete mir viel. Ich fühlte mich in seiner Nähe geborgen. Und das, obwohl ich noch vor Kurzem geglaubt hatte, er sei nur ein großer, verwöhnter Junge, der seinen Weg noch nicht gefunden hatte.

Allmählich ging die unbeschwerte Zeit mit Sascha dem Ende entgegen. Am letzten Abend vor unserer Abreise gingen wir noch einmal in die Hotelbar und lauschten den Klängen des Pianospielers. Wir hatten einen letzten Strandspaziergang geplant, aber ein stürmischer Wind und leichter Nieselregen hielten uns davon ab.

»Das soll in den nächsten Tagen so weitergehen«, verkündete Sascha, »aber das kann uns egal sein, wie reisen ja ab.«

»Schade«, sagte ich, »jetzt hat uns der Alltag bald wieder.«

Ich hatte Kopfschmerzen an diesem Abend. Vielleicht war es der Wetterumschwung, vielleicht aber auch ein leichter Abschiedsschmerz. Abschied von Tarragona und einer herrlichen Woche an der Costa Dorada. In Hamburg warteten meine Klienten, Sascha musste sich ins Studium stürzen. Wir würden nicht mehr so viel Zeit füreinander haben.

Zweimal hatte ich Lena angerufen. Sie kam anscheinend gut zurecht ohne mich. Oder tat sie am Telefon nur so, damit ich mir keine Sorgen machte? Außer Anne war sie der einzige Mensch in Hamburg, auf den ich mich freute. Auch wenn sie sich in den letzten Monaten manchmal ungewöhnlich pubertär aufgeführt hatte. Ich nahm mir vor, ihr so bald wie möglich Sascha vorzustellen.

Die Kopfschmerzen wurden stärker. »Ich darf keinen Alkohol mehr trinken«, sagte ich und schob meinen Cocktail zur Seite.

»Was ist los?«

»Ach nichts, nur Kopfschmerzen. Ich glaube, es ist besser, wenn ich mich hinlege.«

»Ja, vielleicht ist es besser.«

»Kommst du mit?«

Sascha zögerte. »Macht es dir was aus, wenn ich noch einen Absacker trinke? Ich kann jetzt noch nicht schlafen.«

»Schlafen werde ich auch nicht können, es ist ja noch früh am Abend. Ich möchte mich einfach hinlegen.«

»Soll ich dich aufs Zimmer bringen?«

»Es geht schon, den Weg finde ich noch. Trink deinen Absacker, wir sehen uns nachher.«

»Ja, bis später, ich komme bald nach«, rief Sascha mir hinterher.

Ich nahm meine Handtasche, fuhr mit dem Fahrstuhl in den fünften Stock und fiel in unserem Zimmer aufs Bett. Mein Kopf dröhnte und mir war ein bisschen schwindlig. Vom Alkohol konnte es nicht kommen, an dem Cocktail hatte ich nur genippt. Vielleicht hatte es in den letzten Tagen zu viele Eindrücke gegeben, die ich noch nicht verarbeitet hatte.

Ich lag angezogen auf dem Bett und fiel in einen wohligen Dämmerschlaf.

Als ich erwachte, wusste ich für einen Augenblick nicht, wo ich war. Dann fiel es mir wieder ein. Ich war aufs Zimmer gegangen, weil ich mich nicht wohlfühlte. Sascha wollte in der Bar noch etwas trinken und dann nachkommen. Meine Hand wanderte zur anderen Hälfte des Bettes. Ich fühlte nichts. Vorsichtig richtete ich mich auf. Sascha war nicht da. Ein Blick auf die Uhr verriet mir, dass es fast Mitternacht war.

Ich stand auf und ging ins Bad. Dort versuchte ich mich ein wenig frisch zu machen. Wo Sascha nur blieb? War er noch in der Bar oder war er ein letztes Mal zum Strand gegangen? Aber allein am Strand, nein, das konnte ich mir nicht vorstellen.

Vor dem Spiegel zupfte ich meine Haare zurecht und beschloss, in der Bar nachzusehen. Mit dem Fahrstuhl fuhr ich wieder nach unten. Als ich den Fahrstuhl verließ, drangen aus der Bar Saxofonklänge herüber. Blues, sie spielten einen Blues, aber es war keine Livemusik. Ich stand in der Lobby und sah zur Bar, die durch eine gläserne Wand von den anderen Bereichen getrennt war. Mehrere Paare bewegten sich auf der Tanzfläche. Ich ging noch ein paar Schritte weiter. Und da sah ich es. Sascha tanzte mit Annbrit, eng umschlungen. Er fuhr ihr mit der Hand über das kurz geraspeltes Haar und sie hatte beide Arme um seinen Hals gelegt. Mir wurde kalt. Wie gebannt starrte ich auf die beiden, die so sehr mit sich beschäftigt waren, dass sie mich überhaupt nicht bemerkten.

Plötzlich verstummte die Musik, der Tanz war zu Ende. Doch Sascha und Annbrit standen weiterhin eng umschlungen auf der Tanzfläche. Dann hob Annbrit ihren Kopf und Sascha beugte sich zu ihr herunter und küsste sie.

Weg hier, nur weg hier. Ich rannte die fünf Stockwerke zu unserem Zimmer hoch. Nach Luft ringend kam ich oben an. Zitternd setzte ich mich auf die Bettkante und versuchte zu begreifen, was ich eben gesehen hatte. Was ist, wenn er jetzt kommt? Ich will ihm nicht begegnen. Alles, was ich dann tat, passierte fast automatisch. Ich nahm meinen Koffer, warf meine Sachen hinein, griff nach meiner Handtasche und verließ fluchtartig das Zimmer. Auf der Straße suchte ich nach einem Taxi. Doch ich fand keins. Der Mann an der Rezeption könnte mir ein Taxi bestellen, überlegte ich, doch ich wollte nicht ins Hotel zurück. Ich ging ein Stück in Richtung Altstadt und endlich hielt ein Taxi, das ich durch Heben der Hand auf mich aufmerksam gemacht hatte. »Barcelona, por favor«, sagte ich und legte meinen Koffer auf den Rücksitz.

»Barcelona?«

»Si, Barcelona, Aeropuerto.«

Der Taxifahrer fuhr los. Nach etwa zwanzig Minuten hatte ich mich etwas beruhigt. Jetzt kamen die Gedanken. Was wollte ich mitten in der Nacht am Flughafen? Ich wusste es nicht. Ich wollte einfach nur weg. Warum eigentlich? Was war passiert? Sascha hatte in der Bar eine junge Frau geküsst. Das Bild ging mir nicht aus dem Kopf. Ich verspürte einen starken Druck auf der Brust und versuchte ruhig zu atmen.

Der Taxifahrer sah gebannt auf die Straße. Sicher wunderte er sich. Von der Küste her blinkten Lichter. Was Sascha wohl unternahm, wenn er meine Flucht bemerkte? Ja, Flucht, so könnte man es nennen. Ich bin geflohen, weil ich Angst hatte. Angst davor, wieder verletzt zu werden. Er ist zu jung, viel zu jung für mich. Es konnte nicht gut gehen. Was hatte ich mir da eingeredet? Plötzlich rannen mir Tränen übers Gesicht.

Der Taxifahrer merkte es, grummelte irgendetwas auf Spanisch und reichte mir ein Päckchen mit Taschentüchern. Ich nahm es. Ob er das öfter erlebte? Hielt er immer Taschentücher bereit für den Fall, dass ein Fahrgast in Tränen ausbrach? Ich war froh, dass wir uns nicht verständigen konnten, und ich glaube, er war es auch. Er konnte keine Fragen stellen und ich musste keine Antworten geben.

Wir fuhren über eine Stunde. Barcelona war jetzt nicht mehr weit, das zeigten die Straßenschilder an. Schließlich erreichten wir den Flughafen. Ich zahlte dem Taxifahrer eine Unsumme für die Nachtfahrt in die katalanische Hauptstadt. Er hatte ein gutes Geschäft gemacht.

Ich nahm meinen Koffer und ging in das hell erleuchtete Flughafengebäude. Es war zwei Uhr nachts. Das Flugzeug, das mich nach Hamburg bringen sollte, startete erst gegen zehn Uhr. Ich suchte mir einen Platz in einem der vielen Gänge. Noch immer fühlte ich mich benommen von dem, was ich einige Stunden zuvor erlebt hatte. Seltsame Gedanken kamen mir in den Sinn. Warum hatte sich Sascha gerade die weniger

Attraktive der beiden ausgesucht? Oder stand die andere nicht auf ihn? Nahm er das, was er kriegen konnte? So zum Beispiel auch mich? Ich kenne ihn doch gar nicht richtig, gestand ich mir ein. Wie blind war ich? Ließ mich mit einem Klienten ein, weil er gut aussah und mich umwarb.

Nach der Aufregung überfiel mich eine wohltuende Müdigkeit. Doch ich durfte hier nicht einschlafen. Ich nahm meinen Koffer und schleppte mich nach draußen. Die Luft tat mir gut. Ich entdeckte eine Bodega, die geöffnet hatte, und ging hinein. Am Tresen bestellte ich Brandy.

Die Kellnerin musterte mich von oben bis unten.

»Pequeño?«, fragte sie.

»No, doble«, antwortete ich.

Sie goss mir einen doppelten Brandy ein. Ich nahm das Glas und trank es in einem Zug aus. Dann setzte ich mich an einen Tisch. Die Kellnerin warf mir einen besorgten Blick zu. Inzwischen war es drei Uhr, ich musste also noch sieben Stunden warten, bis mein Flieger ging. Ich beugte mich vornüber, legte Arme und Kopf auf die Tischplatte und schlief ein.

»Servicio de seguridad. No puedes dormir aquí!«

Irgendwer wiederholte ständig diesen Satz. Ich spürte, wie jemand an meiner Schulter rüttelte. Allmählich wachte ich auf und sah hoch. Als Erstes griff ich nach meiner Handtasche. Sie war noch da. Auch mein Koffer stand noch dort, wo ich ihn abgesetzt hatte.

»No dormir«, sagte die Stimme erneut.

Ich ahnte, was der Mann von mir wollte. Schlaftrunken stand ich auf. Es war fünf Uhr. Ich wankte zurück ins Flughafengebäude. Irgendwann musste diese Warterei doch ein Ende haben. In einer Toilette versuchte ich mich frisch zu machen. Doch die letzte Nacht hatte ihre Spuren hinterlassen. Meine Haut war aschfahl und unter den Augen entdeckte ich graugrüne Ringe. Sie erschienen mir riesig. Mein Haar sah zerzaust aus und ich fühlte mich verschwitzt. Kein Wunder, dass Sascha sich doch lieber einer jungen Schwedin zuwandte, wenn sie auch etliche Pfunde zu viel auf die Waage brachte. Fast musste ich lachen. Es hatte ja seinen Grund, dass ich so schrecklich aussah. Wenn diese Annbrit eine Nacht durchmacht, sieht sie bestimmt auch nicht gerade frisch wie der junge Morgen aus, versuchte ich mich zu trösten.

Im Flughafen öffneten jetzt die ersten Cafés. Die Gänge füllten sich mit Menschen, die hin und her hasteten. Ich kaufte mir einen Kaffee und ein Croissant und setzte mich auf einen Hocker.

In der Nähe stand ein Mann mit seinem etwa sechsjährigen Sohn. »Kann ich etwas mitnehmen?«, bettelte der Junge und zeigte auf das ausgestellte Gebäck.

»Kein Schokoladengemansche im Flugzeug«, stellte der Vater klar.

Meistens musste ich über solche Gesprächsfetzen schmunzeln. Doch jetzt war mir nicht danach. Aber ich war froh, dass diese furchtbare Nacht vorüber war. Bald würde ich wieder in Hamburg sein. Wie sollte das Leben dann weitergehen? Ich wollte gerade aufstehen und mir einen zweiten Kaffee holen, als mich jemand am Arm packte.

Es war Sascha. »Was fällt dir ein?«, schrie er mich an. »Einfach abhauen, so geht das nicht!«

Ich war schockiert. Welches Recht hatte er, mich anzuschreien? »Lass mich sofort los!«, schrie ich zurück.

Sascha ließ meinen Arm los. »Ich habe dich gesucht. Wo warst du?«, fragte er in schroffem Tonfall.

Ich versuchte ruhig zu bleiben. »Heute Nacht habe ich dich auch gesucht.«

Sascha fasste sich an die Stirn. »Ach so, du hast mir nachspioniert. Habe ich dir schon mal gesagt, dass ich so was hasse?«

»Ja, das kann ich mir vorstellen. Aber es hat mir die Augen geöffnet.«

Sascha tat, als erinnere er sich nur mühsam. »Du meinst Annbrit. Ich habe doch nur mit ihr getanzt, mehr war da nicht.«

»Ach nein?«

»Okay, wir haben uns geküsst, nur ein einziges Mal. Was ist daran so dramatisch?«

»So siehst du das also.«

»Hör mal, wir hatten getrunken. Es war aus einer Laune heraus. Das hat doch nichts zu bedeuten. Deswegen musst du doch nicht so hysterisch reagieren.«

Hysterisch, hatte das nicht damals Steffen gesagt, als er mich verließ? Nach Ansicht dieser beiden Männer reagierte ich auf alles hysterisch.

»Ich wollte keine Nacht mehr neben dir verbringen, deshalb bin ich lieber abgereist.«

»Wie bist du überhaupt hergekommen?«

»Schon mal was von Taxis gehört?«

»Ach so. Ich bin mit dem Shuttlebus gekommen.«

»Das ist mir völlig egal, wie du hergekommen bist.«

»Tut mir leid, dass ich dich vorhin angeschrien habe«, sagte Sascha völlig unerwartet. »Ich habe mir Sorgen gemacht.«

»Ja, sicher, du hast dir Sorgen gemacht. So wie gestern Abend, als es mir nicht gut ging. Da hast du gleich nach mir sehen wollen.«

»Sarkasmus steht dir nicht«, bemerkte Sascha.

Ich sah ihm in die Augen. »Und was steht mir deiner Meinung nach?«

»Hör auf, es war nicht richtig, was ich gemacht habe. Aber irgendwann muss Schluss sein mit den Vorwürfen.«

»Und wann Schluss ist, bestimmst du. Ist es so?«

Sascha bestellte sich einen Kaffee. »Wir müssen unsere Koffer aufgeben.«

»Du meinst, du musst deinen Koffer aufgeben und ich meinen.«

Sascha verschüttete Kaffee auf seine helle Hose. Mit einem Taschentuch versuchte er den Kaffee wegzuwischen.

»Das wird nicht funktionieren«, sagte ich. »Genauso wie unsere Beziehung nicht funktioniert hat.«

Sascha wischte weiterhin an seiner Hose herum. »Wie meinst du das? Nur weil ich im Alkoholrausch eine andere Frau geküsst habe?«

»Von Rausch kann ja wohl keine Rede sein. Dafür hast du noch zu gut getanzt.«

Sascha hörte mit der Wischerei auf. »Hast du mich die halbe Nacht beobachtet?«

»Ich habe jedenfalls nicht gesehen, dass du herumgetorkelt bist.«

»Julia, bitte, es ist genug.« Sascha wollte den Arm um mich legen, aber ich stieß ihn zurück. »Also gut, dann gehe ich.«

»Bitte sehr, ich werde dich nicht halten.«

Sascha nahm seinen Koffer und ging. Ich sah ihm hinterher. Was hatte ich eben gesagt? *Ich werde dich nicht halten.* Ja, ich kann ihn gar nicht halten. Irgendwann wird eine andere Annbrit kommen und ich bleibe wieder allein zurück.

Ich wartete etwa zehn Minuten, bevor ich meinen Koffer aufgab. Ich wollte Sascha nicht noch einmal sehen. Verdammt, wir würden nachher nebeneinandersitzen. Ich fragte am Schalter nach, ob es im Flugzeug nach Hamburg noch freie Plätze gab.

Es klappte, ich konnte meinen Platz tauschen. Im hinteren Teil des Flugzeugs war ein Fensterplatz frei. Natürlich sah ich Sascha, als wir im Abflugbereich auf den Aufruf warteten. Er ignorierte mich und ich ihn. Ich ging als Erste ins Flugzeug und steuerte meinen Platz ganz hinten an. Von dort aus konnte ich beobachten, wie sich Sascha irritiert umsah. Wahrscheinlich glaubte er, ich würde kommen und mich neben ihn setzen.

Weit gefehlt, mein Lieber. Der Platz blieb frei. Ich sah, wie er immer nervöser wurde. Schließlich entdeckte er mich. Von da an verhielt er sich ruhig. Jetzt wusste er also Bescheid.

Während des Fluges drehte er sich kein einziges Mal um. Ich blätterte in einer Zeitung, versuchte einen Artikel zu lesen und gab es dann auf. Ich konnte mich einfach nicht konzentrieren. Zu sehr beschäftigte mich all das, was seit gestern Nacht geschehen war. Und dann sein Auftritt heute Morgen. Unmöglich. Unverzeihlich. Er hatte ja nur geflirtet, das musste ich doch verstehen. Aber ich habe ein schweres Verbrechen begangen, weil ich abgereist bin. Warum verdrehen Männer immer alles? *Damit sie niemals schuld an etwas sind,* hätte Anne auf diese Frage geantwortet.

Wir landeten in Hamburg. Draußen schien die Sonne. Wie in Tarragona, dachte ich, nur bei zwölf Grad. Aber ich musste Tarragona vergessen, obwohl es viele schöne Momente gegeben hatte. Und diese schönen Momente, vor allem die, die musste ich so schnell wie möglich vergessen.

Niemand holte mich ab. Wie denn auch? Alle hatten zu tun. Und was heißt alle – so viele Menschen gab es ja nicht in meinem Leben. Natürlich Lena, und dann war da ja noch Anne. Rein theoretisch hätte mich Jörg abholen können – aber dafür extra die Festplatte ausbauen, das wäre zu viel verlangt. Wieder nahm ich mir ein Taxi. Kurz vorher sah ich Sascha am Gepäckband stehen, er würdigte mich keines Blickes. Er bemüht sich nicht einmal, überlegte ich. In meiner Vorstellung hätte er mich jetzt auf Händen tragen müssen, um mich zu versöhnen. Und nicht so tun, als ob er derjenige wäre, der gekränkt wurde.

Mich erwartete mal wieder eine leere Wohnung. Ich freute mich auf Lena. Was sie wohl zu erzählen hatte? Jetzt gingen bald die Abi-Klausuren los. Ich machte mir keine Sorgen, denn ich war überzeugt, dass sie alles bewältigen und eine gute Durchschnittsnote bekommen würde.

Ich stellte den Koffer in den Flur. Zum Auspacken hatte ich absolut keine Lust. Jetzt erst mal duschen. Ich duschte mindestens zwanzig Minuten lang. Danach trocknete ich mich ab und stieg auf die Waage. Ich hatte zwei Kilo zugenommen. Auch das noch. Die Cocktails, der Rotwein und das Essen am späten Abend, kein Wunder.

Ich suchte mir ein paar saubere Sachen heraus, zog sie an und ging in die Küche. Der Kühlschrank war voll. Lena hatte also eingekauft. Geld hatte ich ihr genügend dagelassen. Gut, dass sie so selbstständig war. Im Kühlschrank fand ich verschiedene Käsesorten. Natürlich, Lena war ja jetzt Vegetarierin. Seltsamerweise entdeckte ich eine Schale mit Krabbensalat. Dürfen Vegetarier so was essen? Ich nahm mir ein Brot, das ich mit dem Krabbensalat belegte, und aß es hastig. Stimmt, ich hatte ja nur wenig gegessen.

Obwohl ich letzte Nacht kaum geschlafen hatte, verspürte ich keine Müdigkeit. Nachdem ich noch eine Scheibe Brot, diesmal mit Frischkäse, gegessen hatte, verließ ich die Wohnung und fuhr zum Altonaer Bahnhof. Von dort aus ging ich schnurstracks zu meinem Eiscafé und bestellte mir eine doppelte Portion Tiramisu.

12

»Mit Berkan läuft es jetzt besser«, teilte mir Lena mit, »wir haben uns wieder vertragen.«

»Das freut mich«, sagte ich und wusste nicht, ob das wirklich so war. Aber Lena war so glücklich, dass ich im Moment keine Bedenken äußern wollte.

»Wie war's denn nun mit deinem Sascha?«, fragte Lena.

»Schön«, erwiderte ich, »nur wie das Leben so spielt … Du bist wieder mit Berkan zusammen und ich habe mich getrennt.«

»Wie, getrennt? Gerade hast du noch gesagt, es war schön.«

»War es auch, nur zuletzt leider nicht mehr.«

»Und was ist passiert?«

Ich wollte Lena nicht die ganze Geschichte erzählen. »Wir passen wohl doch nicht so gut zusammen.«

»Wieso?«

»Darüber möchte ich jetzt nicht sprechen.«

Lena überlegte.

Ich hatte ihr vor meiner Abreise gestanden, dass Sascha nicht, wie sie annahm, Lehrer war, sondern Medizin studierte. Daran schien sie sich jetzt zu erinnern.

»Also, wie war das? Der will Arzt werden. Studiert immer noch. Ist das einer, der mit vierzig den Beruf gewechselt hat? Ein Spätberufener? So richtig hast du mir nie von ihm erzählt.«

Ich wurde rot. »Er ist kein Spätberufener, der sich das mit vierzig überlegt hat. Er ist ganz einfach jünger als ich. Außerdem spielt das jetzt alles keine Rolle mehr.«

»Jünger? Wie viel denn, Mama? Vierzig wäre übrigens auch jünger.«

»Vielen Dank, dass du das erwähnst.«

»War nicht so gemeint. Also, wie viel?«

»Er ist neunundzwanzig.«

Lena schnalzte mit der Zunge. »Oh Mann, Mama! Und jetzt ist Schluss, weil er dreizehn Jahre jünger ist als du.«

»Du wirst immer besser in Mathe«, sagte ich.

»Haha, nun lenke nicht ab.«

»Vielleicht auch deswegen«, sagte ich. »Der Altersunterschied ist eben zu groß.«

»Das wusstest du doch vorher.«

»Ja, man weiß vieles vorher und probiert es eben doch.«

»Sieht er gut aus?«, wollte Lena jetzt wissen.

»Ziemlich gut, wahrscheinlich zu gut für mich. Aber wie gesagt, es ist vorbei.«

Lena ignorierte meinen letzten Satz. »Quatsch, du siehst auch gut aus.«

Ich war dankbar, dass sie nicht *für dein Alter* hinzugefügt hatte.

»Ja, ich bin deine Mutter.«

»Was hat das denn damit zu tun? Nee, ehrlich, Mama, du brauchst dich nicht zu verstecken.«

Ich umarmte sie. »Danke, wenigstens du findest mich gut.«

»Andere auch, Mama, sonst hätte dieser Sascha doch nichts mit dir angefangen.«

»Mag sein«, sagte ich. Aber ich sagte ihr nicht, dass ich Sascha in meiner Praxis kennengelernt hatte.

Am Abend rief ich Anne an.

»Wie ist es gelaufen?«, fragte sie. »Ich habe schon auf deinen Anruf gewartet und bin sehr neugierig.«

»Wie man's nimmt«, erwiderte ich.

»Das hört sich nicht gerade begeistert an.«

»Es ist aus mit Sascha.«

»Oh nein, nicht das schon wieder.«

»Ich hätte es auch nicht gedacht. Es war ein toller Urlaub und dann das.«

»Was?«

»Ich komme morgen bei dir vorbei und dann reden wir. Lena ist hier und ich möchte nicht, dass sie zufällig Einzelheiten mitbekommt. Irgendwie ist mir das peinlich.«

»Hm, wie du meinst. Morgen ist Sonntag, am Nachmittag korrigiere ich Aufsätze, dann komm doch auf einen Kaffee vorbei. Übrigens, das tut mir leid, das mit Sascha.«

»Das muss es nicht«, sagte ich. »Also bis morgen, dann erfährst du alles.«

»Willst du Café Crema oder einen Cappuccino?«, fragte mich Anne, als ich bei ihr war.

»Dann schon lieber Cappuccino«, antwortete ich.

Anne zeigte auf ein Papptablett mit Butterkuchen. »Den habe ich extra heute Morgen vom Bäcker geholt.«

Wir nahmen unsere Tassen und den Kuchen und verzogen uns in ihr Arbeitszimmer.

»Hier haben wir unsere Ruhe«, meinte Anne.

Ich schilderte ihr meine Urlaubserlebnisse und ließ nichts aus. Ich berichtete von den wundervollen Tagen, den schönen Abenden und Nächten, und irgendwann erwähnte ich auch, dass wir zwei junge Schwedinnen kennengelernt hatten. Im Detail beschrieb ich ihr dann meine Beobachtungen in der Hotelbar und wie ich darauf reagiert hatte.

Anne atmete tief durch. »Oh Gott, diese Warterei am Flughafen, das muss ja furchtbar für dich gewesen sein.«

»Ist das alles, was du dazu zu sagen hast?«

»Ich weiß nicht. Meinst du nicht, du hast da ein bisschen überreagiert?«

»Wie überreagiert?«

»Na ja, er hat diese Annbrit geküsst. Aber es war bestimmt nur aus einer Stimmung heraus. Deswegen gleich abreisen?«

»Sag mal, auf welcher Seite stehst du eigentlich?«, regte ich mich auf.

»Auf deiner natürlich. Ich überlege nur, ob dein Verhalten angemessen war. Vielleicht hättest du erst mit ihm reden sollen.«

»Mein Verhalten war nicht angemessen? Ich bitte dich. Was ich gesehen habe, habe ich gesehen.«

»Aber du hast ihn ja nicht in flagranti im Bett erwischt.«

»Weiß ich, was in dieser Nacht noch alles passiert ist?«

»Nein, das weißt du natürlich nicht. Aber wie heißt es so schön: In dubio pro reo, im Zweifel für den Angeklagten.«

»Also, heute bist du ganz Lehrerin, sprichst von angemessenem Verhalten und gibst altkluge Sprüche auf Latein von dir«, sagte ich gereizt.

Anne blieb ruhig. »Heute scheint nicht unser Tag zu sein.«

Ich stocherte im Butterkuchen herum. »Ich möchte nur, dass du mich verstehst.«

»Aber das tue ich doch«, erwiderte Anne.

Es war noch ein Rest Cappuccino in der Tasse. Er schmeckte bitter.

Am Montagmorgen sah ich Hannes am Fenster meiner Praxis vorbeigehen. Er hatte sich frische Brötchen geholt. Wir nickten uns zu. Ich ging in den Hausflur, um ihn zu begrüßen.

Hannes reichte mir die Hand, und ich stellte fest, dass er statt seines Norwegerpullovers ein Hemd und ein sandfarbenes Sakko trug. Beides stand ihm gut.

»Schön, dass du wieder da bist. Wie war der Urlaub?«

»Erlebnisreich«, sagte ich, und es war noch nicht einmal gelogen.

Ich bat ihn herein.

»Hat deiner Mutter die Reise auch gefallen?«, fragte Hannes.

Ich sah ihn erstaunt an. »Meiner Mutter? Wie kommst du darauf?«

»Nun, ich dachte, du bist mit deiner Mutter verreist, weil deine Tochter ja wohl zur Schule musste.«

»Du hast Ideen. Um ehrlich zu sein, ich war mit einem Freund verreist.«

»Ach so«, sagte Hannes. »Entschuldigung, das wusste ich nicht. Du hast nie von einem Freund erzählt.«

»Wir kannten uns noch nicht so lange.«

»Das geht mich ja auch nichts an.«

»Es ist wieder vorbei«, sagte ich, »das mit dem Freund. Du weißt ja, im Urlaub kommt so manches ans Tageslicht.«

Näheres wollte ich auf keinen Fall preisgeben.

Hannes schien peinlich berührt. Anscheinend behagte ihm das Thema nicht. War es ihm zu persönlich? Oder musste er sich erst einmal mit der Tatsache anfreunden, dass ich mit einem Mann im Urlaub gewesen war?

»Ich muss dann wieder«, sagte er.

»Ja, bei mir geht es auch gleich los«, meinte ich und begleitete Hannes zur Tür.

Zehn Minuten später kam Gudrun Berner. Sie wirkte entspannt.

Erneut berichtete sie von ihrer Mobbing-Gruppe. Ihr Chef, so meinte sie, habe sein Verhalten ihr gegenüber nicht geändert.

»Warum sollte er auch?«, fragte ich. »Für ihn gibt es keinen Grund, sich zu ändern.«

»Ja, aber jetzt trete ich ihm anders gegenüber.«

»Wie machen Sie das?«

»Zum Beispiel stelle ich ihm Fragen.«

»Welche Fragen?«

»Wenn er mir etwas vorwirft, dann frage ich, wann das genau gewesen sein soll. Und ob er mir das bitte schriftlich gibt. Das verwirrt ihn.«

Ich musste lachen. »Sie verwirren jetzt also Ihren Chef. Dazu gehört eine Menge Selbstbewusstsein.«

»Was habe ich zu verlieren?«

»Das ist eine gute Einstellung«, lobte ich sie und kam mir fast ein wenig überheblich vor. Ich war zweiundvierzig und kämpfte mit meinen Verlustängsten und vor mir saß eine Frau von sechsundfünfzig, die den Mut hatte, ihrem Chef die Stirn zu bieten. Und mir fiel nichts Besseres ein, als ihre gute Einstellung zu loben. Außerdem sollte ich als Therapeutin nichts bewerten, warf ich mir vor.

»Und hat er Ihnen schon mal was schriftlich gegeben?«

»Bisher noch nicht«, erwiderte Frau Berner. »Wenn er das macht, dann kommt alles in mein Mobbing-Tagebuch.«

»Fast habe ich das Gefühl, Sie müssen bald nicht mehr kommen«, sagte ich.

»Wer weiß?«, meinte Frau Berner.

Als sie gegangen war, sah ich auf mein Handy. Keine Nachricht von Sascha. Ich war erleichtert und beleidigt zugleich. Er war zu stolz, um sich zu melden. Glaubte er etwa, ich würde ihm eine Nachricht schicken? Oder hatte er mich bereits völlig abgehakt? Nach fünf Minuten sah ich wieder auf mein Handy. Wie kindisch von mir. Mein Entschluss, die Beziehung zu beenden, stand doch fest. Genau genommen hatte ich sie ja bereits beendet. Aber dass er das einfach so hinnahm, das kränkte mich.

Ich hörte die ganze Woche nichts von Sascha. Erst am Sonntagmorgen meldete er sich. Ich räumte gerade den Frühstückstisch ab, als das Telefon klingelte. Lena ging ran und ich hörte, wie sie sagte: »Ja, die ist da.« Gleich darauf rief sie: »Mama, für dich!«, und brachte mir das Telefon.

»Hier ist Sascha.«

»Was möchtest du?«, fragte ich schroff.

»Mit dir reden.«

»Es gibt nichts mehr zu reden.«

»Das ist albern, wir hatten eine schöne Zeit.«

»Hm, findest du?«

»Ja, finde ich. Und ich kann dich nicht vergessen.«

»Ach, auf einmal.«

»Das war nichts Besonderes mit dieser Schwedin. Nur ein kleiner Flirt eben.«

»Jetzt kannst du ja flirten, was das Zeug hergibt. Daran kann dich niemand hindern, du bist frei.«

»Frei! Das will ich nicht. Ich will nicht ohne dich sein.«

»Ich habe viel zu tun«, sagte ich. »Schönen Tag noch.«

»Nein, nicht«, rief Sascha. Ich legte auf.

So, das hatte mir jetzt gutgetan. Er bemühte sich um mich. Das war das Mindeste. Aber erreichen würde er nichts. Es hatte keinen Sinn. Das sagte ich mir immer wieder.

Am Montag war ich in der Praxis und hörte einem Klienten aufmerksam zu. Im Flur klingelte ununterbrochen das Telefon. Auf meinem Band gibt es die Ansage, dass ich zehn Minuten vor jeder vollen Stunde erreichbar sei. Neuen Klienten soll dies die Möglichkeit bieten, sich bei mir anzumelden. Außerdem konnten sie auf den Anrufbeantworter sprechen. Aber jemandem genügte das nicht.

Als mein Klient gegangen war, hörte ich das Band ab und war entsetzt. Es gab sieben Nachrichten – alle waren von Sascha. Und alle sieben Nachrichten klangen gleich: »Ich will mit dir reden. Wann sehen wir uns? Das kannst du nicht machen. Gib mir eine Chance. Ruf mich zurück …«

Ich rief nicht zurück.

Am Dienstag wartete ich während meiner Sitzungen darauf, dass Sascha wieder anrief. Nichts geschah. Sascha meldete sich Gott sei Dank den ganzen Tag nicht. Wahrscheinlich war der Telefonterror vom Montag nur eine einmalige Aktion von ihm gewesen. Beruhigt fuhr ich nach Hause.

Als ich die Wohnungstür aufschloss, kam mir Lena völlig aufgelöst entgegen. »Mama, Mama«, stammelte sie.

»Was ist denn los?«

»Dieser Mann, dieser Sascha hat angerufen.«

Ich verspürte ein Ziehen in der Magengegend.

»Und du hast mit ihm gesprochen?«

»Ja, habe ich. Er hat … er hat gesagt, wenn du nicht mit ihm sprichst, dann …«

»Was dann?«

»Wer ist das denn? Warum sagt der so was?«

Mir wurde übel. »Sagt *was?*«, schrie ich Lena an.

»Er will dich anzeigen, weil er dein Klient war. Was hat das zu bedeuten, Mama?«

»Ja, was hat das zu bedeuten?«, wiederholte ich.

»War er dein Klient? Wieso will er dich anzeigen?«

Ich versuchte Zeit zu gewinnen. Was sollte ich Lena jetzt sagen? »Lass uns ins Wohnzimmer gehen.«

Wir setzten uns. Lena sah mich erwartungsvoll an. Ich erzählte ihr alles. Auch dass ich mich wahrscheinlich nicht mit Sascha hätte treffen dürfen, weil er bei mir in Behandlung gewesen war. Lena meinte, ich solle mit ihm reden. »Ich befürchte, er macht sich dann wieder Hoffnungen«, sagte ich zu ihr.

Wie war das noch: *Angemessener Zeitraum.* Ich musste jetzt herausfinden, was das bedeutete.

Nachdem ich am Computer verschiedene Seiten aufgerufen hatte, wusste ich schon mehr. In einigen Bundesländern gab es klare Regelungen. Mindestens ein Jahr sollte vergangen sein, bevor Therapeut und Klient sich privat begegnen durften. Wahrscheinlich war dies in Hamburg ähnlich, auch wenn in der Berufsordnung kein genauer Zeitraum genannt wurde. Ich erfuhr auch, dass es auf den speziellen Fall ankam. Ging es wieder um die Sache mit der Abhängigkeit? Jetzt bloß keine Panik, dachte ich und legte meinen Kopf auf den Schreibtisch.

»Keine guten Nachrichten?«, fragte Lena.

Ich richtete mich wieder auf. »Nein. Wenn Sascha seine Drohung wahr macht, könnte mir eventuell die Zulassung entzogen werden. Je nachdem, wie die Sache beurteilt wird.«

»Wie jetzt? Du meinst, wenn er zur Polizei geht?«

»Er geht nicht zur Polizei.«

»Wohin denn?«

»Er meldet es der Psychotherapeutenkammer.«

»Ach so, und die glauben das einfach?«

»Die fragen mich dann, ob das stimmt. Und abstreiten kann ich es ja wohl nicht.«

»Mama, du musst was machen.«

Ich saß immer noch vor dem Computer. »Was soll ich machen?«

»Triff dich mit ihm, erkläre ihm alles«, forderte Lena erneut.

»Was soll ich einem Mann erklären, der mich erpressen will?«

Lena zuckte mit den Schultern. »Aber irgendwas musst du tun.«

»Ich kann nur hoffen, dass er es nicht ernst meint.«

»Und wenn doch?«

»Dann könnte ich ein Problem bekommen.«

Die Gedanken in meinem Kopf überschlugen sich. Sollte ich ihn anrufen? Mich vielleicht sogar mit ihm treffen? Doch dann hätte er mit seiner Drohung den erhofften Erfolg gehabt. Was käme danach? Würde er mich weiterhin erpressen? Es war eine aussichtslose Situation. Ich beschloss, nichts zu tun und einfach abzuwarten.

In den nächsten zwei Tage blieb alles ruhig. So gut ich konnte, ging ich meiner Arbeit nach und versuchte den Gedanken an Sascha und seine Drohung zu verdrängen.

Am Freitagabend klingelte bei mir zu Hause das Telefon – es war Sascha. »Ich möchte mich entschuldigen«, sagte er. »Ich habe das nicht so gemeint. Natürlich werde ich nichts gegen dich unternehmen.«

Im ersten Moment war ich erleichtert. Doch kurz darauf kamen die Zweifel. Ich konnte diesem Mann nicht mehr vertrauen.

»Glaub mir, ich vermisse dich. Gib mir noch eine Chance! Ich muss immer an die schönen Stunden mit dir denken.«

Ich glaubte ihm nicht. »Lass uns im Guten auseinandergehen«, antwortete ich. »Es hat doch keinen Sinn.«

»Ich verstehe nicht, dass du so hart sein kannst.«

Ich versuchte, ihn meine Aufregung nicht spüren zu lassen. »Bitte ruf nicht mehr an.«

»Das kannst du nicht von mir verlangen.«

»Doch, das kann ich.«

»Vermisst du mich denn gar nicht?«

Ich schwieg.

»Halt bitte in Zukunft meine Tochter da raus«, sagte ich dann und beendete das Gespräch.

Hoffentlich lässt er mich jetzt in Ruhe, dachte ich. Und hoffentlich sinnt er nicht auf Rache. Ich hätte mich niemals auf ihn einlassen dürfen. Das kam dabei heraus, wenn man Berufliches und Privates miteinander vermischte.

Die Regel, dass sich Therapeut und Klient nach der Therapie längere Zeit nicht sehen sollten, hatte schon seine Berechtigung. Ich verstand nicht mehr, warum ich meine Bedenken zur Seite geschoben hatte.

13

Herr Diepholz rief an. Eine Wand im Haus sei feucht. Ich solle mir das mal ansehen. Ich fühlte mich verpflichtet vorbeizufahren. Schließlich musste ich mir ein Bild von dem vermeintlichen Schaden machen, bevor ich einen Handwerker bestellte. Herr Diepholz führte mich ins Schlafzimmer und rückte ein Schränkchen von der Wand. Sie sah nicht nur feucht aus, sondern fühlte sich auch so an. Nun hatte ich mal gehört, dass Vermieter in solch einem Fall sofort von mangelnder Lüftung reden. So eine Vermieterin wollte ich nicht sein. Wie kam die Feuchtigkeit in die Wand? Direkt nebenan lag das Badezimmer. Das inspizierten wir und kamen auf die Idee, dass wahrscheinlich die Dichtung zwischen Dusche und Wand nicht mehr ihren Zweck erfüllte.

»Ich schicke einen Handwerker«, sagte ich und fühlte mich ganz großartig in meiner neuen Rolle als Hausbesitzerin.

Herr Diepholz war erleichtert. Er hatte wohl angenommen, dass ich Schwierigkeiten machen würde.

»Ein Haus instand zu halten, ist auch nicht gerade billig«, stellte er fest.

»Ja, das stimmt, aber was sein muss, muss sein. Dafür bilden wir ja Rücklagen.«

Was für ein Spruch. Allmählich glaubte ich selbst, ich sei schon jahrelang Hausbesitzerin.

»Trinken Sie einen Tee mit mir?«, fragte Herr Diepholz.

Ich dachte an den Beuteltee von neulich.

»Ich habe noch einiges auf dem Zettel«, erwiderte ich.

Doch so schnell gab er nicht auf. »Ach, ein Viertelstündchen werden Sie doch Zeit haben.«

»Wo ist Ihre Frau?«, fragte ich ihn.

»Die ist zur Kur – ach nein, heute heißt es ja Reha.«

»Ihrer Frau geht es immer noch nicht so gut?«

»Ich hoffe, die Reha hilft. Am Wochenende besuche ich sie.«

Herr Diepholz bot mir diesmal einen Platz im Wohnzimmer an. Er brachte den Tee und stellte einen Teller mit Keksen auf den Tisch. Ich nahm einen und biss ein Stück davon ab. Auf einmal hatte ich Lust, etwas auszuprobieren.

»Wie viele Jahre müssen Sie noch arbeiten?«, fragte ich.

Herr Diepholz zuckte zusammen.

»Wie kommen Sie darauf? Im Rentenalter bin ich noch nicht. Natürlich werde ich auch die nächsten Jahre in meinem Beruf arbeiten.«

»Bringt Ihnen Ihr Beruf Spaß?«

»Was heißt Spaß? Wenn man etwas seit dreißig Jahren macht, kann man nicht immer von Spaß sprechen. Und schließlich bin ich für eine ganze Abteilung verantwortlich, das ist nicht so einfach.«

»Kommen Sie gut mit Ihren Mitarbeitern zurecht?«

Herr Diepholz sah mich verwundert an. »Mache ich den Eindruck, als wäre das nicht so?«

Ich ruderte zurück. »Ach, ich dachte nur. Zu mir kommen oft Klienten, die Schwierigkeiten am Arbeitsplatz haben.«

»Auch welche, die in leitender Position sind?«

Ich log. »Ja, natürlich.« War ich zu weit gegangen, zählte er jetzt eins und eins zusammen. Ich wechselte das Thema. »Ich gebe dem Handwerker Ihre Nummer, dann kann er Sie direkt anrufen und einen Termin vereinbaren.«

»Es wäre gut, wenn er bald kommen würde.«

»Das ist doch selbstverständlich«, sagte ich und verabschiedete mich.

Als ich mir in der Mittagspause ein belegtes Brötchen vom Bäcker in der Blankeneser Hauptstraße holen wollte, begegnete ich Hannes. Meistens plaudern wir dann auch ein wenig. Doch heute schien Hannes in Eile zu sein.

»Tut mir leid, ich muss weiter«, sagte er.

Ich war irritiert. So distanziert kannte ich Hannes nicht. Ob er wirklich so viel zu tun hatte? Wenn er in Hamburg war, dann hatte er doch frei. Aber es gibt ja auch außerhalb der Arbeit eine Menge Dinge, die man erledigen muss, versuchte ich Hannes Verhalten zu erklären.

Nach der Mittagspause kam der kleine Andy in meine Praxis. »Ich habe einen unheimlich tollen Mann kennengelernt«, erzählte er freudestrahlend.

Ja, das habe ich auch schon ein paarmal geglaubt, dachte ich.

»Ich bedeute ihm etwas, er meint es ehrlich.«

»Woher wissen Sie das?«

»Das spürt man einfach.«

Während Andy weiterhin von seinem neuen Freund schwärmte, klingelte es an der Haustür. Ich reagierte nicht darauf, da ich niemanden für diese Uhrzeit bestellt hatte. Gleich darauf klingelte es ein zweites und ein drittes Mal. Hatte sich da jemand in der Haustür geirrt? Schließlich klingelte es Sturm. Es blieb mir nichts anderes übrig, als hinzugehen und die Tür zu öffnen. Vor mir stand Sascha. Der Geruch von Alkohol schlug mir entgegen.

»Was willst du hier?«, fragte ich aufgebracht.

»Du meldest dich ja nicht«, fuhr er mich an. »Also komme ich mal selbst vorbei.«

»Du gehst jetzt sofort wieder!«, forderte ich ihn mit energischer Stimme auf. »Ich habe gerade eine Sitzung.«

»Na, und wenn schon, das ist mir egal.«

Sascha stieß mich zur Seite und ging mit schnellen Schritten in meine Küche. Ich rannte hinterher.

Sascha lehnte am Küchentisch. »Ich warte hier.«

»Sascha, du verlässt sofort meine Praxis!«, forderte ich ihn nochmals auf. »Sonst bin ich gezwungen, die Polizei zu rufen.«

»Ach, dann hol sie mal, die Polizei, der erzähle ich dann auch was.«

Mir fiel Andy wieder ein. Deshalb ging ich in meinen Sitzungsraum. »Entschuldigung, ich muss kurz etwas klären, bin gleich wieder bei Ihnen.«

Sascha war mir von der Küche aus gefolgt. »Na, zeig doch mal deinen Klienten. Läuft mit dem auch was?«

Andy sah Sascha an, der wutentbrannt in der Tür stand, und sagte ganz ruhig: »Nee, da machen Sie sich mal keine Sorgen. Ich bin schwul.«

»Ach, jetzt treibst du es auch noch mit Schwulen!«, schrie Sascha.

Ich drängte ihn in den Flur. »Du hast ja getrunken, geh jetzt.«

Andy dachte nicht im Traum daran, Hilfe zu leisten. Ihn schien das Spektakel zu amüsieren.

Mit festem Griff packte Sascha mich an den Schultern und schüttelte mich. »Du sagst mir jetzt auf der Stelle, wann wir reden können!«

Ich versuchte mich zu befreien, doch es gelang mir nicht.

Die Tür zum Hausflur stand noch offen und ich rief in meiner Verzweiflung nach Hannes. Ich hatte ihn doch heute Mittag gesehen, er musste im Haus sein.

Sascha war irritiert und drehte sich um. Da kam auch schon Hannes die Treppe herunter. Sascha umklammerte immer noch meine Schultern.

»Lassen Sie sofort Frau Winkler los!«, sagte Hannes im Befehlston.

»Was geht Sie das an?«

»Das geht mich sehr viel an.«

Hannes versuchte Saschas Hände von meinen Schultern zu lösen.

Der schlug nach ihm und traf ihn an der Brust.

»Fassen Sie mich nicht an!«, schrie Sascha und ließ mich los.

Dann trat er einen Schritt zurück. »Wer ist denn das schon wieder?« Er deutete auf Hannes.

»Das kann Ihnen völlig egal sein«, sagte Hannes. »Sie verlassen umgehend diese Wohnung.«

Sascha strich über seine Lederjacke, als wollte er sie glätten, und steckte dann die Hände in die Taschen. »Gut, ich gehe, aber ich werde wiederkommen.«

»Sie werden gar nichts«, fuhr Hannes ihn an.

»Wir sprechen uns noch«, drohte Sascha, als er zur Tür hinausstolperte.

Ich fühlte mich erschöpft. Hannes nahm mich in den Arm und ich lehnte mich an ihn. »Ich habe einen Klienten hier, dem muss ich Bescheid sagen.«

Hannes ließ mich los.

Ich ging zu Andy, der noch immer ruhig im Sessel saß. »Dieser Auftritt eben … tut mir leid, dass Sie das mitbekommen haben.«

Andy war guter Dinge. »Gut zu wissen, dass Therapeutinnen auch Probleme haben. Ist doch menschlich. Keine Ursache, von mir erfährt keiner was.«

»Können wir die Sitzung abbrechen? Mir geht es nicht so gut. Ich rufe Sie an wegen eines neuen Termins.«

»Natürlich, klar doch.«

Oh mein Gott, was musste er von mir denken?

Hannes stand noch immer im Flur. Andy grüßte kurz und verließ dann die Praxis. Ich war jetzt mit Hannes allein.

»Wer war das?«, fragte er, und mir war bewusst, dass er nicht Andy, sondern Sascha meinte.

Ich trat ganz nah an Hannes heran. »Das war …«

Ich holte tief Luft. »Das war der Mann, mit dem ich in Urlaub war.« Dann lehnte ich mich wieder an ihn, damit er mich umarmen konnte.

Hannes drückte mich an sich.

»Was für ein Glück, dass du hier warst«, flüsterte ich ihm ins Ohr.

Hannes löste sich aus der Umarmung. Und dann kam die Frage, vor der ich mich gefürchtet hatte. »Urlaub mit diesem Mann? Warum hat er sich so aufgeführt?«

Es half nichts, ich musste ihm die Wahrheit sagen. »Weil ich mit ihm Schluss gemacht habe. Und jetzt erpresst er mich.«

»Wieso kann er dich erpressen?«

Ich senkte meinen Blick. »Er war bei mir in Behandlung.«

Es dauerte eine Weile, bis Hannes begriff, was ich meinte.

»Ach, und das geht natürlich nicht.«

»Nein, das war … das war unprofessionell.«

»Ist er lange zu dir gekommen?«

»Nein, das nicht, aber es war nicht richtig.«

»Nun klage dich nicht zu sehr an. So was soll auch schon anderen Therapeuten passiert sein.«

Schamröte stieg mir ins Gesicht. »Was?«

»Na, dass sie sich in einen Klienten oder eine Klientin verlieben.«

»Ja, kann sein. Aber ich weiß nicht, ob ich wirklich verliebt war.«

Hannes sah mich verwundert an, während ich nach weiteren Worten der Erklärung suchte.

»Ich bin durcheinander«, sagte ich.

Mir fiel ein, dass heute noch eine Klientin kommen würde. Um abzusagen, war es zu spät. »Hannes, ich danke dir für deine Hilfe. Es ist mir alles so peinlich.«

»Kann ich dich allein lassen?«, fragte Hannes besorgt.

»Ja, es geht schon wieder. Ich muss mich ein bisschen frisch machen, denn in zehn Minuten habe ich einen Termin – den letzten für heute.«

»Was für ein Segen, dass es der letzte ist«, sagte Hannes und lief die Treppe zu seiner kleinen Wohnung hinauf.

Immer, wenn das Telefon klingelte, zuckte ich zusammen. Doch ich hörte nichts mehr von Sascha. War es jetzt wirklich vorbei? Eine gewisse Anspannung blieb. Vielleicht spielte er noch mit dem Gedanken, unser Verhältnis der Therapeutenkammer zu melden. Selbst wenn man mir nicht die Zulassung entziehen würde, so wäre doch mein Ruf ruiniert. Ach, das ist ja die, die sich mit Klienten einlässt. In meinem Kopf flüsterten Stimmen: *Wissen Sie schon, die Therapeutin Winkler, die in Blankenese, nutzt die Abhängigkeit ihrer Klienten aus. Der geht es um ihre eigenen Bedürfnisse, um mehr nicht. Wer weiß, wen die schon alles verführt und ausgenutzt hat. Na ja, ihr Mann hat sie verlassen. Und jetzt holt sie sich das, was sie braucht, woanders. Man weiß doch, dass sich psychisch labile Männer in ihre Therapeutinnen verlieben. Im Allgemeinen hört man ja von Psychiatern und Therapeuten, die ihre Patientinnen belästigen. Aber dass Frauen das auch machen! Da kann man mal sehen. Unverantwortlich ist die, einfach unglaublich.*

Ich schämte mich vor Hannes, der nun alles wusste. Und ich schämte mich vor Andy, der das Spektakel mitbekommen hatte. Es war unmöglich, ihn noch weiterhin zu behandeln. Ich musste seine Therapie abbrechen. Vielleicht sollte ich ihm eine Kollegin von mir empfehlen. Nein, das ging nicht. Ich konnte nicht sicher sein, dass er nicht alles weitererzählte. Und sei es auch nur, um sich wichtigzumachen. Aber die Kollegin, die würde vermutlich genau hinhören, und dann …?

Auch Anne hatte ich bisher nichts von Saschas Auftritt in meiner Praxis berichtet. Ich sagte alle Termine ab und verkroch mich für drei Tage im Bett. Lena kam ständig zu mir und fragte, ob es mir endlich besser ginge. Schließlich stürmte sie herein, riss die Vorhänge auf und sagte energisch: »Es ist genug, Mama, steh auf!«

Das half. Ich rappelte mich auf. Es musste irgendwie weitergehen. Ich konnte mich nicht länger verstecken.

Kurz darauf rief Anne an. »Was ist los? Du meldest dich ja gar nicht.«

»Mir geht es nicht gut.«

»Warum?«

»Möchtest du die kurze oder die lange Version hören?«

»Die kurze, ich bin neugierig.«

Ich berichtete von Saschas unmöglichem Verhalten bei mir in der Praxis.

»Er hat mir vor einem Klienten eine Szene gemacht. Der ist jetzt bestens informiert.«

»Das ist ja furchtbar«, sagte Anne. »Du hättest anrufen können, ich habe mir schon Sorgen gemacht.«

»Ich brauchte ein bisschen Zeit. Ich musste das erst einmal verarbeiten.«

»Und nun?«

»Keine Ahnung. Abwarten. Oh, Anne ich schäme mich so.«

»Was soll das? Das hilft auch nicht weiter.«

»Hannes hat mir geholfen. Er weiß auch alles.«

»Hannes, dein Vermieter? Aber mit dem bist du doch befreundet. Von dem geht doch keine Gefahr aus.«

»Das nicht, aber es ist mir unangenehm.«

»Wie hat er dir denn geholfen?«

»Er ist dazwischengegangen, als Sascha mich festgehalten und geschüttelt hat.«

»Das ist cool. Na, dem Sascha bist du ganz schön unter die Haut gegangen.«

»Verletzte Eitelkeit könnte auch ein Grund sein.«

»Du kannst dir einfach nicht vorstellen, dass er dich wirklich geliebt hat.«

»Ich dachte es – jetzt aber nicht mehr. Er ist ein unreifes Kind, das etwas mit Gewalt erzwingen möchte.«

»Reifes Verhalten ist das wirklich nicht.«

Für Anne war das Thema zunächst abgeschlossen. Sie fragte mich, ob wir uns morgen im Fitness-Center treffen würden. Ich sagte ihr, dass mir im Moment nicht danach sei.

»Jetzt verkrieche dich bloß nicht«, ermahnte sie mich. Ich versprach ihr, nächste Woche wieder ins Fitness-Center zu kommen.

Als ich das Gespräch beendet hatte, fiel mir der kleine Andy ein. Ich musste ihn unbedingt anrufen. Ich holte mein Notizbuch, in das ich alle Telefonnummern meiner Klienten eingetragen hatte. Kurz hinter dem Namen Poenitz fand ich ihn. Riehl, Andreas, das war er. Ich atmete tief durch und wählte seine Nummer. Der kleine Andy meldete sich und ich nannte meinen Namen.

»Hallo Frau Winkler-Böhm, ich wollte Sie auch schon anrufen.«

»Ach ja?«

»Sie wollten mir ja einen neuen Termin geben, aber ich brauche keinen.«

»Das ist gut«, sagte ich. »Ich dachte auch, dass es vielleicht besser …«

»Machen Sie sich keine Gedanken. Mir geht es gut. Thomas und ich ziehen zusammen.«

»Sie meinen, Ihr neuer Partner und Sie …«

»Ich bin sehr glücklich, und wissen Sie, was? Ich brauche keine Therapie mehr. Ist das nicht unglaublich?«

»Ja, das ist unglaublich.«

»Ich bin raus aus dem Tal …«

»Schön, das freut mich.«

»Und ich hoffe, Sie vertragen sich bald wieder mit Ihrem Freund.«

»Äh, das ist jetzt kein Thema.«

»Oh, Entschuldigung, ich meine nur.«

»Ja dann, alles Gute.«

»Ebenfalls«, sagte Andy und legte auf.

Ich war erleichtert. Das ging ja einfacher, als ich gedacht hatte. Nur dass er den Vorfall in der Praxis noch einmal erwähnen musste, wäre nicht notwendig gewesen. Jedenfalls hatte er darauf angespielt. Hoffentlich brauchte er auch in der nächsten Zeit keine Therapie. Tschüss, kleiner Andy, verabschiedete ich mich innerlich. Nun werde ich nie erfahren, ob du mit deinem neuen Freund glücklich wirst.

14

Allmählich ging es mir besser. Ich arbeitete wieder und verdrängte meine Angst. Angst wovor? Dass etwas Ähnliches wie neulich geschehen konnte? Diesmal würde ich die Tür nicht öffnen. Aber alles blieb ruhig. Keine Anrufe, keine Nachrichten auf dem Anrufbeantworter, keine E-Mails.

Die Woche schleppte sich so dahin. Am Freitag fuhr ich nach Feierabend zum nächsten Supermarkt und kaufte eine Flasche Rotwein und drei Becher Tiramisu. Zu Hause angekommen schlang ich den Inhalt der Becher innerhalb weniger Minuten mit Heißhunger herunter. Das Tiramisu schmeckte nicht so gut wie in meinem Eiscafé. Aber um dorthin zu fahren, fehlte mir nach dieser Arbeitswoche die Kraft. Nach dem Tiramisu-Gelage öffnete ich den Rotwein, schenkte mir ein Glas ein und machte es mir auf dem Sofa gemütlich. Morgen musste ich nicht arbeiten, da war es ganz egal, wie viel ich trank.

Am darauffolgenden Morgen fühlte ich mich elend. Nach zwei Tassen Kaffee und einem Käsebrötchen ging es mir besser. Lena hatte die Brötchen geholt. Sie war zurzeit diejenige, die uns mit Lebensmitteln versorgte. Ich fragte mich manchmal, ob ich eine schlechte Mutter sei. Müsste ich nicht einkaufen, für sie kochen und backen, wie das andere Mütter machten?

Ich saß in der Küche und trank gerade die dritte Tasse Kaffee, als Lena hereinkam und sich zu mir setzte.

»Du, Mama«, fragte sie, »fährst du mit mir nächstes Wochenende nach Berlin?«

»Nach Berlin?«

»Ja, zu Berkan.«

»Wieso zu Berkan, kommt der nicht zu dir?«

»Berkans Eltern möchten mich gerne kennenlernen.«

»Dann soll er *dich* mal mitnehmen.«

»Sie wollen auch meine Eltern kennenlernen. Und das bist du. Oder soll ich jetzt auch noch meinen Vater benachrichtigen?«

»Michael! Bloß nicht. Aber Moment mal, was wird das hier? Wollt ihr euch demnächst verloben?«

»Nein, natürlich nicht. Aber seine Eltern sind ziemlich altmodisch.«

»Ach, tatsächlich?«

»Hm, sie wünschen sich für Berkan eine türkische Freundin. Die haben Vorurteile, genau wie du.«

Ich wollte widersprechen, tat es aber nicht.

»Jetzt laden sie uns aber trotzdem ein«, sagte Lena.

»Was heißt trotzdem?«

»Nun ja, obwohl ich Deutsche bin.«

»Die könnten froh sein, dich als Schwiegertochter zu bekommen.«

»Aber darum geht es doch gar nicht. Sie wollen uns einfach kennenlernen.«

Ich versprach Lena, darüber nachzudenken, obwohl ich keine große Lust hatte, das nächste Wochenende in Berlin zu verbringen.

Lust hin oder her, in den nächsten Tagen beschloss ich, Lena den Gefallen zu tun und mit ihr nach Berlin zu fahren, um Berkans Eltern zu treffen. Ich buchte ein Hotelzimmer für Lena und mich in der Spandauer Vorstadt. Wir würden mal bei

Berkans Familie vorbeischauen und uns danach die Stadt ansehen. Ich war lange nicht dort gewesen, sicher hatte sich vieles verändert.

Alles war vorbereitet. Sonnabend früh sollte es losgehen.

Doch als ich am Donnerstag von meiner Praxis nach Hause fahren wollte, streikte mein Auto. Ich musste mit der S-Bahn nach Altona zurückfahren und am Freitag ebenfalls die Bahn nehmen, um wieder zur Arbeit zu kommen. Lena und mir blieb nur der Zug für unseren Ausflug nach Berlin, denn am Freitag fand ich bestimmt keine Werkstatt mehr, die meinen Wagen reparierte.

Gegen Mittag klingelte es bei mir in der Praxis. »Wer ist da?«, fragte ich vorsichtig, weil ich befürchtete, Sascha könnte noch einmal hier auftauchen.

»Ich bin's, Hannes.«

Ich öffnete ihm. Seit der Geschichte mit Sascha hatte ich Hannes nur flüchtig gesehen. Wenn ich ehrlich war, versuchte ich sogar, ihm aus dem Weg zu gehen.

»Kann ich mit dir reden?«, fragte Hannes.

»Natürlich, komm rein.«

»Ich wollte dir sagen«, begann er, »also, bitte denke nicht, dass ich dich verachte.«

»Verachten ist ein starkes Wort. So was denke ich nun wirklich nicht«, schwindelte ich.

»Aber du warst in letzter Zeit so komisch.«

»Mag sein, es ging mir nicht so gut.« Ich überlegte, wie ich das Thema wechseln konnte. »Mein Wagen springt nicht an, und morgen wollen Lena und ich nach Berlin fahren.« Ich erklärte ihm, dass wir die Eltern von Lenas Freund besuchen wollten. »Und jetzt müssen wir mit dem Zug fahren.«

Hannes überlegte. »Ich habe dieses Wochenende frei. Vielleicht kann ich euch hinfahren.«

»Was für ein Angebot«, sagte ich erstaunt.

»Ich habe einen Studienfreund in Berlin, bei dem könnte ich übernachten. Aber zu den Eltern geht ihr alleine.«

»Wäre gar nicht schlecht, wenn du mitkommst, dann könnten wir dich als Vater vorstellen. Die wollen nämlich am liebsten gleich die ganze Familie kennenlernen«, sagte ich und lachte.

»Will deine Tochter heiraten?«

»Das habe ich sie auch gefragt. Nein, die Eltern ihres Freundes kommen aus der Türkei. Lena meinte, das hat was mit Tradition zu tun.«

»Die wollen eben wissen, mit wem ihr Sohn seine Zeit verbringt«, mutmaßte Hannes.

»Mit mir ja wohl kaum.«

Hannes schien es ernst zu sein. »Also, was ist, nimmst du mein Angebot an?«

Ich überlegte. »Warum eigentlich nicht? Aber mein Auto muss ja auch repariert werden.«

»Das sehen wir uns am Montag mal an.«

»So lange hast du frei?«

»Das habe ich mir verdient«, meinte Hannes, »aber mir fällt gerade ein, ich könnte mich natürlich auch jetzt darum kümmern. Wenn du mir deinen Autoschlüssel anvertraust, guck ich es mir mal an. Sollte nichts gehen, rufe ich deinen Automobilclub an, und wir lassen es zu meiner Werkstatt schleppen. Dann ist es schon mal dort, auch wenn sie heute nichts mehr reparieren.«

»Das ist keine schlechte Idee«, sagte ich. »Immer mit der S-Bahn fahren, ist ziemlich umständlich. Und dann auch noch der Fußmarsch.«

»Und morgen hole ich euch um acht Uhr ab.«

»Lena wird sich freuen, besonders über den frühen Termin.«

»Da muss sie durch«, meinte Hannes. »So nah ist Berlin ja nun auch nicht. Und jetzt werde ich mal meinen Studienfreund anrufen und mich ankündigen. Denke, es wird klappen. Ansonsten suche ich eine andere Lösung.«

»Das war jetzt alles sehr spontan«, stellte ich fest.

»Bis morgen«, verabschiedete sich Hannes und ging zurück in seine Wohnung.

Lena war verblüfft, als ich ihr erzählte, dass Hannes uns nach Berlin fahren würde.

»Ach, der Rothaarige«, sagte sie.

»Er ist rotblond«, verbesserte ich sie.

Lena kannte Hannes nur flüchtig. Die beiden waren sich mal über den Weg gelaufen, als Lena mich in der Praxis besuchte. Am Abend fragte sie mich, warum Hannes uns fahren wollte.

»Er möchte mir einen Gefallen tun«, sagte ich, »und außerdem freut er sich, mal rauszukommen. Hannes fährt ja sonst nur den Nord-Ostsee-Kanal rauf und runter oder ist in Blankenese. Und damit du es weißt, wir sind einfach nur gute Freunde.«

»Wie war das, Männer und Frauen können nicht …?«

»Alte Sprüche, vergiss es …«

»Kommen für dich jetzt nur noch junge Männer infrage?«

»Lena«, sagte ich leicht drohend. »Falsche Frage zur falschen Zeit und überhaupt.«

Hannes stand pünktlich um acht Uhr vor der Tür. Er klingelte und wartete vor seinem Wagen auf uns. Lena musterte Hannes kritisch. Aber er ging freundlich auf sie zu, gab ihr die Hand und sagte: »Wir kennen uns vom Vorbeigehen.«

Lena lachte. »Vorbeigehen ist das richtige Wort. Aber jetzt werden wir uns wohl näher kennenlernen.«

»Das hoffe ich doch«, meinte Hannes.

Hannes nahm unser Gepäck und verstaute es im Kofferraum. Lena stieg hinten ein und ich nahm auf dem Beifahrersitz Platz.

»Was ist mit deinem Auto?«, fragte Lena. »Steht es noch irgendwo auf der Straße?«

»Ach, das habe ich dir noch nicht erzählt. Ich habe es gestern noch abschleppen lassen, zu Hannes' Werkstatt. Die kümmern sich am Montag darum.«

»Zu Ihrer Werkstatt?«, fragte Lena und tippte Hannes dabei leicht auf die Schulter.

»Ja, die ist sehr zuverlässig.«

»Was Sie aber auch alles machen«, stellte Lena fest.

Auf der Fahrt nach Berlin erzählte Hannes einige Anekdoten aus seinem Arbeitsalltag.

»Wusste gar nicht, dass das Schippern auf dem Kanal so unterhaltsam sein kann«, meinte Lena.

»Das ist es nicht immer. Aber es gibt eben auch die anderen Momente.«

In Berlin angekommen, fuhr uns Hannes zunächst ins Hotel. Wir wollten uns frisch machen, bevor wir zu Berkans Eltern starteten. Hannes fuhr weiter zu der Wohnung seines Studienfreundes. Dieser hatte zwar keine Zeit, etwas mit Hannes zu unternehmen, wollte aber bei einer Nachbarin einen Wohnungsschlüssel deponieren, den Hannes dann dort abholen sollte.

»Wir können uns ja später treffen«, schlug ich vor.

Hannes und ich verabredeten uns für den Abend in der Hotellobby.

Danach begutachtete ich mit Lena unser Zimmer. »Hier möchte ich nicht unbedingt länger wohnen«, meinte sie.

»Dafür ist es nicht teuer. Und vergiss nicht, wir sind in Berlin.«

Wir packten unsere Reisetaschen aus. Viel hatten wir nicht mitgenommen, denn morgen sollte es ja schon wieder nach Hause gehen.

»Meine Jeans behalte ich aber an«, sagte Lena, und es klang so, als müsste sie mich davon überzeugen, dass dies richtig sei.

»Du kannst anziehen, was du willst, aber ich werde mich etwas in Schale werfen.«

Ich zog ein geblümtes Kleid mit langen Ärmeln an. Dann legte ich mir eine dunkelblaue Strickjacke leicht über die Schultern.

»Oh, wie spießig«, rief Lena, als sie aus dem Badezimmer kam.

Ich war verunsichert und stellte mich vor den Spiegel.

»Meinst du wirklich?«

»Das ist peinlich, Mama.«

»Aber ich denke, sie sind etwas altmodisch.«

»Deswegen musst *du* doch nicht altmodisch sein. Oma hat mal gesagt hat, man soll immer das anziehen, in dem man sich wohlfühlt.«

»Ich fühle mich wohl«, behauptete ich.

»Na, wer's glaubt.«

Ich zog das Kleid wieder aus und schlüpfte in eine schwarze Gabardine-Hose, die ich neben diversen Oberteilen und Accessoires auf die Schnelle mit eingepackt hatte.

Ich entschied mich für eine grüne Bluse, dazu passte sehr gut ein hellgrünes Tuch mit gelben Tupfern.

»Das ist schon besser«, meinte Lena, »wenn auch nicht optimal.«

Sie selbst trug jetzt ein buntes T-Shirt und darüber eine Khakijacke mit schwarzen Lederärmeln, die in ihren Kreisen wohl als cool galt.

Wir fuhren mit der Straßenbahn zu Berkans Eltern. Unterwegs klärte Lena mich noch über einiges auf: »Eigentlich kommen die Eltern des Mannes zu der Familie der Frau. Weiß nicht, ob das stimmt, aber Berkan meint, in der Türkei sei das so üblich. Doch Berkans Mutter ist krank. Sie hatte vor ein paar

Jahren einen Unfall und kann nicht mehr so gut laufen. Ach ja, und sie spricht kaum Deutsch.«

»Warum nicht?«, fragte ich.

»Keine Ahnung, wahrscheinlich ist sie nicht viel rausgegangen. Der Vater hat gearbeitet, die Mutter war zu Hause.«

»Wie sich das gehört?«, sagte ich spöttisch. »Aber sie hätte Deutsch lernen können.«

»Hat sie aber nicht.« Lena stampfte mit dem Fuß auf. »Geh jetzt nicht mit irgendwelchen komischen Meinungen da hin.«

»Was heißt hier komische Meinungen? Das geht mir alles zu schnell. Eltern besuchen, ihr seid doch noch Kinder! Denken die auch wirklich nicht, dass ihr demnächst heiratet?«

»Denken sie nicht. Berkan hat ihnen alles erklärt.«

»Na, hoffentlich haben sie es auch begriffen.«

»Mama, du bist unmöglich. Außerdem sind wir keine Kinder mehr.«

Wir stiegen aus und liefen etwa einen halben Kilometer, bis wir zu der angegebenen Adresse kamen. Ein altes Backsteinhaus, stellte ich fest. Hier also wohnte Berkan mit seinen Eltern.

»Gibt es kein Empfangskomitee?«, scherzte ich.

»Du erwartest zu viel«, konterte Lena.

Wir klingelten und hörten gleich darauf Berkans Stimme aus der Gegensprechanlage.

»Ah, da seid ihr ja endlich.«

»Was heißt endlich? Sind wir zu spät?«, fragte ich.

»Ich komme«, rief Berkan, »die Anlage ist nicht in Ordnung … Ich meine, der Türöffner.«

Berkan öffnete uns und wir gingen mit ihm in den dritten Stock. Berkans Vater begrüßte uns mit starkem Akzent. »Herzlich willkommen.« Er hatte die gleichen dunklen, leicht mandelförmigen Augen wie sein Sohn.

Gleich darauf erschien Berkans Mutter. Sie trug ein Kopftuch und mir fielen umgehend alle Vorurteile ein, die ich jemals über Kopftuch tragende muslimische Frauen gehört hatte. Oder waren es gar keine Vorurteile?

Berkans Vater führte uns ins Wohnzimmer und ich staunte. Auf dem Tisch standen zahlreiche Schälchen und Platten mit den verschiedensten Speisen.

»Wer soll denn das alles essen?«, entfuhr es mir.

»Wir alle, denke ich mal«, meinte Lena.

Die Eltern lächelten. »Bitte schön, für Sie«, sagte unser Gastgeber.

Wir setzten uns und Berkans Mutter brachte Tee.

»Ich habe auch Tochter«, begann Berkans Vater das Gespräch. »Älter wie Lena. Sie studiert.«

»Was studiert sie?«, fragte ich.

»Jura, sie bald Richterin.«

So altmodisch sind sie doch gar nicht, wenn die Tochter Jura studieren darf, dachte ich.

»Schönes Mädchen«, sagte Berkans Vater und sah Lena an. Berkans Mutter nickte. »Aber sie sind jung, gibt Problem«, fuhr er fort.

Diesmal nickte ich. »Ja, das habe ich auch gedacht.« Ich nahm mir eine Teigrolle, die mit Schafskäse gefüllt war. »Das schmeckt gut.« Berkans Mutter lächelte mir erfreut zu. »Ja, die kulturellen Unterschiede, das könnte schwierig werden mit den beiden«, sagte ich.

»Bei uns viele Traditionen«, sagte Berkans Vater. »Deutsche Frauen anders.«

»Ihr Sohn ist doch hier geboren«, warf ich ein.

»Ja, hier geboren«, bestätigte der Vater.

»Warten wir einfach ab«, meinte ich.

Lena war aufgestanden und nach draußen gegangen. Ich nahm an, sie wollte etwas holen. Auch Berkan war nicht mehr da. Plötzlich kamen beide herein.

»Also, hört jetzt mal auf, über Unterschiede zu reden«, verkündete Berkan. Und Lena meinte: »Das braucht ihr nicht, denn Berkan und ich haben uns gerade getrennt.«

Wir schauten die beiden verblüfft an.

»Ja«, bekräftigte Berkan, »sie ist mir zu egoistisch und ich bin ihr zu klein.«

Erst jetzt fiel mir auf, dass er tatsächlich etwas kleiner als Lena war.

»Und das fällt euch jetzt ein«, sagte ich.

Berkan und Lena genossen den Augenblick und lachten schließlich.

»Spaß«, klärte Lena uns auf. »Wir wollten nur die Stimmung auflockern.«

Hand in Hand gingen sie nach draußen.

»Was war das?«, rief ich.

Berkans Vater fuhr sich mit der Hand über die Stirn und meinte: »Kinder ganz verrückt.«

Und Berkans Mutter fragte: »Frau, noch Tee?«

Gegen sieben Uhr verabschiedeten wir uns von Berkans Eltern. In der Straßenbahn fragte ich Lena, ob sie die Geschichte mit der Trennung wirklich witzig fand.

»Mein Gott«, sagte sie, »die Spannung war doch unerträglich. Wir mussten irgendwas machen.«

»So, Berkans Schwester studiert also Jura«, versuchte ich das Thema zu wechseln. »Nicht schlecht.«

»Ach, das gefällt dir?«

»Ja, warum nicht?«

»Aber von seiner Mutter hältst du nicht viel. Hast du Angst, dass ich demnächst auch ein Kopftuch trage?«

»Nein, davor habe ich keine Angst. Aber worüber hätte ich mich mit ihr unterhalten sollen? Sie spricht ja kaum Deutsch.«

»Du weißt, dass ich nachher noch mit Berkan verabredet bin?«, fragte Lena.

»Das habe ich mitbekommen. Schade. Willst du nicht mit Hannes und mir essen gehen?«

»Ach ja, der Hannes, ich finde den übrigens okay. Hätte ich nicht gedacht.«

»Was dachtest du denn über ihn?«

»Dass er ein Langweiler ist. Aber nö, der ist schon in Ordnung, wenn er auch nicht so richtig locker ist. Aber trotzdem treffe ich mich heute Abend mit Berkan.«

»Ja, verstehe, wir sind ja auch extra seinetwegen hier. Beziehungsweise wegen seiner Eltern. Was habt ihr vor?«

»Mal sehen«, sagte Lena.

Ich machte mir Gedanken, wie es mit den beiden weitergehen sollte. *Sie sind noch so jung,* hatten Berkans Eltern gesagt. Eigentlich erstaunlich. Wurden in der Türkei die Mädchen nicht früh verheiratet? Sogar gezwungen, diesen oder jenen Cousin zu heiraten?

Im Hotel machten wir beide uns wieder mal frisch. Lena wurde um halb neun von Berkan abgeholt und ich traf um neun Uhr Hannes in der Lobby.

»Auf geht's ins Berliner Nachtleben«, empfing er mich.

»Na, das hört sich ja aufregend an.«

Wir fuhren in ein indisches Restaurant in der Nähe des Brandenburger Tores. »Die Nachbarin von Alex hat mir dieses Lokal empfohlen«, sagte Hannes.

»Ach, du hast schon Kontakte geknüpft.«

Hannes schmunzelte. »Ja, sie hat gerade ihr Studium abgeschlossen und lebt schon zehn Jahre in Berlin. Die kennt sich aus.«

»Einen netten Studienfreund hast du«, bemerkte ich. »Du brauchst nur anzurufen und schon vertraut er dir seinen Wohnungsschlüssel an.«

»So einen müsste man in jeder Stadt haben«, meinte Hannes. »Leider ist das nicht so. Alex und ich sind die Einzigen aus der Studienzeit, die noch in Verbindung geblieben sind.«

Wir betraten das Restaurant durch einen Innenhofgarten. Ein riesige Buddha-Figur begrüßte uns. An den Wänden hingen kleine und große Wandteppiche mit Götterfiguren. Duftende Gewürzschwaden zogen durch den Raum. Eine Frau in einem orangefarbenen Sari kam auf uns zu. Sie brachte uns einen hausgemachten Mango-Rum-Schnaps. »Der geht aufs Haus«, sagte sie. Anscheinend war dies hier so üblich. Das Essen, das sie zwanzig Minuten später servierte, schmeckte nach Kurkuma, Chili und Koriander.

Hannes war nett und höflich wie immer, nur eben ein bisschen steif. Da hatte Lena recht. Doch ich fand, dass er gut aussah. Auch heute trug er wieder sein Sakko und dazu ein dunkelblaues Hemd. Zur Feier des Tages hatte er sich sogar eine Krawatte umgebunden. Das wäre nicht nötig gewesen, überlegte ich. Dennoch fand ich es gut, dass er seinen Norwegerpullover endgültig abgelegt hatte. Zumindest hatte ich ihn damit längere Zeit nicht mehr gesehen. Und noch etwas fiel mir auf. Hannes ging mit Kellnern und Serviererinnen freundlich und selbstverständlich um. Keine Spur von herablassendem Verhalten, wie ich es manchmal bei Sascha erlebt hatte.

Ach ja, Sascha, was der wohl machte? Und Steffen, wie war das eigentlich bei dem gewesen? Ich erinnerte mich, dass er schon mal eine Bedienung angefahren hatte, als das Essen nicht schnell genug kam. Das würde Hannes ganz anders handhaben. Er würde höflich, aber bestimmt nachfragen, aber auf keinen Fall dem Kellner die Schuld geben.

»Gehen wir noch woanders hin?«, fragte Hannes, als wir das Restaurant verließen.

»Lass uns ein bisschen bummeln«, antwortete ich. »Die Luft ist so mild.« Wir schlenderten durch das nächtliche Berlin. Hier im Zentrum brodelte überall das Leben. Aus einem Nachtclub drang soulige Livemusik. Ich blieb stehen und sah Hannes an. »Nur einen Tanz bitte.«

»Du brauchst nicht zu bitten«, sagte Hannes, »ich tanze gerne.«

»Das ist aber selten. Die meisten Männer tanzen nicht gern.«

»Ja, du weißt vieles nicht von mir.«

Wir gingen hinein. Ich war überrascht. In dem Nachtclub vergnügten sich Menschen aller Altersgruppen – vom Studenten bis zum Rentner.

»Hier sind wir richtig«, bemerkte Hannes.

Ich blickte auf die Paare, die sich auf der Tanzfläche bewegten. Davor schob sich das Bild von Sascha und Annbrit. Ich sah die beiden noch einmal vor mir, sah, wie er sich herunterbeugte und sie küsste.

Fast hätte ich zu Hannes gesagt: *Komm, lass uns wieder gehen.* Dann besann ich mich. Nein, ich durfte nicht fliehen. Ich war hier mit Hannes, und wir würden tanzen und uns amüsieren, ganz egal, wie sehr Sascha mich enttäuscht hatte. Und überhaupt, was hieß enttäuscht? Ich hatte mich getäuscht, und ich musste froh sein, dass diese Täuschung ein Ende fand.

Das Bild von Sascha und Annbrit verschwand. Hannes und ich legten los. Wir ließen kaum einen Tanz aus. Ich war erstaunt, hatte ich doch keine Ahnung gehabt, dass Hannes so ein guter Tänzer war. Er hielt mich fest in seinen Armen und ich fühlte mich auf einmal ungewohnt beschwingt.

Erst gegen zwei Uhr in der Nacht brachte Hannes mich zum Hotel. Zum Abschied umarmten wir uns. »Beim Tanzen hast du ja richtig Temperament gezeigt«, sagte ich zum Abschied.

Hannes lächelte nur. »Ich hole euch gegen zehn Uhr ab«, versprach er.

Als ich ins Zimmer kam, schlief Lena bereits tief und fest. Was Berkan und sie wohl heute Abend unternommen hatten? Für mich war es ein wundervoller Abend gewesen. Hoffentlich für sie auch. Lange konnte ich nicht darüber nachdenken, denn kaum lag ich im Bett, übermannte mich der Schlaf.

15

Das Wochenende in Berlin hatte mich auf andere Gedanken gebracht. Doch nun forderte mich erneut der Alltag. Zum Glück war mein Auto wieder fahrbereit. Hannes hatte alles gut organisiert. Jetzt war er wieder in Kiel und würde erst in einer Woche zurückkommen.

Auf meinem Anrufbeantworter in der Praxis befanden sich einige neue Nachrichten. Sie stammten von Klienten, die einen Termin verschieben oder sich neu anmelden wollten. Unter anderem hatte sich eine Frau Gehrmann gemeldet, die anfragte, ob ich auch Paarberatungen durchführte. In mir regte sich Widerstand. Musste das sein? Ich hatte in den letzten Jahren ab und zu auch Paare beraten, aber zurzeit fiel mir das schwer.

Ich rief Frau Gehrmann an. Sie hätte so viel Gutes über mich gehört, erzählte sie am Telefon. Und ich solle ihr bitte einen Termin geben. Es würde ihr sehr viel bedeuten, von mir beraten zu werden.

Frau Gehrmanns Rechnung ging auf. Ich fühlte mich geschmeichelt und gab ihr einen Termin. So schlicht gestrickt können Therapeutinnen sein.

Ich ordnete einige Papiere auf meinem Schreibtisch, als es an der Tür klingelte. Auf jedes Geräusch achtend ging ich zur Tür und guckte durch den Spion. Ich konnte niemanden entdecken. Vorsichtshalber fragte ich noch einmal leise, wer da sei, erhielt aber keine Antwort. Ich ging zurück in mein Behandlungszimmer. Neugierig schaute ich aus dem Fenster, ob ich dort jemanden entdecken konnte, und sah, wie eine Gestalt hinter die Hecke huschte, die den Vorgarten des Hauses vom Treppenweg hinunter zur Elbe trennt. Wer war das? Was wollte diese Person? Meine Neugier wurde größer. Ich zog meinen Mantel an, schloss die Praxis ab und ging hinaus in den Vorgarten. Es war eine Frau, die hinter der Hecke stand.

Ich ging bis zur Gartenpforte und die Frau machte jetzt einen Schritt auf mich zu. Sie mochte etwa fünfundsechzig Jahre alt sein. Ihre grauen Haare machten einen ungepflegten Eindruck. Ihr Gesicht wirkte fahl und aufgedunsen. Sie trug eine fusselige, braune Mohair-Jacke und einen karierten Rock, der bis zu den Knöcheln reichte.

»Kann ich Ihnen helfen?«, fragte ich.

Die Frau wich zurück.

»Kann ich Ihnen helfen?«, wiederholte ich meine Frage.

»Vielleicht«, sagte sie.

»Womit denn?«

»Ich möchte Sie bitten …« Die Frau beendete den Satz nicht und sah mich mit flehenden Augen an.

Ein merkwürdiges Gefühl befiel mich.

»Wer sind Sie?«, fragte ich

Die Frau zuckte zusammen, schwieg einen Augenblick und sagte schließlich: »Ich bin Saschas Mutter.«

Es dauerte eine Weile, bis diese Worte in mein Bewusstsein drangen.

»Sie sind seine Mutter?«, fragte ich ungläubig.

Die Frau nickte.

»Aber… aber …«, stammelte ich, »ich dachte, Sie sind in Amerika.«

»Das war eine Erklärung«, sagte die Frau, »die sich mein Mann ausgedacht hat.«

Ich war verdattert. »Wieso? Was für eine Erklärung?«

»Dafür, dass ich nicht mehr da war.«

»Sie sind nicht nach Amerika gegangen?«

»Ich war nie dort. Nur eine Geschichte für die Leute.«

»Für die Leute?«

»So konnte mein Mann alles auf mich schieben.«

»Wie jetzt?«

»Eine Frau, die Mann und Sohn verlässt, die mit ihrem Liebhaber weggeht, das muss doch eine schlechte Ehefrau und Mutter sein.«

»Was wollen Sie?«, fragte ich.

»Bitte verlassen Sie Sascha nicht.«

»Das habe ich schon.«

»Ich weiß, er hat es mir erzählt. Aber er braucht Sie.«

»Er braucht mich nicht.«

»Sascha ist ein guter Schauspieler. Aber glauben Sie mir, er ist viel verletzlicher, als er zugibt.«

Allmählich ärgerte ich mich, dass ich mich auf diese Diskussion einließ.

»Er hatte keine Mutter«, argumentierte die Frau weiter, »er braucht jemanden, der ihm zur Seite steht.«

»Warum sind Sie weggegangen?«

»Ich konnte nicht mit meinem Mann leben. Er war selbstherrlich und egoistisch. Der liebte nur sich selbst, das kann kein Mensch ertragen. Ich wollte Sascha zu mir holen, aber mein Mann hat das verhindert.«

Jetzt wollte ich alles wissen.

»Und wo leben Sie heute?«

»Sehen Sie mich an. Ich bin fünfundfünfzig, das glaubt keiner. Ich bin Alkoholikerin, habe viele Therapien hinter mir. Sie fragen, wo ich lebe. Ich werde es Ihnen sagen: in einer betreuten

Wohngruppe. Peinlich, peinlich für Sascha, er schämt sich für mich. Verstehen Sie, dass er das nicht gerne erzählt? Da ist die Geschichte von der Mutter in Amerika doch viel besser.«

»Und es gibt noch einen Mitleidsbonus«, bemerkte ich.

Wir standen immer noch an der Hecke und ich überlegte, ob die Nachbarn wohl jedes Wort unserer Unterhaltung mitbekamen. Doch hereinbitten wollte ich sie nicht.

»Sascha besucht Sie regelmäßig?«, fragte ich weiter.

»Regelmäßig, was heißt das? Seit ein paar Jahren kommt er mal vorbei. Sein Vater hat ihm erst später die Wahrheit gesagt. Irgendwann hat er den Kontakt gesucht. Er erzählt mir vieles aus seinem Leben. Und er hat gesagt, dass Sie ihm guttun.«

»Es geht nicht mit Sascha«, sagte ich. »Warum will er das nicht begreifen? Es geht auch nicht, wie er sich hier in meiner Praxis verhalten hat.«

»Das hat ihm entsetzlich leidgetan«, sagte die Frau, »das müssen Sie ihm glauben.«

»Ich muss gar nichts«, sagte ich. »Es ist aus und vorbei.«

»Ist das Ihr letztes Wort?«

»Ja«, sagte ich, »ich kann die Beziehung nicht aus Mitleid wieder aufnehmen. Verstehen Sie das bitte!«

Warum versuchte ich meine Entscheidung zu rechtfertigen? Es gab keinen Grund, diese Frau überzeugen zu wollen. Lag es daran, dass sie mir leidtat? Eine Mutter, die zur Exfreundin ihres Sohnes ging, um diese zu bitten, bei ihrem Sprössling zu bleiben, weil dieser sie so dringend brauchte, das hatte etwas Rührendes. Doch zugleich war es unheimlich naiv und ließ Sascha nun endgültig als Schwächling erscheinen. Merkte sie denn nicht, was sie da anrichtete?

»Ich muss noch einiges erledigen«, sagte ich.

»Entschuldigen Sie, ich wollte Sie nicht belästigen«, erwiderte die Frau. »Ich wollte nur ein einziges Mal mit Ihnen reden.«

»Das haben Sie ja gemacht. Haben Sie einen weiten Weg zurück?«, fragte ich, weil sie mir immer noch leidtat.

»Ich fahre mit der S-Bahn bis Bergedorf.«

»Ans andere Ende der Stadt. Schaffen Sie das?«

»Ich komm schon zurecht«, sagte die Frau. »Auf Wiedersehen.«

Sie löste sich von der Hecke und trippelte davon.

Ich sah ihr nach, wie sie den Weg nach oben zur Blankeneser Hauptstraße nahm. Die Schultern nach vorn gebeugt, den Kopf gesenkt. Eine bedauernswerte Person, dachte ich. Ich konnte es nicht glauben, und doch musste es wahr sein: Diese gramgebeugte Frau war Saschas Mutter.

Ich saß mit Anne in der Sauna unseres Fitness-Centers. Wir waren allein und ich berichtete ihr von meiner Begegnung mit Saschas Mutter.

»Da kommt sie und fleht dich an, ihren Sohn zurückzunehmen«, sagte Anne. »Das ist unglaublich«.

»Das kannst du laut sagen.«

»Sie kann sich doch denken, dass so was nicht klappt. Auch wenn sie Alkoholikerin ist.«

»Realitätsverlust«, sagte ich.

»Aber wenigstens ist sie wieder gegangen und hat dir keine Szene gemacht.«

»Das hätte mir gerade noch gefehlt.«

»Oh Mann«, seufzte Anne, »das Thema Sascha verfolgt dich.«

»Ich hoffe, es ist jetzt ausgestanden«, erwiderte ich

»Wie war's mit Hannes und Lena in Berlin?«

»Es war richtig nett. Der Nachmittag bei Berkans Eltern verlief etwas steif, aber das ist ja auch kein Wunder. Wir waren alle befangen. Aber am Abend war ich mit Hannes tanzen.«

»Oh, oh, bahnt sich da was an?«

»Ach komm, da läuft nichts. Jedenfalls hat mir das Wochenende in Berlin gefallen. War ganz gut, dass ich mal rauskam.«

»Ich würde auch gern mit Jörg ein paar Tage irgendwohin fahren. Aber es wird immer schwieriger mit ihm. Vielleicht sollte ich mir genau wie du einen guten Freund suchen, mit dem ich etwas unternehmen kann«, sagte Anne und grinste.

»Gute Freunde liegen nicht auf der Straße, besonders männliche Freunde nicht.«

»Das ist wahr.«

Ein junges Pärchen, die Handtücher eng um den Körper geschlungen, öffnete die Tür. Unschlüssig standen sie da und konnten sich nicht entscheiden, ob sie bleiben sollten.

»Die ist mir zu heiß«, sagte die Frau, und beide verließen die Sauna wieder.

Wir lachten.

»Das ist ihr zu heiß, na, so was«, kommentierte Anne den kurzen Auftritt der beiden.

Wir schwiegen für eine Weile. Anne ergriff erneut das Wort. »Weißt du, was ich finde?«

»Na, was denn?«

»Ich finde, du solltest jetzt mal alles hinter dir lassen und neu starten.«

»Was genau meinst du?«

»Ich meine deinen Mann und diesen Sascha. Vergiss sie und wage einen Neuanfang. Ich habe da so eine Idee. Versuche es doch mal mit dem Internet.«

»Du meinst, ich soll in ein Dating-Portal, mich da anmelden? Kommt gar nicht infrage. Internet, nee, womöglich noch mit Foto. Und dann entdeckt mich ein Klient.«

»Okay«, sagte Anne, »das verstehe ich. Aber wie wäre es ganz altmodisch mit einer Anzeige? Da bleibst du doch anonym.«

»Nein, Anne, ich glaub, ich brauche noch etwas Zeit.«

»Zeit, Zeit, du hast keine Zeit mehr zu verlieren. Willst du ewig Steffen hinterhertrauern oder dir Gedanken über diesen Sascha machen?«

»Das mit Sascha kam nur, weil ich mich damals so schlecht fühlte.« Ich wusste selber nicht, warum ich das jetzt sagte.

»Du musst nichts erklären«, erwiderte Anne. »Das ist doch nun alles vorbei. Fang neu an! Mach einen Schnitt!«

»Heute ist nicht der richtige Tag, um darüber zu sprechen.«

»Na, wann ist der denn?«, fragte Anne. »Wenn du hundert bist?«

Als ich nach Hause kam, lief mir Lena entgegen.

»Mama«, rief sie aufgeregt, »ich war bei Steffen.«

»Und, was gab's da?«, fragte ich und versuchte dabei möglichst desinteressiert auszusehen.

»Sein Baby ist da, er hat mich angerufen und gefragt, ob ich es sehen will.«

Oh mein Gott, das hatte ich fast vergessen. Steffen war ja schwanger, beziehungsweise seine Sekretärin, mit der er zusammenlebte. Ob es ein gutes Zeichen war, dass ich nicht mehr daran gedacht hatte? Umso härter traf es mich in diesem Moment. Das Kind war da. Er war jetzt Vater, hatte eine eigene kleine Familie. Wir zählten nicht mehr, schon lange nicht mehr.

»Mädchen oder Junge?«, fragte ich, obwohl es mir völlig egal war.

»Es ist ein Mädchen«, sagte Lena, »und es ist sehr süß.«

»Alle Babys sind süß. Warum läufst du gleich dahin, wenn er anruft?«

»Steffen war so nett am Telefon. Deine kleine Schwester ist da, hat er gesagt.«

»Sie ist nicht deine Schwester, weil Steffen auch nicht dein Vater ist.«

»Ich weiß, aber ein bisschen ist sie schon meine Schwester.«

»Sind wir jetzt eine große, glückliche Patchworkfamilie?«

»Ach Mama, nun hör mal auf, ich dachte, du hättest dich inzwischen damit abgefunden.«

»Abgefunden womit?«

»Damit, dass er eine andere hat. Du hattest ja auch einen anderen.«

»Das ist nicht dasselbe. Da war Steffen bereits weg.«

»Sie heißt übrigens Sophia.«

»Sophia, wie originell, so heißen doch zurzeit fast alle neugeborenen Mädchen.«

»Also, jedenfalls war ich da, habe mir Sophia angesehen und mit Steffen einen Milchkaffee getrunken. Seine Freundin war auch da.«

»Aha«, sagte ich und hoffte, dass Lena nicht weiter über sie sprechen würde.

Sie tat mir den Gefallen. Lena redete noch ein bisschen über Sophia, berichtete davon, wie glücklich Steffen ausgesehen hätte, und beschloss, ein Geschenk für ihre neue Schwester zu kaufen.

»Lass mich da raus«, bat ich sie.

»Wieso? Das Geschenk kommt von mir, damit hast du nichts zu tun.«

Trotzdem war es mir nicht recht. Doch verbieten konnte ich es Lena nicht, wusste ich doch, dass sie sich nichts so schnell ausreden ließ, was sie sich einmal in den Kopf gesetzt hatte.

»Will er immer noch hier einziehen mit seiner neuen Familie?«, fragte ich.

»Das glaube ich kaum«, erwiderte Lena. »Sie haben eine neue Wohnung gefunden, in der Nähe vom Jenischpark.«

»Jenischpark, da hat er es ja nicht weit zum Anleger in Teufelsbrück.«

»Eben«, sagte Lena, »das war ein Grund, die Wohnung zu mieten.«

»Schöne Gegend und angenehmer Arbeitsweg für Steffen.«

»Ja, dann kann er eher zu Hause sein und sich um das Baby kümmern.«

Das Gespräch über Steffen und seine neue Familie bekam mir nicht. Mir war flau im Magen. Warum lief bei ihm alles so gut? Zieh keine Vergleiche, sagte ich mir. Du wurdest zwar mehrmals enttäuscht, aber es geht dir nicht schlecht. Du hast das Geld und das Haus von Tante Lucie geerbt und bist finanziell unabhängiger als je zuvor. Du hast Lena, auch wenn sie manchmal bei Steffen vorbeischauen wird. Sie ist deine Tochter, nicht seine. Soll er doch mit seiner Sekretärin und seinem Baby glücklich werden. Was kümmert es dich? Doch was ich mir auch sagte, das flaue Gefühl im Magen blieb.

»Ich muss lernen«, kündigte Lena an. »Wir schreiben nächste Woche eine Englischarbeit.«

»Ja, das ist wichtig. Kommst du gut voran?«

»Ich denke schon«, sagte Lena und verschwand in ihrem Zimmer.

Ich fuhr zum nächsten Supermarkt, kaufte einige Lebensmittel und vergaß nicht, eine Flasche Rotwein und drei Becher Tiramisu in den Einkaufskorb zu legen.

Genervt stieg ich von der Waage. Ich hatte wieder zugenommen. So konnte das nicht weitergehen. Ob ich zweimal statt einmal pro Woche ins Fitness-Center gehen sollte? Ich verwarf den Gedanken gleich wieder. So viel Energie brachte ich bestimmt nicht auf. Zum Abnehmen gehörte Disziplin und daran haperte es derzeit. Ein Film lief vor meinem inneren Auge ab: In ein paar Monaten schleppte ich mich mit mehr als hundert Kilo zur Arbeit. In der Abteilung für Übergrößen fand ich nichts, was mir gefiel. Schließlich lief ich in riesigen Gewändern herum, die wie Zelte aussahen. Meine Klienten steckten mich beim ersten

Anblick in eine Schublade. Was, so fett ist die? Wahrscheinlich essgestört! Die kommt wohl mit ihrem Leben nicht klar.

Auf der Straße drehten sich die Leute nach mir um. Mütter zeigten mit dem Finger auf mich und warnten ihre Töchter, die sie an der Hand hielten. Schau, wenn du weiterhin so viele Süßigkeiten isst, wirst du auch mal so dick wie die Frau da drüben. In der Bäckerei sagten die Verkäuferinnen zu mir: »Ach, heute nicht mit Sahne!« Und in der S-Bahn musste ich verachtende Blicke ertragen, weil ich zwei Plätze einnahm.

Eine Horrorvorstellung. Aber noch war es nicht so weit. Ich müsste nur aufpassen, dass es nicht so weit käme. Also vorerst nichts mehr mit Rotwein und Tiramisu. Schade eigentlich!

Ich muss mich auf die Paartherapie vorbereiten, überlegte ich, weil sich für den nächsten Tag Frau Gehrmann mit Partner angesagt hatte. Aber wie konnte ich mich vorbereiten? Ich wusste ja nicht, welche Probleme die beiden hatten. Egal, sicher waren es die üblichen. Sie spielten mit Trennungsgedanken, obwohl sie sich liebten. Oder sie spielten nicht mit Trennungsgedanken, konnten sich aber in diesem oder jenem Punkt nicht einigen. Sie suchten nach Kompromissen und keiner wollte nachgeben. Er hatte sie betrogen und sie konnte ihm nicht vergeben. Oder umgekehrt. Na ja, die ganze Palette möglicher Schwierigkeiten, die sich eben so ergaben, wenn man versuchte, ein Paar zu sein und es auch zu bleiben.

Ich war gespannt auf Frau Gehrmann und ihren Partner. Gegen elf Uhr klingelte es. Eine gepflegte Frau Ende dreißig stand vor der Tür. Sie trug ein schwarzes Kostüm, eine weiße Bluse und ein pinkfarbenes Tuch, das nach meinem Geschmack nicht zu ihrer übrigen Aufmachung passte.

Ich bat sie herein und fragte: »Wollten Sie nicht Ihren Partner mitbringen?«

»Doch, doch«, antwortete sie, »der kommt etwas später.«

Sie setzte sich und wir sahen uns beide an.

»Möchten Sie warten, bis Ihr Partner kommt?«

Frau Gehrmann wirkte unschlüssig. Ich blickte auf die Perlenkette, die sie umgelegt hatte.

»Ist vielleicht besser«, sagte sie, »obwohl, nun, die Grunddifferenz zwischen ihm und mir …«

Grunddifferenz, das war mal ein ganz anderes Wort, dachte ich, als es wieder klingelte.

»Ich gehe hin«, sagte Frau Gehrmann und verschwand nach draußen. Ich wollte sie zurückhalten, da ich es sehr ungewöhnlich fand, dass eine Klientin in meiner Praxis die Tür öffnete. Doch es war zu spät. Ich lief hinter ihr her und wunderte mich. Es war Christian, der geklingelt hatte. Er stand jetzt neben Frau Gehrmann.

»Was … was machst du hier?«, fragte ich.

»Ich komme zur Paartherapie«, sagte Christian völlig ungerührt, »wir waren angemeldet.«

»Bitte entschuldigen Sie«, sagte Frau Gehrmann, »wir wollten es Ihnen nicht vorher mitteilen, aus Angst, dass Sie es ablehnen könnten.«

»Ja, das muss ich dann wohl auch«, sagte ich mit fester Stimme.

»Schwesterherz, nun komm schon, mach keinen Weltuntergang daraus«, versuchte mich Christian zu überzeugen. »Wir wollten nur mal deine Meinung hören. Ich kann nicht zu irgendeinem fremden Therapeuten gehen und ihm mein Herz ausschütten.«

»Und ich kann keine Verwandten therapieren«, sagte ich. »Ich bin doch nicht neutral genug. Außerdem ist es nicht üblich.«

»Jaja«, sagte Christian, »alles klar, deine Vorschriften, dein Gewissen, deine Moral und was sonst noch alles, das ist wichtig.«

»Du hältst doch nichts von Therapien. War das nicht immer nur Geschwafel für dich?«

»Ähm, stimmt, aber Simone besteht darauf.«

»Ach, so ist das. Du bist nicht freiwillig hier.«

»Jetzt verdrehst du alles.«

Simone Gehrmann, die uns aufmerksam zugehört hatte, sah mich bittend an. »Gibt es denn keine Möglichkeit?«

Ich hatte mich inzwischen etwas beruhigt. »Wir machen es so«, sagte ich dann, »ich werte dies heute als Vorgespräch. Es ist also keine offizielle Sitzung. Und natürlich wird das auch nicht abgerechnet.«

»Ich hätte es ohnehin privat bezahlt«, warf Christian ein.

Ich bat die beiden herein.

Christian nahm auf dem Zweiersofa Platz.

»Es hat doch auch Vorteile, dass du mich so gut kennst«, meinte er. »Freu dich doch, dass ich deine Meinung hören möchte.«

»Was du nicht sagst, ich soll mich freuen.« Ich machte eine Pause. »Du hast dich verändert. Früher hast du dich nicht so bemüht.«

»Bemüht?«

»Um eine Frau bemüht. Geld war dir immer wichtiger.«

Frau Gehrmann lachte. »Wird das hier jetzt eine Geschwistertherapie?«

Ihre Bemerkung lockerte die Stimmung.

»Also«, fragte ich, »worüber wollen wir uns unterhalten?«

»Ich heiße übrigens Simone«, stellte sich Simone Gehrmann vor.

»Und ich heiße Christian«, sagte mein Bruder und grinste.

»Sehr witzig, und ich heiße Julia«, sagte ich und sah Simone dabei an.

»Es geht um das Thema, über das ich mal gesprochen habe«, begann mein Bruder.

Nur das nicht, dachte ich.

»Wir lieben uns«, sagte Simone.

»Das ist wahr«, bestätigte Christian.

»Und deshalb kommt ihr zu mir?«, fragte ich.

»Immer, wenn es gut zwischen uns läuft, zieht Christian sich zurück«, sagte Simone.

Da war er wieder, der Teufelskreis. Einer läuft weg, der andere folgt ihm. Ich sah in die erwartungsvollen Gesichter der beiden und mir wurde klar, dass es so nicht ging. Ich war Christians Schwester, ich konnte ihm und seiner Simone nicht helfen. Die beiden brauchten einen unvoreingenommenen Therapeuten. Ich musste dieser Familiensitzung ein Ende bereiten. »Christian, es geht nicht«, sagte ich. »Ich kann euch eine Kollegin von mir empfehlen, ich bin nicht die Richtige für euch.«

Christian seufzte.

Simone fuhr sich mit der Hand durch ihre gewellten dunkelbraunen Haare. »Chris, ich glaube, wir sollten deine Schwester jetzt in Ruhe lassen. Lass uns zu einer anderen Therapeutin gehen, oder von mir aus auch zu einem Therapeuten.«

»Es war eine ausgesprochene Schnapsidee von dir, zu mir zu kommen«, sagte ich, weil mir die ganze Situation auf einmal abstrus vorkam.

»Ich habe es begriffen«, erklärte Christian. »Wir gehen ja schon.«

Ich begleitete die beiden hinaus. »Wir telefonieren«, verabschiedete ich mich von Christian. Simone reichte ich die Hand und sagte: »Es tut mir leid.«

»Mir tut es auch leid«, erwiderte Simone und nestelte am Riemen ihrer Handtasche herum.

Wie gut, dachte ich, als die beiden gegangen waren, dass Christian nichts von Sascha wusste. Das hätte er mir sicher vorgeworfen. Keine Therapie für Angehörige, aber ein Verhältnis mit einem Klienten. Sehr konsequent, liebe Schwester.

16

Ich hatte Unmengen an Gemüse eingekauft, um eine Suppe für uns zu kochen. In der Küche schabte ich Möhren, schälte Kartoffeln und schnitt Sellerie klein. Lena war in ihrem Zimmer und lernte. Doch es dauerte nicht lange und sie kam herein. »Was wird das, wenn es fertig ist?«, fragte sie.

»Eine Gemüsesuppe«, sagte ich.

»Du hast aber lange nichts mehr gekocht«, stellte Lena fest.

»Stimmt, aber heute habe ich Lust dazu.«

»Und dann auch noch vegetarisch.«

»Warum nicht?«

Lena setzte sich an den Küchentisch und sah mir zu.

»Warst du mal wieder bei Steffen?«, fragte ich und das flaue Gefühl im Magen war wieder da.

»Das hätte ich dir gesagt«, erwiderte Lena.

»Ach, tatsächlich?«

»Ja, tatsächlich.«

Ich schnitt die Möhren klein. »Wie geht es Berkan?«

»Gut, er kommt nächstes Wochenende.«

»Haben seine Eltern etwas über uns gesagt?«

»Du kannst Fragen stellen. Aber ich glaube, sie fanden uns ganz okay, wenn auch nicht optimal.«

»Immer noch das alte Thema?«

»So ist es«, sagte Lena.

Ich ging einen Schritt weiter. »Was ist das mit dir und ihm? Was magst du an Berkan?«

»Ich mag ihn eben.«

»Das weiß ich, aber was genau magst du?«

Lena kicherte. »Seinen süßen Hintern.«

»Im Ernst jetzt?«, hakte ich nach.

»Wir können über die gleichen Sachen lachen, er hat fast immer gute Laune und …« Lena stockte. »Er ist sehr zärtlich.«

»Das unterscheidet ihn von anderen Jungs?«

»Ach Mama, jetzt fang nicht an, mir Berkan ausreden zu wollen.«

»Will ich nicht.«

»Nee, überhaupt nicht. Sag Bescheid, wenn die Suppe fertig ist«, teilte Lena mir mit und verließ demonstrativ die Küche.

Anne sagte mir am Telefon, dass sie gern vorbeikommen würde. Es gäbe eine Neuigkeit. Wir verabredeten uns für den Abend. Ich hatte eine Flasche Rotwein gekauft, denn ein Gläschen gehörte einfach dazu, wenn ich mich mit meiner besten Freundin zum gemütlichen Plausch traf.

Um kurz nach acht stand Anne vor der Tür. Sie brachte tatsächlich eine Neuigkeit mit, eine, mit der sie mich völlig überrumpelte. »Ich habe es getan, ich habe es getan«, freute sie sich.

Ich verstand kein Wort. »Was hast du getan?«

»Ich habe eine Anzeige aufgegeben, in der Zeitung.«

»Eine Anzeige?«

»Internet wolltest du ja nicht.«

»Und was heißt das jetzt?«

Wir gingen ins Wohnzimmer, in dem ich schon die Gläser und den Rotwein bereitgestellt hatte.

Anne schmiss sich aufs Sofa und rieb sich die Hände. »Stell dir vor, du hast schon zwei Bewerber.«

Ich setzte mich. »Nun mal langsam! Wie ... was ist mit der Anzeige?«

»Also, das Tolle ist, du kriegst keine Zuschriften, sondern Anrufe.«

»Wie, hast du etwa ...?«

»Nein, reg dich nicht auf, das ist alles ganz anders. Von der Zeitung hast du einen Code bekommen, damit kannst du dir Bewerber anhören, die auf eine Mailbox gesprochen haben. Die stellen sich da sozusagen vor. Und nur, wenn du Interesse hast, rufst du zurück. Anderenfalls lässt du es einfach.«

»Aha, und warum fragst du mich nicht vorher?«

»Hab ich neulich gemacht.«

»Und, habe ich da ›oh, das machen wir‹ gesagt? Nein, habe ich nicht.«

»Ach Julia, bleib mal entspannt.«

»Was hast du überhaupt in der Anzeige geschrieben? Hoffentlich nichts über meinen Beruf ...«

»Nee, das ist klar, das würde die Herren eher abschrecken.«

»So, ich habe einen abschreckenden Beruf.«

»Du weißt genau, was ich meine.« Anne holte einen Zettel aus ihrer Tasche. »Ich habe geschrieben: Selbstständige Frau, Ende dreißig, vielseitig interessiert, möchte Mann mit Herz, Hirn und Humor kennenlernen.«

»Wieso Ende dreißig?«

»Ich bitte dich, wer lügt denn da nicht ein bisschen?«

»Hm, kennenlernen wofür? Für eine Nacht, fürs Leben, fürs Minigolfspielen? Kann ja alles Mögliche sein.«

»Das überlasse ich dir.«

»Was hast du getan?«, stöhnte ich und griff nach der Flasche mit dem Rotwein.

»Ich war so frei und habe deine Mailbox schon mal abgehört.«

»Ach ja, die zwei Bewerber.«

»Der eine ist ein Landwirt aus Niedersachsen und der andere ist Werbekaufmann und wohnt in Hamburg.«

»Ah ja, das sind also meine neuen Traummänner. Triff du dich doch mit denen!«

»Sehr witzig. Jörg würde mir was husten.«

»Der kriegt das gar nicht mit«, sagte ich.

»Die beiden klangen nicht so prickelnd. Die sind nichts für dich. Wir müssen mal abwarten, was da sonst noch kommt.«

»Du glaubst doch nicht im Ernst, dass ich mich mit einem dieser Männer treffe.«

Anne holte einen weiteren Zettel hervor und legte ihn auf den Tisch. »Hier ist der Code, damit kannst du deine Anrufe abhören.«

Ich blickte gelangweilt auf den Zettel. »Werde ich kaum brauchen.«

»Na, hör dir das Band doch mal an.«

Anne kramte jetzt eine Zeitungsseite aus ihrer Handtasche. »Hier steht übrigens, dass man auch eine Begrüßungsansage auf die Box sprechen kann. Da kannst du dich vorstellen mit deinen Hobbys und so weiter.«

Ich lachte laut auf. »Das fehlte mir gerade noch. Ich spreche dadrauf, damit die Männer mich checken können.«

»Musst du ja nicht.«

»Das passiert garantiert nicht«, versicherte ich.

»Was gibt's sonst Neues?«, fragte Anne. Anscheinend hatte sie beschlossen, mich nicht weiter mit dem Thema Männer zu nerven.

»Ach ja, Christian war neulich mit seiner Freundin bei mir und wollte eine Paartherapie machen.«

Anne konnte es nicht fassen. »Ehrlich? Der hat sich doch immer über Therapien lustig gemacht.«

»Ja, Hochmut kommt vor dem Fall. Seine Freundin bedeutet ihm wohl viel. Da hat er sich überzeugen lassen.«

»Und, hast du's gemacht?«

»Ich wollte erst, habe dann aber gemerkt, dass es nicht ging.«

»Würdest du mich und Jörg therapieren?«

»Aber sofort«, scherzte ich.

»Na, dann gibt es ja Hoffnung.«

»Da ist noch etwas«, sagte ich. »Das Kind von Steffen ist da.«

Anne fuhr zusammen. »Ach, du Schreck!«

»Lena hat es schon gesehen.«

»Puh, ist bestimmt ein komisches Gefühl für dich.«

Ich schenkte mir ein drittes Glas Rotwein ein. Das Thema Steffen und Kind bekam mir nicht. Anne saß auf der Kante des Sofas und meinte, dass sie jetzt wohl leider aufbrechen müsse.

Als sie gegangen war, räumte ich den Tisch ab. Dabei fiel mir der Zettel mit dem Anzeigencode in die Hände. Gedankenverloren steckte ich ihn in meine Handtasche. Anne ist schon ein verrücktes Huhn, überlegte ich. Gibt über meinen Kopf hinweg eine Anzeige für mich auf. Jedem anderen hätte ich das übel genommen. Doch Anne war meine beste Freundin, mit der ich schon so vieles erlebt hatte. Ihr konnte ich einfach nicht böse sein.

Erst drei Tage später entdeckte ich den Zettel mit dem Code wieder. Ich war in der Praxis und suchte die Visitenkarte meines Internisten, weil ich mich zum jährlichen Check anmelden wollte. Ich blickte auf den Zettel. Sollte ich anrufen? Schaden könnte es ja nicht. Doch es kostete Geld, das hatte Anne mir erklärt. An irgendwas musste die Zeitung ja verdienen, denn die Anzeige selbst hatte nichts gekostet. Aber so viel konnte das nicht sein. Ob noch jemand angerufen hatte? Meine Neugier wurde immer größer.

Ich nahm das Telefon, wählte die Nummer und anschließend den Code für meine Anzeige.

Zunächst hörte ich eine allgemeine Ansage, dann kamen die beiden Anrufer, von denen Anne mir bereits erzählt hatte. Sie hatte recht, die waren nichts für mich. Danach vernahm ich eine sehr sympathische Stimme. Ein gewisser Heiko Kerber, einundfünfzig, stellte sich vor. Ihm hätte meine Anzeige gut gefallen, und er vermute, dass ich auch Herz, Hirn und Humor hätte. Er sei Geologe und habe eine eigene Firma und liebe all das, was das Leben lebenswert mache und so weiter, und so weiter. Es folgte seine Telefonnummer und der Satz: »Ich würde mich freuen, wenn Sie anrufen.«

Ein bisschen allgemein, ein bisschen oberflächlich, aber ansonsten nicht schlecht, dachte ich. Natürlich konnte dieser Heiko nicht gleich tiefschürfende Gedanken aufs Band sprechen.

Sollte ich ihn anrufen? Ein wenig Ablenkung täte mir sicher gut. Doch zunächst lenkte mich mein nächster Klient ab, der pünktlich um zwei Uhr auf der Matte stand.

Ich machte es wirklich. Am Abend rief ich von zu Hause aus Heiko Kerber an. Meine Telefonnummer unterdrückte ich. Das war besser so. Die Stimme, die ich auf dem Band gehört hatte, meldete sich mit einem einfachen »Hallo«.

»Hier Julia Neubert«, stellte ich mich mit falschem Nachnamen vor. »Ich bin die selbstständige Frau, die …«

Er unterbrach mich. »Das hätte ich nicht gedacht, dass Sie sich so schnell melden.«

»Ihr Anruf, ähm, das, was Sie mir auf die Mailbox gesprochen haben, hat mir gefallen«, teilte ich ihm stockend mit.

»Bisher habe ich noch nie auf eine Anzeige geantwortet«, meinte Heiko Kerber.

Wer's glaubt, dachte ich.

»Sie klingen sympathisch«, sagte er. »Suchen Sie schon lange?«

Die Frage gefiel mir nicht. »Wie man's nimmt«, antwortete ich. »Und Sie?«

»Ich bin seit einem halben Jahr geschieden und jetzt bereit für was Neues.«

Soso, für was Neues, so nennt er das.

»Ja, ich will ja nicht ewig allein bleiben. Oder war Ihre Anzeige anders gemeint?«

»Wie anders gemeint?«

»Kann ja sein, Sie suchen nur eine Begleitung für Konzertbesuche oder Ähnliches.«

»Also, zunächst suche ich nur eine Bekanntschaft«, sagte ich und kam mir dabei total altmodisch vor. Wie das klang: Ich suche eine Bekanntschaft. *Mein Bekannter,* sagten die Frauen in alten Filmen, die nicht von Freund oder Affäre sprechen wollten. Klingt ja auch komisch, wenn man einen Mann an seiner Seite als *das ist meine Affäre* oder *mein derzeitiger Geliebter* vorstellen würde. *Lebensabschnittsgefährte* hingegen ist ja durchaus gesellschaftsfähig geworden.

»Das geht mir genauso«, sagte mein eventueller zukünftiger Bekannter am anderen Ende der Leitung.

»Da sind wir uns ja einig«, bemerkte ich.

»Wir könnten lange telefonieren, aber ich finde es besser, wenn man sich sieht.«

»Das finde ich auch. Was schlagen Sie vor?«

Heiko Kerber machte mehrere Vorschläge. Schließlich vereinbarten wir ein Treffen in einem Weinlokal in Altona, das ich gut kannte.

Er hatte sich als groß und leicht stattlich beschrieben und ich hoffte, dass mit stattlich nicht ein stattlicher Bierbauch gemeint war. Dass er von mir keine Beschreibung verlangte, wertete ich positiv. Er war also keiner, der nur auf blonde, rote oder brünette Frauen stand. Na, er war ja auch schon einundfünfzig, da waren solche Äußerlichkeiten wohl nicht mehr so wichtig. Obwohl, eigentlich hörte das ja nie auf, das mit den Äußerlichkeiten. Auch nach meinem Beruf fragte er nicht. Ich hatte also noch etwas Zeit, mir zu überlegen, ob ich ihm die Wahrheit sagen würde.

Der Saunagang hatte gutgetan. Anne und ich saßen anschließend im Bademantel an der Bar unseres Fitness-Centers.

»Oh Mann, das war ja was«, sagte Anne, als ich ihr bei einem Cappuccino von meinem Date mit Heiko erzählte.

»Er sah gar nicht mal schlecht aus. Breite Schultern, groß, gepflegte Glatze, nur kleiner Bauchansatz, aber diese Cowboystiefel, einfach zum Schreien.«

»Und er hat wirklich die ganze Zeit von seiner Ex geredet?«

»Und von seinen Schulden. Einmal ist er mit seiner Firma pleitegegangen. Insolvenz. Danach gründete er eine neue. Er war so ungeheuer stolz darauf, dass er das geschafft hat. Schulden sind gut, meinte er, da kann man Steuern sparen.«

»Hoffentlich hat Jörg das in sein Programm aufgenommen«, meinte Anne.

»Na, jedenfalls war es kein schöner Abend. Mich hat er kaum was gefragt, immer nur über sich geredet.«

»Nicht mal, was du so machst?«

»Doch, das hat er. Ich habe gesagt, ich bin im sozialen Bereich tätig. Stimmt ja auch. Er hat nicht nachgefragt, was ich in diesem Fall ganz gut fand.«

»Der hat sich von seiner Ex doch noch gar nicht gelöst«, stellte Anne fest.

»Das kannst du laut sagen. Trifft sich mit einer Frau und erzählt der dann die ganze Zeit von seiner Ex.«

»Hast du die Mailbox mal wieder abgehört?«

»Nee, ehrlich gestanden habe ich auch nicht so viel Lust dazu.«

»Ach komm! War doch eine gute Ablenkung. Du hast bis jetzt weder von Steffen noch von Sascha gesprochen.«

»Vielen Dank, dass du mich an die beiden erinnerst«, sagte ich.

Anne grinste. »Aber gerne doch.«

»Im Moment beschäftige ich mich ja wieder mehr mit Steffen«, gestand ich. »Sascha ist passé. War ja auch nicht so lange. Ich glaube auch nicht mehr, dass er etwas gegen mich unternimmt. Hätte er das vorgehabt, dann hätte er es schon getan.«

»Ob er seine Mutter zu dir geschickt hat?«

»Hm, ich denke nicht. Das war bestimmt ihre Idee. Ihre übergroße Sorge um den Sohn, der eine starke Frau braucht, um zu überleben.«

»Was heißt schon stark?«, meinte Anne

»Ich will nicht für einen Mann der Fels in der Brandung sein. Ich muss mich auch mal anlehnen können. Jedenfalls ab und zu«, gestand ich.

»Ich habe auch keinen Mann zum Anlehnen, wir leben so nebeneinanderher.«

»Das ist wahr«, stimmte ich ihr zu.

»Dabei ist Jörg immer da. Und er betrügt mich ja auch nicht. Er ist einfach nicht greifbar, denkt nur an sein Programm.«

»Ich weiß«, sagte ich, denn ich kannte Annes Dilemma ja zur Genüge.

»Das Leben ist so langweilig, mein Privatleben meine ich. Na, dafür ist in der Schule immer was los. Also, ich kann dir sagen, wenn ich meinen Beruf nicht hätte, dann würde mir alles so sinnlos vorkommen.«

»So schlimm?«

Anne lächelte. »Ich versuche ja vieles mit Humor zu nehmen.«

»Immer klappt das nicht mit dem Humor«, sagte ich nachdenklich.

»Ich möchte wissen, wer dir noch auf die Mailbox gesprochen hat«, wechselte Anne zum ursprünglichen Thema.

»Du bist ja neugieriger als ich.«

»Vielleicht.«

»Gut, ich werde dich informieren«, versprach ich.

17

Die Begegnung mit Heiko sollte reichen, beschloss ich, denn ich glaubte nicht daran, über eine Anzeige jemanden kennenzulernen, der zu mir passen würde. Aber trotzdem konnte ich mir mal anhören, wer sich da sonst noch so gemeldet hat. Studienhalber sozusagen. Ich holte die Telefonnummer mit dem entsprechenden Code aus meiner Schreibtischschublade und wählte die angegebenen Ziffern. Ich musste mir alle schon bekannten Bewerber noch einmal anhören. Erst jetzt wurde mir klar, dass dies Absicht war, denn dadurch würden die Gebühren steigen.

Nachdem ich mir noch einmal die Ansage von Heiko Kerber angehört hatte, stellten sich zwei weitere Männer vor. Der eine nannte sich Olaf Bremke, war Krankenpfleger und achtunddreißig Jahre alt. Der zweite war so alt wie ich und behauptete, ein eigenes Pferd zu besitzen und von Beruf Rechtsanwalt zu sein.

Beide hinterließen ihre Telefonnummer. Da ich gerade gute Laune hatte, rief ich den Krankenpfleger an. Seine Stimme klang sehr jugendlich. Unser Gespräch plätscherte leicht dahin, was ich als angenehm empfand. Dann fragte er mich, was ich denn beruflich so mache, und ich wurde übermütig.

»Ich bin Psychotherapeutin«, sagte ich.

Das Schweigen am anderen Ende der Leitung war überaus beredt. Verkraftet er das oder nicht?, dachte ich. Plötzlich hörte ich, wie es klickte.

Das konnte doch nicht wahr sein! Der Kerl hatte einfach aufgelegt. Hielt er es für einen Scherz und wollte sich nicht veralbern lassen, oder war sein Selbstwertgefühl so gering, dass er meinte, einer Therapeutin nicht gewachsen zu sein? Ich tippte auf Letzteres. Was für ein Feigling! Den hatte ich aber schnell in die Flucht geschlagen.

Wie war das? Der Arzt mit der Krankenschwester, der Ingenieur mit der Sekretärin – siehe Steffen – und so weiter, das geht in Ordnung. Aber wehe, es ist umgekehrt. Die Ärztin mit dem Krankenpfleger, oh, oh, die muss es aber nötig haben, wieso wählt die jemanden unter ihrem Status? Über die Ingenieurin mit ihrem Sekretär wollte ich nicht weiter philosophieren, denn welcher Mann wird schon Sekretär oder etwas Vergleichbares?

Obwohl, neulich war ich beim Hautarzt, weil ich einen Leberfleck begutachten lassen wollte. Es kam mir so vor, als habe der sich vergrößert. Was sah ich dort? – Eine männliche Sprechstundenhilfe. Ich unterhielt mich mit dem jungen Mann und erfuhr, dass er vorher sechs Jahre lang Querflöte studiert hatte. Das war jetzt aber nicht die Voraussetzung für die Lehre hier, informierte er mich. Der Junge hatte Humor.

Eins war sicher, Olaf der Krankenpfleger wollte mich nicht. Welch ein Verlust, schmunzelte ich und war weiter guter Dinge. Jetzt erst recht, sagte ich mir und wählte die Nummer des Rechtsanwalts. Es meldete sich eine freundliche, leicht rauchige Stimme.

»Sie sind Rechtsanwalt?«, fragte ich, weil ich immer noch übermütig war.

»Ja, Axel Dittmer hier«, sagte die leicht rauchige Stimme.

Er hieß also Axel, das hatte er nicht erwähnt. Ich stellte mich wieder mit Julia Neubert vor.

Axel schaltete sofort. »Ach, Sie sind das. Freut mich, das ist schön, dass Sie anrufen.«

Er gehörte zu denen, die sofort Nägel mit Köpfen machten. »Treffen wir uns morgen im Café in Pöseldorf?«

»Morgen geht nicht«, sagte ich. »Aber nächste Woche am Mittwoch. Pöseldorf finde ich gut, ich weiß, welches Café Sie meinen.«

Wir verabredeten uns. Nach dem Gespräch begann ich vor mich hin zu träumen. Axel Dittmer beflügelte meine Fantasie. Ein smarter Rechtsanwalt – groß, schlank, dunkelhaarig wie in den amerikanischen Fernsehserien. Ich stellte mir vor, wie er mit rauchiger Stimme sagte: *Euer Ehren, mein Mandant ist unschuldig*. Dann folgte ein flammendes Plädoyer, das die Geschworenen, den Richter und sogar den Staatsanwalt überzeugte. Alle blickten auf ihn, den Mann des gewaltigen Wortes, dessen Persönlichkeit sie überaus faszinierte. Natürlich wusste ich, dass man in Deutschland den Richter nicht mit *Euer Ehren* ansprach, auch mit den Geschworenen ist das so eine Sache. Aber die amerikanischen Gerichtsszenen sind um ein Vielfaches dramatischer als die deutschen.

Das Klingeln des Telefons riss mich aus meinen Träumen.

»Hallo Julia, wie geht es dir?«, fragte eine Stimme, die ich lange nicht gehört hatte.

Es war Steffen. »Ich wollte mich mal melden. Sophia ist jetzt da, meine Tochter.«

»Das hat Lena mir erzählt«, sagte ich so belanglos wie möglich.

»Sie wog 3350 Gramm.«

»Warum muss ich das wissen?«

»Ich bin eben stolz.«

»Ach, du bist jetzt ein stolzer Vater.«

»Was hast du dagegen?«

»Nichts. Du hast dich lange nicht gemeldet.«

»Wie das so ist, hatte viel zu tun. Lena sagte, es geht euch gut.«

»Wenn sie das sagt, wird es wohl stimmen.«

»Und ihr wart in Berlin?«

»Ach, das weißt du auch schon?«

»Wir ziehen ja demnächst um.«

»Hab ich gehört.«

»Ja, gar nicht so einfach mit einem Kleinkind.«

Hoffentlich bittet er mich jetzt nicht, auf seine Tochter aufzupassen, während er umzieht, dachte ich. Inzwischen traute ich ihm einiges zu.

»Das werdet ihr schon schaffen.«

»Beates Mutter ist krank, um die muss sie sich auch kümmern.«

Was sollte das denn? Was ging mich die Mutter seiner Sekretärin an?

»Jaja, das Leben ist manchmal schwer«, sagte ich ohne Mitgefühl in der Stimme.

»Gut«, meinte Steffen. »Wie gesagt, wollte mich nur mal melden. Ja, tschüss dann.«

»Tschüss, tschüss«, sagte ich und legte auf.

Musste das sein? Ich hatte gerade so schön geträumt. Immer, wenn ich etwas von Steffen hörte, kam alles wieder hoch. Nicht mit der Wucht von früher, aber doch stark genug, um mich für eine Weile aus dem Gleichgewicht zu bringen.

Ach Steffen, es war oft schön mit dir. Warum hatte es nicht so bleiben können? Warum telefonierte ich jetzt mit fremden Männern, die eine kurze Nachricht auf ein Band sprachen? Ich wollte doch mit dir zusammen sein. Plötzlich schrillten sämtliche Alarmglocken. Vorsicht, ich musste aufpassen, dass ich nicht in einem selbst gebastelten Jammertal landete. Auf zu neuen Ufern, hatte Anne gesagt. Ich machte es mir wieder auf dem Sofa bequem. Da war doch noch was. Ach ja, Axel, der

Rechtsanwalt, der so mitreißende Plädoyers ablieferte. Ob er auch mich für sich gewinnen konnte?

Er war tatsächlich groß und dunkelhaarig. Doch er war keineswegs schlank. Axel Dittmer hatte ein pausbäckiges Jungengesicht und wog hundertneunzehn Kilo, wie er mir selbst mitteilte. Ehrlich gesagt, konnte ich mir auch nicht vorstellen, dass er faszinierende Plädoyers hielt. Er war sehr offen und verriet mir merkwürdige Details aus seinem Leben. Zum Beispiel, dass er bei seiner Mutter wohnte und diese ihn in allem kontrollierte. Er wäre dabei, sich von ihr zu lösen, aber das fiele ihm schwer.

Hoppla, dachte ich, du erwähnst nichts von deinem Beruf.

Ja, seine Mutter wäre ein großes Problem für ihn. Sie wolle ihn nicht loslassen. So würde sie ihm zum Beispiel immer einen Schirm aufzwingen, wenn er aus dem Haus ginge, obwohl es gar nicht regnete.

Demnächst plane er eine Schlafkur, weil er sich dringend erholen müsse. Und dann war da auch noch sein Pferd. Das schien es wirklich zu geben. Das brauche Bewegung und er müsse zur Kur. Ob ich nicht Lust hätte, das Pferd zu reiten, solange er nicht da wäre? Wieder hatte ich jemanden vor mir sitzen, der nur von sich redete. Und dann noch ein Muttersöhnchen! Mein Traum vom smarten Rechtsanwalt verwandelte sich in einen Albtraum.

Am Ende des Abends hatte ich ein Folge-Date an der Backe. Keine Ahnung, wie es dazu gekommen war. Axel Dittmer sprach vom nächsten Freitag, nannte eine Uhrzeit und brabbelte davon, dass er mich wiedersehen wolle. Ich sagte gar nichts mehr, weil ich nur noch nach Hause wollte. Wahrscheinlich wertete er meine Sprachlosigkeit als Zusage. Aber dies wurde mir erst bewusst, als ich auf dem Heimweg war. Ich werde ihn anrufen, überlegte ich, und das Treffen, dem ich nie zugestimmt hatte, absagen beziehungsweise das Missverständnis aufklären.

Es war schon spät, als ich nach Hause kam. Ich konnte nicht anders, ich musste Anne anrufen. Sie war noch wach.

»Ein Muttersöhnchen, wie er im Buche steht«, berichtete ich. »Und dann noch hundertneunzehn Kilo schwer. Und ich soll sein Pferd reiten, der hat sie doch nicht alle. Fragt mich nicht mal, ob ich reiten kann.«

»Damit wollte er angeben«, meinte Anne.

»Ja, Imponiergehabe, andere prahlen mit ihren Autos.«

»Du bist aber kein bisschen dankbar«, zog Anne mich auf, »da will dir schon mal einer sein Pferd überlassen, und du nimmst das nicht an.«

»Ich könnte mir ja die Cowboystiefel von dem Typen von neulich leihen«, ging ich auf ihre Witzelei ein.

»Hat der sich noch mal gemeldet?«

Jetzt fiel es mir wieder ein.

»Du, das hat er tatsächlich.«

»Und?«

»Dem hatte ich die Nummer eines alten Handys von mir gegeben. Und da ruft er mich vor ein paar Tagen an, um mir zu sagen, dass aus uns kein Paar werden kann.«

»Was, ehrlich jetzt?«

»Ja, ehrlich. Ich war total überrascht und habe zu ihm gesagt, dass das für mich sowieso klar gewesen wäre. Er wolle fair sein, hat er geantwortet. Klang so, als ob er meinte, ich sei ganz verrückt nach ihm. Und er wäre nun so fair, mir die Wahrheit zu sagen.«

»Ja, was manche sich so einbilden.«

»›Der Anruf war überflüssig‹, habe ich noch gesagt.«

»Oh Mann, du machst was mit. Und jetzt noch dieser Rechtsanwalt. Die armen Mandanten.«

»Bedauere mich und nicht die Mandanten«, sagte ich.

»Du nimmst das alles sportlich, habe ich den Eindruck.«

»Jedenfalls machte mir die Absage dieses Geologen nichts aus. Ich konnte darüber lachen.«

»Dann mach doch weiter.«

»Du meinst weitere Dates? Genau, mach ich auch, ich sehe das jetzt spielerisch.«

»Ist nicht mal einer für mich dabei?«, fragte Anne

»Ich werde sehen, was ich tun kann«, versprach ich.

»Halt mich auf dem Laufenden.«

»Na klar«, sagte ich und spürte wieder diese heitere Leichtigkeit, die mich in letzter Zeit des Öfteren erfasste. Und das ganz ohne Rotwein und Tiramisu.

Das kommende Wochenende verbrachte ich bei meiner Mutter in Travemünde. Es war bewölkt, als wir am Hafen spazieren gingen. Nur ab und zu lugte für ein paar Minuten die Sonne hervor.

»Willst du nicht wieder nach Hamburg ziehen?«, fragte ich sie.

»Nein, ich fühle mich hier wohl.«

»Aber was ist, wenn du älter wirst?«

Meine Mutter lächelte. »Ich bin schon älter.«

»Ich könnte schneller zur Stelle sein«, sagte ich, »wenn du Hilfe brauchst.«

»Frau Albers wohnt gleich nebenan, die kann mir auch helfen. Wir trinken jeden Nachmittag zusammen Kaffee.«

Von Frau Albers hatte ich auch die Telefonnummer, für den Fall, dass ich meine Mutter nicht erreichen konnte.

»Ja, ich weiß«, sagte ich. »Es ist gut, wenn man so eine Nachbarin hat.«

»Was ist?«, fragte meine Mutter. »Willst du jetzt für immer allein bleiben?«

»Mal sehen, was kommt.«

Ich erzählte ihr, dass Anne für mich eine Anzeige aufgegeben hatte, ich aber nicht glaubte, auf diese Weise den passenden Mann kennenzulernen.

»Was heißt passend? Man muss Kompromisse machen.«

»Ach ja«, sagte ich, »dazu habe ich keine Lust mehr.«

»Dann bleibst du allein. Sei nicht ganz so kritisch.«

»Mutti, ich muss kritisch sein«, beteuerte ich. »Was nützt mir ein Mann, von dem ich mich in ein paar Monaten wieder trenne? Oder er sich von mir«, fügte ich hinzu.

»Da hast du auch wieder recht.«

Wir hatten die Strandpromenade erreicht. Trotz des starken Windes waren viele Spaziergänger unterwegs.

»Das Frühjahr war bisher kühl«, sagte meine Mutter.

Ich überlegte, ob ich ihr erzählen sollte, dass Christian mit seiner Freundin bei mir eine Therapie machen wollte, entschied mich dann aber dagegen.

»Steffens Kind ist da«, sagte ich stattdessen.

»Das musste ja mal kommen.«

»Du meinst, darauf hätte ich mich einstellen können?«

»Ja, du wusstest es doch.«

»Es ist ein komisches Gefühl, auch wenn ich es vorher wusste. Es kommt mir vor, als gebe es nun endgültig kein Zurück.«

»Du wolltest ihn doch nicht zurück.«

»Man sagt so vieles, wenn man verletzt ist.«

»Christian könnte mich auch mal wieder besuchen«, beklagte sich meine Mutter. Offenbar wollte sie das Thema wechseln.

»Du weißt, dass er eine Freundin hat?«, fragte ich.

»Das hat er mir gesagt. Kennst du sie?«

»Nur flüchtig«, sagte ich wahrheitsgemäß.

»Wie ist sie so?«

»Ich denke, sie passt zu ihm.«

»Das freut mich. Ich dachte schon, er wird sich nie mehr für eine Frau interessieren.«

»Tja, er hat sich verändert, auch mir gegenüber.«

»Ach, wenn ich an früher denke ... Da habt ihr immer zusammengehalten.«

»Ja, das waren Zeiten«, sagte ich wehmütig und kam mir vor, als ob ich auch bereits fünfundsiebzig Jahre alt sei.

Am Sonntagnachmittag kam Frau Albers zum Kaffee vorbei. Frau Albers war ein paar Jahre jünger als meine Mutter und lebte ebenfalls allein. Die beiden Frauen sprachen über die Mitglieder ihres Kegelclubs und überlegten, wo das diesjährige Sommerfest ihres Vereins stattfinden sollte. Ich packte indes meine Sachen, weil ich am frühen Abend wieder zu Hause sein wollte. Meine Mutter brachte mich zur Wohnungstür und wir umarmten uns.

»Lass uns telefonieren«, sagte ich.

»Fahr vorsichtig«, ermahnte sie mich, »und komm bald wieder vorbei.«

»Ja, mach ich«, versprach ich und winkte ihr noch einmal zu, ehe ich die Treppe hinunterging.

Als ich in Hamburg ankam, hörte ich als Erstes meine Anzeigen-Mailbox ab. Es gab drei neue Bewerber. Einer davon war völlig uninteressant. Er sprach ein überaus breites Hamburgisch und verhaspelte sich ständig beim Sprechen. Die beiden anderen klangen recht nett.

Besonders gut gefiel mir Georg Steiner, vierzig, Redakteur bei einem Wochenblatt. Der nächste hieß Ingo, war vierundvierzig und von Beruf Sonderschullehrer. Ich dachte sofort an Anne. Vielleicht könnte sie den ja mal treffen. Schließlich wusste keiner der Männer, wer sich hinter der Bezeichnung selbstständige Frau und so weiter versteckte. Das konnte also auch Anne sein. Mir kamen Skrupel, wenn ich an Jörg dachte. Aber es sollte ja nur ein Spaß sein.

Ich rief Anne an und fragte, ob sie Lust auf ein Date mit Ingo hätte.

»Meinst du wirklich, ich soll das mal machen?«, meinte sie. »Und dieser Ingo, ist der nichts für dich?«

»Ich treffe mich lieber mit Georg«, sagte ich.

»Du hast jetzt wohl Blut geleckt«, stellte sie fest.

»Das hört sich furchtbar an. Also, was ist nun mit Ingo?«

»Sonderschullehrer … Hoffentlich redet der nicht die ganze Zeit über Pädagogik.«

»Als ob alle Lehrer nur darüber sprechen.«

»Sonderschullehrer sind eine spezielle Spezies.«

»Doppelt gemoppelt«, bemerkte ich.

»Sehr witzig«, sagte Anne. »Dann gib mir mal seine Nummer. Ein Abendessen mit einem hoffentlich netten Kollegen, warum denn nicht? Ich betrüge Jörg ja nicht. Ich verschweige nur eine Verabredung.« Anne kicherte.

Ich gab ihr Ingos Telefonnummer und wünschte ihr viel Glück.

Dann fiel mir ein, dass ich ja noch den Rechtsanwalt mit dem Pferd anrufen wollte, um das Missverständnis bezüglich eines zweiten Dates aufzuklären. Eigentlich hatte er mir diesen Termin regelrecht aufgezwungen, aber darüber wollte ich mit ihm nicht diskutieren. Mutig wählte ich seine Nummer. Doch nicht er, sondern seine Mutter meldete sich.

»Kann ich Axel Dittmer sprechen?«, fragte ich höflich.

»Wer sind Sie denn?«

In der Aufregung hatte ich vergessen, meinen Namen zu nennen.

»Entschuldigung, Julia Neubert.«

»Ach, Sie sind das. Mein Sohn ist nicht da.«

»Könnten Sie ihm etwas ausrichten?«

»Was denn?«

»Wir waren verabredet …«

»Das hat er mir erzählt.«

»Aha, mir ist etwas dazwischengekommen, ich kann nicht zu dem Treffen kommen.«

»Was, Sie sagen bereits das zweite Treffen ab? Das macht keinen guten Eindruck.«

Ich war fassungslos. Wie sprach diese Frau mit mir? Es kam noch schlimmer.

»Mögen Sie meinen Sohn nicht?«, fauchte sie.

Jetzt reichte es. Was nahm sie sich heraus? Und das Eigenartige war, dass sie mich für einen Moment tatsächlich verunsicherte.

»Darum geht es hier nicht, ich wollte lediglich das Treffen absagen.«

»Ich denke nicht, dass sich mein Sohn noch mal bei Ihnen meldet«, sagte die Rechtsanwaltsmutter.

»Das geht in Ordnung«, reagierte ich schnippisch, »Ihr Sohn macht ja wohl immer, was Sie ihm sagen. Erzählt er auch ausführlich, wie seine Dates verlaufen? Na, vielen Dank, so einer findet nie eine Frau. Schon gar nicht mit Ihnen im Hintergrund.«

Ich lauschte ins Telefon und vernahm deutlich, wie die Rechtsanwaltsmutter nach Luft schnappte.

»Das ist … das ist ja wohl eine Frechheit. Ich werde Sie …«

Ich hörte nicht mehr, womit sie mir drohen wollte, weil ich auflegte. Der pausbäckige dicke Axel tat mir auf einmal leid. Es musste entsetzlich sein, so eine Mutter zu haben. Wahrscheinlich gab es keinen Vater, keinen, der anwesend war, und Klein-Axel wurde schon früh zum Ersatzpartner. Aber trotzdem, Axel Dittmer war eine Memme!

18

Anne und ich trafen uns in einem Café in Eppendorf.

»Na, wie war's mit Ingo?«, fragte ich, denn am Abend zuvor hatte sie eine Verabredung mit ihm gehabt.

»Diesmal bist du wohl neugierig«, meinte sie.

Ich nickte. »Nun erzähl!«

»Es war ein schöner Abend.«

»Aha«, murmelte ich.

»Nichts aha, ich hatte auch ein schlechtes Gewissen. Deshalb habe ich ihm erzählt, dass ich verheiratet bin.«

»Wie bitte?«

»Ja, ich musste ihm die Wahrheit sagen, ich konnte nicht anders. Ich habe ihm gesagt, ich wollte einfach mal mit jemandem ausgehen. Mein Mann hätte nie Zeit.«

»Und das hat er geschluckt?«

»Nee, so toll fand er das nicht. Aber er hatte Humor und hat das Beste daraus gemacht.«

»Respekt, ich hätte mich veralbert gefühlt.«

»Ja, schade«, meinte Anne, »ich such ja keinen neuen Mann, aber der war nicht schlecht.« Sie sah mich fragend an. »Und was ist mit diesem Georg?«

»Den habe ich noch nicht angerufen.«

»Dann wird es Zeit.«

»Der läuft mir ja nicht weg.«

Mein Blick fiel auf die gläserne Eingangstür des Cafés und ich glaubte meinen Augen nicht zu trauen. Direkt vor der Tür stand Sascha. Und neben ihm eine junge Frau mit kurz geraspeltem Haar. *Annbrit!* Sie schienen zu überlegen, ob sie hereinkommen sollten. Bitte kommt nicht!, schrie es in mir.

»Was hast du?«, fragte Anne.

»Dreh dich jetzt nicht um«, sagte ich.

»Warum? Was ist?«

»Draußen steht Sascha mit einer Frau.«

»*Der* Sascha? Oh, den möchte ich gerne sehen.«

»Ich will aber nicht von ihm gesehen werden. Lass uns verschwinden«, bettelte ich.

»Wie denn?«

Unwillkürlich duckte ich mich. Und es passierte tatsächlich. Sascha betrat mit Annbrit das Café. Ich guckte an Anne vorbei und erkannte, dass die Frau an Saschas Seite doch nicht Annbrit war. Aber es war eine Frau, die ihr sehr ähnlich sah. Die beiden bogen – ohne in unsere Richtung zu schauen – nach links in einen weiteren Raum des Cafés ab. Diese Ähnlichkeit, unfassbar, dachte ich. Dieser Typ Frau musste nach seinem Geschmack sein. Und sie war jung, ebenso wie Annbrit jung gewesen war. Und mir hatte er erzählt, er könne mit jüngeren Frauen nichts anfangen. Was für ein Schwachsinn.

»Lass uns jetzt gehen«, bat ich Anne erneut.

»Moment, erst will ich mir den Sascha ansehen.«

»Spinnst du?«

Anne drehte sich demonstrativ um. »Wieso? Mich kennt er doch nicht.«

»Er ist nach nebenan verschwunden«, sagte ich und wurde immer nervöser. »Also ich geh jetzt.«

»Kannst du doch.«

Hastig zog ich meinen Mantel an. »Was hast du vor?«

»Ich geh noch mal in den anderen Raum und tue so, als ob ich da jemanden suche. Dabei sehe ich mir unauffällig deinen Sascha an.«

»Das ist natürlich sehr unauffällig«, bemerkte ich.

»Warte draußen auf mich«, sagte Anne.

Ich verließ das Café, ohne mich noch einmal umzudrehen, und wartete in einer Nebenstraße auf Anne.

Es dauerte nicht lange und sie erschien suchend um sich blickend an der Ecke. Sie kam auf mich zu und rief: »Alles easy.«

»Wie in unseren Jugendjahren«, sagte ich. »Du strolchst herum, um dir mal eben meinen Exfreund anzusehen.«

»Wow, der sieht verdammt gut aus«, stieß Anne hervor. »Ich kann verstehen, dass du auf den abgefahren bist.«

»Ja, ich bin auf sein Geschwätz reingefallen. Von wegen, er braucht eine reife Frau.«

»Die eben war etwa vierundzwanzig«, sagte Anne.

»Ja, und sie sieht der Frau, mit der er in Spanien geflirtet hat, zum Verwechseln ähnlich.«

»Sag bloß.«

Ich konnte mich nicht beruhigen. »Der steht auf Frauen mit abgenagten Haaren, ich fasse es nicht.«

»Muss wohl so sein, wenn er auch in Spanien so eine hatte.«

»Ich dachte ja anfangs, sie wäre das.«

»Hat es dir was ausgemacht, dass du ihn gesehen hast?«

»Na klar, hast du doch gemerkt.« Ich seufzte. »Andererseits ist es auch eine Bestätigung.«

»Wofür?«

»Na dafür, dass mein Gefühl mich nicht getäuscht hat. Den hätte ich niemals für mich allein gehabt.«

»Wahrscheinlich. Und dann der Auftritt in deiner Praxis. Da hat er ja sein wahres Gesicht gezeigt.«

»So ist es«, sagte ich.

Anne brachte mich zu meinem Auto. »Mein Wagen steht noch vor dem Café«, sagte sie. »Ich muss da noch mal rein, weil ich vergessen hab zu bezahlen.«

»Ans Bezahlen habe ich auch nicht gedacht.«

»Das erledige ich schon.«

»Das nächste Mal bin ich dran«, versicherte ich Anne. »Und nun geh schnell hin, sonst rufen die noch die Polizei.«

»Das glaub ich kaum, so hoch war die Rechnung nicht.«

Anne machte sich auf den Weg zum Café und ich sah ihr hinterher. Wie gut, dass ich mit ihr über alles sprechen konnte, dachte ich. Wie gut, dass es sie gibt.

Seit einer Woche wohnte Berkan bei uns. Er kochte, stellte Teller, Tassen und Gläser in den Geschirrspüler, räumte alles aus und verstaute es in den Schränken. Und wenn er das nicht tat, saß er bei Lena im Zimmer und hörte Musik. Ich wunderte mich. »Muss Berkan gar nicht studieren?«, fragte ich Lena, als wir uns eines Abends in der Küche trafen.

Sie druckste herum und gestand schließlich, dass er sich mit seinen Eltern gestritten habe.

»Wie bitte? Und jetzt wohnt er bei uns?«, fragte ich.

»Vorübergehend.«

»So geht das aber nicht, er kann nicht einfach seine Zelte hier aufschlagen.«

»Er schlägt keine Zelte auf«, sagte Lena ärgerlich.

»Haben sie sich deinetwegen gestritten?«

»Unter anderem.«

»Was heißt das?«

»Dass sein Vater auch mit anderen Dingen nicht einverstanden ist.«

»So, was denn noch?«

»Ach Mama, das führt jetzt zu weit.«

»Es gibt keine anderen Dinge. Stimmts?«

Lena nickte. »Sie machen Berkan die Hölle heiß, das alte Thema.«

»Kultur, Tradition und so weiter«, sagte ich.

»Wie gehabt, und es hat ihnen nicht gefallen, dass wir bei unserem Besuch kein Gastgeschenk mitgebracht haben.«

Ich zuckte zusammen. »Oh, das stimmt, daran hätte ich denken müssen. Warum hat Berkan nichts gesagt?«

»Mama, soll Berkan uns an das Gastgeschenk erinnern? Das sollten wir schon selbst wissen.«

»Ja, bei uns bringt man ja auch etwas mit, wenn man eingeladen ist.«

»Eben. Und türkische Familien legen besonders großen Wert darauf. Da sind wir ins Fettnäpfchen getreten.«

»Und wie soll das nun weitergehen? Mit Berkan, meine ich. Er kann sich doch nicht bei uns verstecken.«

»Tut er ja auch nicht. Seine Eltern wissen, dass er hier ist.«

»Wie lange will er bleiben?«

»Bis seine Eltern sich beruhigt haben.«

»Darauf sollen wir warten?«

Lena zog die Schultern hoch. »Weiß nicht.«

»Hoffentlich verhärten sich nicht die Fronten.«

»Ich hole Berkan, er ist in meinem Zimmer«, meinte Lena.

Fünf Minuten später saßen wir drei am Küchentisch.

»Du kannst nicht ständig bei uns wohnen«, sagte ich zu Berkan. »Lena muss fürs Abi lernen und deine Eltern machen sich bestimmt Sorgen um dich.«

»Das ist mir egal«, stellte Berkan klar. »Außerdem machen die sich keine Sorgen.«

»Sei nicht so bockig«, entfuhr es mir, »damit kommst du nicht weiter. Außerdem musst du studieren. Und dein Studienplatz ist nun mal in Berlin.«

»Das könnte man ändern«, meinte Berkan. »Ich geh nicht mehr zurück. Mein Vater hat mir Respektlosigkeit vorgeworfen. Nur weil ich nicht mache, was er mir sagt.«

Ich fiel in meine Therapeutenrolle. »War das schon immer so bei euch?«

»Ich habe Respekt vor meinem Vater, er hat viel geleistet.«

»Das beantwortet nicht meine Frage.«

Berkan zog die Augenbrauen zusammen. »Er kann mich zu nichts zwingen. Ich will selbst über mein Leben bestimmen.«

»Wozu will er dich zwingen?«

»Dass ich Lena aufgebe und mir eine türkische Freundin suche.«

»Soll ich mal mit deinem Vater sprechen?«, schlug ich vor.

»Nein«, brauste Berkan auf, »das hätte keinen Sinn. Er ist so was von stur.«

»Aber du bist auch stur«, sagte ich.

Lena verfolgte unseren Dialog aufmerksam. »Ich möchte, dass du dich wieder mit deinen Eltern verträgst.« Sie sah Berkan an.

»Wie soll das gehen?«, fragte er.

»Vielleicht legen wir eine Pause ein.«

Berkan zog die Augenbrauen noch dichter zusammen. »Waaas? Wie meinst du das? Willst du Schluss machen?«

»Ach Quatsch«, sagte Lena, »nur bis ich mein Abi habe.«

»Wie du willst!«, schrie Berkan und sprang wütend auf. »Ich dachte, du liebst mich.«

»Das tue ich auch«, versuchte Lena ihn zu beruhigen.

Berkan rannte in den Flur und rief: »Ich hau ab!«

Lena lief ihm hinterher. »Das hast du falsch verstanden.«

»Da gibt es nichts falsch zu verstehen.«

»Mann, hör mal auf, so ein dummes Zeug zu reden. Du Blödmann, wir hocken ständig zusammen in meinem Zimmer, aber ich muss doch auch lernen.«

»Ach, und ich störe dich dabei?«

»Ja, beim Lernen störst du mich.«

Er könnte in unser viertes Zimmer ziehen, dachte ich, sprach es aber lieber nicht aus. Zurzeit benutzten wir es als Abstellkammer.

Ich ging hinaus in den Flur. »Hört auf zu streiten, das bringt doch nichts!«

»Halt du dich da raus!«, fuhr Lena mich an.

»Hallo, zufällig ist das meine Wohnung. Was soll dieser Ton?«

»Und solange du die Beine unter … Solche Sprüche spar dir bitte!«

Mir fehlten die Worte. So hatte ich meine Tochter noch nicht erlebt.

Lena versuchte verzweifelt, Berkan zu umarmen. Der riss sich los, rannte in Lenas Zimmer und knallte die Tür zu.

»Dieser Idiot«, schrie Lena, »der begreift auch gar nichts.«

»Jetzt lauf ihm nicht gleich wieder hinterher«, sagte ich und erntete dafür einen bösen Blick.

Berkan stürmte aus Lenas Zimmer. In der Hand hielt er einen Rucksack, den er hastig über die rechte Schulter warf. Seine dunklen Augen funkelten. »So, jetzt hast du dein Zimmer wieder für dich! Zufrieden?«, schrie er und verließ die Wohnung.

»Oh Mist!«, fluchte Lena. »Wo will er hin?«

»Lass ihn gehen«, sagte ich. »Der muss sich beruhigen.«

Lena lief ihm nicht hinterher. Stattdessen lehnte sie sich an die Wand und schluchzte.

»Der kommt wieder«, versuchte ich sie zu trösten, obwohl ich immer noch ärgerlich auf sie war.

»Du kennst ihn nicht«, schluchzte Lena weiter, »der kann so was von dickköpfig sein.«

»Hat er wohl von seinem Vater«, sagte ich und ging ins Badezimmer, um Papiertaschentücher zu holen.

Lena lehnte immer noch an der Wand. »Danke«, sagte sie leise, als ich ihr ein Taschentuch reichte. »Was für ein Theater um nichts«, stellte sie fest.

»Ich halte mich raus, so wie du es dir gewünscht hast«, erwiderte ich und verschwand im Wohnzimmer.

Lena folgte mir und setzte sich aufs Sofa. »Was soll ich denn jetzt machen?«

»Weiß ich nicht«, sagte ich.

»Mach jetzt nicht auf beleidigt«, meinte Lena.

»Ich will mich raushalten.«

Es klingelte.

»Na siehst du, da ist er ja schon wieder.«

Lena rannte zur Tür und ich hörte, wie sie sagte: »Guten Tag, Herr Sahin. Kommen Sie rein.«

Herr Sahin, das war doch Berkans Vater. Ich schoss aus meinem Sessel hoch. Und da standen bereits Lena und Berkans Vater im Wohnzimmer.

»Guten Tag, Frau Winkler, Entschuldigung bitte. Berkan, ich will Berkan holen.«

Ich reichte ihm zur Begrüßung die Hand. »Er ist nicht da.«

»Wo ist Berkan?«

»Das wissen wir nicht«, sagte Lena.

»Die Sache ist die: Lena und er, sie haben sich gestritten und da ist er weg.«

»Weg?«, fragte Berkans Vater.

»Er hat seinen Rucksack genommen und ist gegangen«, klärte ich ihn auf.

»Wo ist er?«

Lenas Gesicht hellte sich auf. »Er könnte zum Bahnhof gegangen sein.«

»Das ist möglich«, sagte ich. »Kommt, wir fahren hin!«

Lena und ich zogen unsere Jacken an und verließen mit Berkans Vater überstürzt die Wohnung.

Am Altonaer Bahnhof hielten wir alle drei Ausschau nach Berkan. Und tatsächlich fanden wir ihn. Er wartete an einem Imbiss auf den nächsten Zug nach Berlin. Er war erstaunt, uns drei zu sehen, besonders seinen Vater. Die beiden wechselten ein paar Worte auf Türkisch miteinander.

»Ich gehe mit meinem Vater«, sagte Berkan dann zu Lena, »es ist besser so.«

»Du Blöder, ich liebe dich doch«, erklärte Lena.

»Ja, ich weiß«, meinte Berkan, der sich inzwischen wieder beruhigt hatte. Die beiden umarmten sich.

Wir fuhren alle zusammen zurück in unsere Straße, weil Berkans Vater seinen Wagen direkt vor unserem Haus geparkt hatte. Berkan winkte uns zu, bevor er einstieg. Sein Vater startete den Wagen und winkte ebenfalls.

»Ob die beiden sich jetzt vertragen?«, fragte ich.

»Das wird sich zeigen«, entgegnete Lena.

Wir gingen nach oben und ich war froh, dass ich kein Tiramisu im Haus hatte, denn jetzt hätte ich gern mehrere Portionen davon vertilgt.

Bei all der Aufregung, die mit Berkan zusammenhing, hatte ich vergessen, Georg, den Redakteur vom Wochenblatt, anzurufen. Das holte ich am nächsten Tag nach. Georg war überrascht, weil er nicht mehr damit gerechnet hatte, dass ich mich melden würde. Wir kamen schnell ins Gespräch. Seiner Frage nach meinem Beruf wich ich geschickt aus. Dann fragte er mich nach meinen Hobbys. Eigentlich habe ich keins, fiel mir auf. Schließlich erwähnte ich meine Mitgliedschaft im Fitness-Center. »Ich fahre auch gern Fahrrad«, fügte ich hinzu, weil mir der Club ein wenig dürftig erschien.

Georg räusperte sich. »Sie haben wohl nicht so viel Freizeit.«

»Nun ja«, sagte ich, »es gibt da auch noch eine Tochter.«

»Oh, eine Tochter haben Sie. Ich habe einen Sohn.«

»Lebt der bei Ihnen?«, fragte ich.

»Nein, bei seiner Mutter. Wir sind geschieden. Also meine Frau und ich.«

Ich bin noch nicht geschieden, dachte ich, aber das werde ich ihm ganz bestimmt nicht auf die Nase binden.

»Ich spiele Gitarre«, sagte Georg.

»Schön, wenn man ein Instrument spielen kann«, erwiderte ich. »Leider spiele ich keins.«

Schließlich verabredeten wir uns in einem Fischrestaurant am Hafen. Vielleicht gibt es dort ja Rotzungenfilet, frohlockte ich. Das wäre ein schöner Trost, falls sich Georg trotz des positiven Eindrucks am Telefon als Flop entpuppte.

Georg wirkte auf den ersten Blick interessant. Seine langen, strohblonden Haare hatte er zu einem Pferdeschwanz zusammengebunden. Außerdem war er schlank, hatte einen gestutzten Vollbart und trug eine Nerd-Brille.

Georg erzählte weder von der Ex noch von seiner Mutter. Und Gott sei Dank trug er auch keine Cowboystiefel, sondern lässige Sneakers. Warum nicht?, dachte ich. Vielleicht ist der was? Der hatte keine Ähnlichkeit mit Steffen und auch nicht mit Sascha. Das war doch mal ein ganz anderer Typ Mann.

Georg arbeitete seit vielen Jahren bei einem Wochenblatt im Hamburger Osten, schrieb kleinere Reportagen, führte Interviews und scheute sich nicht, auch über Geschäftseröffnungen zu berichten.

»Früher hatten wir dafür freie Mitarbeiter«, ließ er mich wissen, »aber heute fehlt das Geld. Das geht den meisten Zeitungen so.«

»Na klar«, sagte ich, »Konkurrenz durch das Internet.«

»Und du, was machst du?«

Georg hatte mich von Anfang an geduzt. Daraufhin duzte ich ihn auch.

»Ich bin Psychotherapeutin«, sagte ich, weil ich glaubte, dass er das verkraften könnte.

»Nicht schlecht, davon brauchen wir noch mehr. Die Leute müssen doch heutzutage irre lange auf einen Therapieplatz warten. Wenn man sich das überlegt, der ganze Druck in der Arbeitswelt, immer höher, immer weiter, ständige Optimierung bis zum Zusammenbruch.«

»Genauso ist es«, stimmte ich ihm zu.

Dann erwähnte er doch seine Exfrau. Sie habe ihn verlassen, weil sie einen anderen Mann kennengelernt hatte. Dieser Mann sei für sie die große Liebe gewesen. Ihm habe das sehr zu schaffen gemacht und es hätte lange gedauert, bis er sich davon erholt habe.

Der Kellner brachte das Essen. Leider hatte ich kein Rotzungenfilet auf der Karte entdeckt und mir stattdessen Wolfsbarsch mit gebratenen Kartoffelspalten bestellt. Georg hatte sich für die Scholle nach Büsumer Art entschieden, die mit Speck und Nordseekrabben serviert wurde.

»Guten Appetit!«, sagte Georg.

»Und war es die große Liebe?«, nahm ich das Gespräch wieder auf.

»Bei meiner früheren Frau?« Georg steckte sich eine Nordseekrabbe in den Mund. »Die beiden sind noch zusammen.«

»Muss auch nichts bedeuten«, bemerkte ich.

»Ihr Geständnis kam so überraschend.«

»Du meinst, dass sie dich verlassen will. Genau wie bei mir«, sagte ich und probierte eine Kartoffelspalte.

»Du bist eine attraktive Frau«, versicherte mir Georg, »ich kann absolut nicht verstehen, warum dein Mann was mit einer anderen angefangen hat. Vielleicht wollte er etwas nachholen.«

»Kann sein. Na ja, sie ist zehn Jahre jünger als ich.«

»Als ob das ein Grund ist.«

»Für ihn anscheinend schon.«

»Vielleicht gab es noch andere Gründe.«

»Danke«, sagte ich, »das tröstet mich jetzt ungemein.«

Georg stocherte im Salat herum. »So war das nicht gemeint. Könnte ja sein, dass die Jüngere ihn anhimmelt, und das tut ihm gut.«

»Ja, angehimmelt habe ich ihn nicht. Aber wir können darüber noch bis zum Morgengrauen spekulieren.«

Allmählich hatte ich genug von Gesprächen, in denen es um Trennungen ging. »Du spielst Gitarre?«, fragte ich, um das Thema zu wechseln.

Georg war begeistert von dieser Frage. Er hörte sogar auf, weiterhin seine Scholle zu bearbeiten.

»Ja, seit ich zehn bin. Früher habe ich in einer Band gespielt. Ich komponiere auch und schreibe Texte.«

»Ach ja?«

»Wenn du mir deine Handynummer gibst, schicke ich dir mal was. Ich schreibe auch Kurzgeschichten«, erzählte Georg euphorisch weiter. »Jeder Redakteur möchte eigentlich Bücher schreiben, genau wie jeder Musiklehrer eigentlich Musiker sein möchte. Ich kannte mal einen Chefredakteur, der nebenbei *Tatort*-Drehbücher schrieb.«

»Das ist nicht schlecht«, stellte ich fest. »Gibt es bei Wochenblättern Chefredakteure? Geht es da nicht vorwiegend um Anzeigen?«

»Ja, genau, bei uns gibt es nur Projektleiter. Aber ich war doch vorher bei einer anderen Zeitung. Dort wurde die Redaktion verkleinert, du weißt ja, abgebaut sozusagen. Mich hat man dann zum Wochenblatt verschoben, gehört zum gleichen Verlag. Ich dachte, das ist immer noch besser, als arbeitslos zu sein.«

»Auf jeden Fall«, sagte ich.

Der Kellner kam und fragte, ob wir noch etwas trinken möchten. Georg orderte ein Alsterwasser. Ich hielt mich weiter an meiner Weinschorle fest und sah auf die Uhr.

Georg spießte den letzten Speckwürfel auf die Gabel. »Was ist, soll ich dir mal was schicken? Ein Lied oder ein Gedicht?«

Ich ließ mich überreden und gab ihm meine Handynummer. Hoffentlich war das kein Fehler, dachte ich, als wir uns vor dem Fischrestaurant verabschiedeten.

19

Den Mai hatten wir überstanden. Er war kühl und stürmisch gewesen, wie es in Hamburg um diese Jahreszeit häufig ist. Ich kann mich daran erinnern, dass es im letzten Jahr im Mai eine Woche lang ungewöhnlich warm war. Danach hatten wieder Regen, Wolken und Wind zugeschlagen. Ja, letztes Jahr im Mai war Steffen noch da gewesen. Da ahnte ich noch nicht, was auf mich zukommen würde.

Lena und ich hatten beide im Juni Geburtstag. Lena Mitte Juni und ich am Monatsende. Meine Tochter ist dann volljährig, überlegte ich. Und ich werde bereits dreiundvierzig. Auf einem Seminar hatte mal ein Kollege von mir gesagt, dass eine Frau nur bis zweiundvierzig überhaupt sichtbar sei. Was für ein schrecklicher Gedanke. Ist man dann für keinen Mann mehr interessant, oder wie hatte er das gemeint? Was war das für ein Kollege, der so etwas sagte? Warum hatte ich nicht dagegengehalten? Manchmal war ich eben nicht schlagfertig genug. Die guten Kommentare auf solche dämlichen Bemerkungen fielen mir oft erst hinterher ein. Irgendwie ärgerlich.

Gudrun Berner hatte Anfang Juni ihre letzte Therapiestunde. Sie wirkte jetzt sehr gefestigt. Aber wenn ich ehrlich war, lag das nicht unbedingt an der Therapie. Die Treffen mit der Mobbing-Gruppe hatten ihr Selbstvertrauen gegeben. Mit aufrechtem

Gang kam sie in die Praxis und strahlte mich an. »Heute ist meine letzte Sitzung, Frau Winkler-Böhm. Und ich muss Ihnen etwas mitteilen. Ich habe gekündigt.«

»Wie bitte? Sie haben gekündigt?«, sagte ich überrascht. »Haben Sie sich das gut überlegt?«

»Ich habe schon eine neue Stelle. Die Firma ist zwar kleiner als meine jetzige, aber das ist nicht wichtig.«

»Das ging aber schnell.«

»Und das mit sechsundfünfzig«, bemerkte Frau Berner stolz.

»Ja, es gibt eben doch noch Chefs, die Erfahrung zu schätzen wissen«, bemerkte ich.

»Anscheinend gibt es die.«

»Wie war Ihr alter Chef denn in letzter Zeit zu Ihnen?«

»Es ging so«, sagte Frau Berner. »Aber ich hatte keine Lust mehr, für ihn zu arbeiten.«

»Und wie hat er auf die Kündigung reagiert?«

»Damit hat er nicht gerechnet. Er bot mir sogar eine Gehaltserhöhung an, damit ich nicht gehe.«

»Was?«

»Da habe ich zu ihm gesagt: Wissen Sie was, Herr Diepholz? Sie haben mich hier getriezt, mir Aufgaben unter meinem Niveau gegeben, Sie haben alles getan, damit ich mich schlecht fühlte, und jetzt wollen Sie, dass ich bleibe. Brauchen Sie einen Fußabtreter oder was ist der Grund?«

»Das haben Sie gesagt?«

»Er wurde hochrot, fing an zu stottern und stritt alles ab. Als Entschuldigung sagte er dann, dass es ihm in letzter Zeit nicht gut ging und ich sollte nicht so empfindlich sein.«

»Reines Abwehrverhalten, aber immerhin wollte er, dass sie bleiben.«

»Nein, vielen Dank.«

»Puh«, sagte ich, »das war mutig.«

Frau Berner warf den Kopf in den Nacken. »Ich hatte nichts zu verlieren. Am Wochenende mache ich eine kleine Feier. Die Leute von der Mobbing-Gruppe kommen alle. Haben Sie nicht auch Lust mitzufeiern?«

»Vielen Dank«, lehnte ich höflich ab, »aber mein Wochenende ist schon verplant.«

»Kann ich mir schon vorstellen, dass Sie was Besseres vorhaben«, sagte Gudrun Berner.

»Dann kann ich Sie ja jetzt ganz beruhigt gehen lassen«, bereitete ich den Abschied vor.

»Ich denke, ja«, meinte Frau Berner.

»Bleibt mir nur, Ihnen alles Gute zu wünschen.«

»Ich wünsche Ihnen auch alles Gute«, sagte Frau Berner und verließ die Praxis. Ich staunte. Eine Klientin, die den Mut besaß, sich von ihrem Peiniger zu befreien. Sie hatte wieder den Namen Diepholz genannt. Ich dachte an meinen Mieter in Othmarschen. Was hatte ihn dazu getrieben, Frau Berner so zu behandeln?

Mit viel Mühe schraubte ich das Schild vor meiner Praxis ab. Ich wollte nicht, dass meine Klienten mich weiterhin Winkler-Böhm nannten. Winkler genügte. Auch meinen Internetauftritt hatte ich bereits dahingehend geändert. Insgeheim hoffte ich, dass Steffen diese Änderung bemerkte. Ich hatte ein neues Schild bestellt, auf dem sein Name fehlte. Dieses Schild wollte ich jetzt an der Hauswand befestigen, doch es gelang mir nicht. Plötzlich stand Hannes im Vorgarten.

»Wo kommst du denn auf einmal her?«, fragte ich erstaunt.

»Ich glaube, ich bin mal wieder der Retter in der Not.«

»Ganz schön eingebildet«, neckte ich ihn.

Hannes nahm mir den Schraubenzieher aus der Hand und brauchte keine Minute, um das neue Schild anzubringen.

»Sieht gut aus«, meinte er dann. »Winkler-Böhm fand ich immer zu lang.«

»Vielen Dank für die Hilfe«, sagte ich, »du bist im richtigen Moment gekommen.«

»Ich war im Dorf«, erklärte Hannes, »musste mal wieder zum Friseur.«

Erst jetzt fiel es mir auf. Hannes hatte seine rotblonden Wuschelhaare erheblich kürzen lassen. Sie standen nicht mehr in alle Himmelsrichtungen ab. Beim Friseur musste man seine Haare mit den Fingern sanft in Form gezwirbelt und mit Wachs fixiert haben. Es sah ungewohnt adrett aus, ohne bieder zu wirken.

»Wie stylish«, bewunderte ich seine neue Frisur. »Hat er oder sie gut gemacht.«

Hannes gab mir den Schraubenzieher zurück. »Eine Friseurin in der Blankeneser Bahnhofstraße hat mir diesen Look verpasst.«

»Ah ja, eine Frau, die weiß, was Männern steht. Bleibst du ein paar Tage?«, fragte ich.

»Ich bin nur heute in Blankenese, morgen früh muss ich wieder nach Kiel.«

»Und du bist extra gekommen, um hier zum Friseur zu gehen? In Kiel gibt es wohl keine.«

Hannes lachte. »Nicht so gute wie in Blankenese«, sagte er, holte seinen Schlüssel aus der Hosentasche und ging ins Haus.

»Sehen wir uns noch?«, rief ich ihm hinterher.

»Ich kann ja nachher bei dir vorbeischauen, wenn dein letzter Klient gegangen ist. Dann trinken wir einen Tee.«

»Ist gebongt«, sagte ich.

Ich stand mit dem Schraubenzieher in der Hand vor meinem neuen Schild. Endlich, dachte ich, den Namen Böhm war ich los. Jetzt wäre es auch langsam Zeit für eine Scheidung. Doch Steffen hatte in dieser Richtung immer noch nichts unternommen. Er hatte mich nicht darauf angesprochen und er hatte auch keinen Anwalt beauftragt, mir irgendwelche Scheidungspapiere zu schicken. Aber bestimmt würde ich bald von ihm hören.

Lena schrieb vormittags Abi-Klausuren und lernte am Nachmittag. Manchmal rief Berkan an, doch die Telefongespräche dauerten nicht lange. »Ich habe im Moment keine Nerven für Berkan«, seufzte Lena.

»Ich denke, du liebst ihn«, entgegnete ich.

»Ach Mama, was hat das damit zu tun?«

»Hat es nicht?«

»Du nervst auch langsam«, beschwerte sie sich.

»Ich verstehe ja, dass du im Stress bist, aber muss man deshalb ständig schlecht gelaunt sein?«

Lena hatte es sich auf dem Sessel im Wohnzimmer bequem gemacht. »Also, das mit Berkan, ich weiß manchmal nicht, ob es passt.«

»Was hast du auf einmal gegen ihn?«

»Ich habe nichts gegen ihn«, sagte Lena empört. »Aber es ist mir zeitweise zu eng.«

»Wieso? Er ist doch in Berlin.«

»Ja, jetzt. Aber vorher, bevor sein Vater ihn abgeholt hat.«

»Du hast ihn rausgeschmissen, ich erinnere mich.«

»Rausschmiss! Jetzt fang du auch noch an. Aber stell dir vor, wenn er nur meinetwegen seine Familie aufgibt. Das kann doch nicht gut gehen.«

»Hat er ja nicht.«

»Ja, noch nicht.«

»Jetzt bring erst mal dein Abi hinter dich und dann sehen wir weiter«, schlug ich vor.

»Okay, Mama, dann sehen wir mal«, sagte Lena und umarmte mich.

Dann verschwand sie wieder in ihrem Zimmer, um für die nächste Klausur zu büffeln.

Ich ging in die Küche, um zwei Tiefkühlpizzen, die ich auf dem Nachhauseweg gekauft hatte, in den Backofen zu schieben. Ich riss gerade die Packungen auf, als das Telefon klingelte. Es war Anne.

»Können wir uns sehen?«, fragte sie. Ihre Stimme klang belegt.

»Bei uns gibt es gleich Pizza«, antwortete ich. »Komm vorbei, du bekommst meine Hälfte.«

»Nee, ich habe keinen Hunger.«

»Was ist los?«

»Erzähl ich dir, wenn ich da bin«, sagte Anne und ihre Stimme klang immer noch merkwürdig.

Was Anne wohl wollte? Kaum waren die Pizzen fertig, stand sie in der Tür. »Komm rein«, sagte ich, und Anne ging ins Wohnzimmer. Stolz servierte ich Lena die vegetarische Pizza, die ich für sie besorgt hatte.

»Mal wieder selbst gemacht?«, fragte sie und grinste.

»Natürlich«, versicherte ich, »was denn sonst? Speziell für dich.«

Ich ging zu Anne ins Wohnzimmer und holte zwei Gläser aus dem Schrank.

»Keinen Rotwein«, wehrte Anne ab. »Ich brauche einen klaren Kopf.«

»Was kann ich dir sonst anbieten?«

»Einfach Mineralwasser.«

Ich holte eine Flasche aus der Küche und füllte ihr Glas mit Wasser auf.

Sie trank einen Schluck, setzte das Glas ab und sagte: »Ich habe mich von Jörg getrennt.«

»Nein!«

»Doch.«

»Aber wieso jetzt? Doch nicht etwa wegen Ingo?«

»Ach Quatsch«, sagte Anne, »der Sonderschullehrer hat damit nichts zu tun. Jörg ist auch schon ausgezogen.«

»Was, so schnell?«

»Er ist bei einem Kollegen aus der Kanzlei. Der besitzt ein großes Haus und hat Jörg seinen Keller angeboten.«

»Er wohnt jetzt im Keller?«

»Na ja, bis auf Weiteres.«

»Und du sitzt allein in der großen Wohnung.«

»Ich bezahle die Wohnung doch ohnehin allein, habe ich zu Jörg gesagt. Wenn ich ausziehe, kannst du die gar nicht halten. Also musst du ausziehen.«

»Und das hat er so hingenommen?«

»Natürlich nicht. Was glaubst du, wie lange wir diskutiert haben? Ich habe ihn vor die Wahl gestellt. Entweder er hört auf, ständig an seinem Programm zu basteln, und geht wieder normal arbeiten, oder wir trennen uns. Er hat sich für das Programm entschieden.«

»Und gegen dich«, sagte ich.

»Er hatte ja sowieso nie Zeit für mich«, meinte Anne.

»Vielleicht denkt er jetzt mal über alles nach.«

»Ja, vielleicht«, sagte Anne.

»Willst du dich für immer trennen?«

»Das weiß ich nicht, wir werden sehen. Eins steht fest: Es muss sich was ändern.«

Ich goss mir nun doch ein halbes Glas Rotwein ein. »Das sind ja Neuigkeiten.«

»Ich habe endlich eine Entscheidung gefällt und darüber bin ich froh.«

Wir redeten noch ein bisschen über die Zeit, als Anne ihren Mann kennenlernte. »Da war er noch ganz anders«, erinnerte sie sich. »Oh mein Gott, was war ich verliebt.«

Irgendwann an diesem Abend fragte Anne mich nach Georg. Ich erzählte ihr, dass er mir gleich zwei Tage nach unserem Treffen ein Gedicht aufs Handy geschickt hätte und ich noch nicht so recht wüsste, ob ich ihn wiedersehen wollte.

»Ich mache mich auf den Weg«, sagte Anne schließlich. »Bei mir liegen eine Menge Klassenarbeiten herum, die ich noch korrigieren muss. Die Kids warten schon seit Tagen auf die Rückgabe.«

»Lass sie doch warten.«

»Nein, das muss alles seinen gewohnten Gang gehen. Ich will nicht wegen meines Privatlebens aus dem Tritt kommen.«

»Okay«, sagte ich. »Sehen wir uns im Fitness-Center?«

»Na klar«, meinte Anne. »Es tut mir bestimmt gut, mich so richtig auszupowern.«

Zum Abschied umarmten wir uns.

Nachdem Anne gegangen war, klingelte mein Handy. Es war Georg. Ja, wenn man vom Teufel spricht, dachte ich.

»Ich wollte dich schon eher anrufen«, entschuldigte sich Georg. »Aber du weißt ja, wie das ist.«

»Nein, das weiß ich nicht«, sagte ich.

Georg kam zur Sache. »Am Wochenende soll es schön werden. Hast du Lust, einen Spaziergang um die Alster zu machen?«

Da ich am Wochenende keinerlei Pläne hatte, ging ich auf seinen Vorschlag ein. Als Treffpunkt nannte ich den Pavillon am Jungfernstieg. Ich sagte ihm auch, dass es mir Sonnabend um drei Uhr am besten passte.

Georg war einverstanden. »Ich freue mich auf dich«, sagte er zum Abschluss. Freute ich mich eigentlich auch auf Georg? Ich fand keine Antwort.

In der Nacht hatte ich einen Albtraum. Ich lag gefesselt auf einer Segeljacht, die die Elbe rauf- und runterfuhr. An Deck stolzierte eine Frau mit kurz geraspelten Haaren hin und her.

Ein paar Schritte von mir entfernt unterhielten sich Steffen und Sascha.

»Wir müssen Jörg aus dem Keller befreien.«

»Das kommt als Nächstes.«

»Wie werden wir die dahinten los? Ab ins Wasser mit der! Die spielt die seriöse Therapeutin, dabei sind ihr die Leute ganz egal.«

»Neuerdings treibt sie's mit einem Pferdeschwanz-Typen. Die nimmt doch jeden.«

»Und eine schlechte Mutter ist sie auch.«

Das stimmt doch gar nicht, wollte ich schreien, brachte aber kein Wort heraus.

»Die Alte ist ganz schön dick geworden. Hast du ihre fetten Oberschenkel gesehen? Einfach grauenhaft.« Beide lachten schallend.

Ich konnte nicht erkennen, wer was sagte, und das Lachen tat mir in den Ohren weh. Ich fühlte mich entsetzlich hilflos und gedemütigt.

Plötzlich beugte sich eine Frau in einem weiten Mantel über mich. Es war Saschas Mutter. »Sie müssen hier weg«, flüsterte sie. »Sie sind in Gefahr.«

Sie löste die Fesseln und wir kletterten eine Strickleiter hinunter, die zu einem Ruderboot führte. Wir ruderten zur anderen Seite der Elbe in Richtung Finkenwerder. Auf einmal ließ Saschas Mutter die Arme sinken und sagte: »Sie mögen meinen Sohn nicht, dafür bezahlen Sie.« Ihr Gesicht verwandelte sich in eine Fratze.

Von Panik erfasst sprang ich in die Elbe und schwamm um mein Leben. Ich erreichte das Ufer. Als ich mich keuchend durch den Sand schleppte, stand Steffen in Cowboystiefeln vor mir. Er stemmte die Arme in die Hüften, lächelte zynisch und sagte: »Du entkommst mir nicht.«

»Hilfe, Hilfe!«, schrie ich. »Warum hilft mir denn keiner?«

Jemand stieß mich hin und her und von Weitem hörte ich Lenas Stimme: »Mama, Mama, was ist denn?«

Völlig verstört wachte ich auf. »Wo bin ich?«

Lena saß an meinem Bett. »Mama, was ist los? Du hast geschrien. Hast du schlecht geträumt?«

»Ja, ein Albtraum«, antwortete ich immer noch etwas benommen.

»Ist ja nun vorbei«, tröstete mich Lena.

An Schlaf war nicht mehr zu denken. Ich stand auf, ging in die Küche und suchte nach der Flasche Rotwein, die ich am Abend geöffnet hatte.

Lena folgte mir. »Mama, geh wieder ins Bett«, bat sie mich.

»Das kann ich nicht, der Traum verfolgt mich.«

»Was hast du denn geträumt?«

»Frag lieber nicht.«

»Falls du den Rotwein suchst, der steht im Wohnzimmer«, sagte Lena.

»Danke, den brauch ich jetzt dringend.«

»Mama«, meinte Lena vorwurfsvoll, »du brauchst den öfter mal dringend.«

»Aber jetzt wirklich«, beteuerte ich.

»Ach, mach was du willst, ich geh wieder schlafen.«

»Ja, Schatz, mach das.«

Ich ging ins Wohnzimmer. Dort stand die Flasche Rotwein tatsächlich noch auf dem Tisch. Ich dachte daran, was Steffen und Sascha mir in meinem Traum alles vorgeworfen hatten. *Die ist Alkoholikerin* hatte keiner von beiden gesagt. Und das sollte auch nicht so weit kommen. Ich nahm die Flasche Rotwein und brachte sie in die Küche. Danach ging ich ins Bett und fiel in einen tiefen – diesmal traumlosen – Schlaf.

20

Obwohl er die Haare offen trug, erkannte ich Georg sofort. Hätte er einen längeren Bart, könnte man ihn für einen Guru halten, dachte ich.

Auf dem Jungfernstieg flanierten gut gekleidete Menschen. Zahlreiche Touristen strömten zum Pavillon. Da die Sonne schien und es mild war, saßen viele Gäste draußen und genossen Kaffee und Kuchen unter den Palmen, die man vor dem Pavillon aufgestellt hatte. Georg beobachtete einen Alsterdampfer, der gerade anlegte. Dutzende von Fahrgästen verließen das Schiff. Andere warteten geduldig, bis sie einsteigen konnten.

Ich tippte Georg auf die Schulter. Er drehte sich um. »Da bist du ja.«

»Ja, hier bin ich«, sagte ich. »Und nun?«

»Nun spazieren wir los«, meinte Georg.

Ich war sportlich gekleidet, trug Jeans, ein T-Shirt mit buntem Aufdruck und meine blauen Sportschuhe. Für den Fall, dass es kühler wurde, hatte ich eine Windjacke mitgenommen, die ich lässig über die Schulter warf.

Georg schenkte mir einen aufmerksamen Blick. »Sportlich, sportlich.«

»Na, meine High Heels habe ich lieber zu Hause gelassen.«

»Hast du denn welche?«, fragte Georg.

»Um ehrlich zu sein, nein.«

»Ich gehöre auch nicht zu den Männern, die darauf stehen«, sagte Georg.

»Das dachte ich mir schon.«

Wir gingen in Richtung des Hotels Vier Jahreszeiten – immer direkt an der Alster entlang. Als wir etwa einen Kilometer auf dem Alsterweg zurückgelegt hatten, ließ sich Georg auf eine Bank fallen.

»Schon müde?«, fragte ich.

»Nein, aber ich möchte, dass du dir etwas anhörst.«

Georg holte sein Handy aus der Tasche. »Dieses Lied habe ich komponiert und getextet«, sagte er stolz. »Halt das Handy einfach ans Ohr, ich habe die Kopfhörer vergessen.«

Es war ein Lied über die wortkargen und ehrlichen Menschen im Norden und hieß *Das Land, das wir lieben.* Es erinnerte mich an einen Sänger aus Nordfriesland. Hatte der nicht auch solche Heimatlieder gesungen?

Georgs Stimme gefiel mir gut, sogar besser als seine Sprechstimme.

Während ich mir noch einmal den Refrain anhörte, sah ich etwa zwanzig Meter vor uns ein Pärchen mit einem Kinderwagen stehen. Die Frau beugte sich hinunter und holte ein Baby aus dem Wagen. Der Mann ging zum Alsterufer und versuchte einen Schwan anzulocken. Ich legte das Handy aus der Hand.

»Was ist los?«, fragte Georg. »Was hast du?«

»Da vorn«, sagte ich stockend, »da vorn steht mein Exmann mit seiner neuen Familie.«

»Oh.« Mehr fiel Georg dazu nicht ein.

Steffen nahm jetzt das Baby auf den Arm und zeigte auf den Schwan. Dabei wippte er hin und her. Ich konnte den Blick nicht abwenden.

»Lass uns zurückgehen«, sagte Georg.

Ich war dankbar für diesen Vorschlag.

Wir standen auf und gingen schweigend zurück in Richtung Jungfernstieg.

»Das ist übel«, meinte Georg schließlich. »Besonders wenn man seinem Ex noch nachtrauert.«

»Ich trauere ihm nicht nach«, fuhr ich ihn wütend an.

»Wie du meinst«, erwiderte Georg.

Diese Beate, dachte ich, sie sah gut aus. Schlank, gepflegt, gut angezogen – und sie hatte gelacht, als sie Steffen das Kind übergab. Mein Gott, warum musste ich die drei treffen? Und sie sahen so glücklich aus, eine glückliche, kleine Familie.

»Gehen wir noch was trinken?«, fragte Georg.

»Es tut mir leid«, sagte ich, »aber mir ist nicht danach.«

»Es hat dich also doch mitgenommen.«

Ich nickte.

»Das war eine kurze Verabredung.«

»So ist es.«

»Lass von dir hören«, sagte Georg.

»Wenn du es noch mal mit mir versuchst«, entgegnete ich und versuchte zu lächeln.

»Aber immer doch.«

Vor dem Pavillon trennten wir uns.

Ich drehte mich noch einmal um. »Georg«, rief ich ihm zu, »übrigens, dein Lied hat mir gut gefallen.«

»Danke«, rief er zurück und verschwand in der Menschenmenge.

»Wir sehen uns jetzt öfter als vorher«, erzählte Anne.

»Verrückt«, sagte ich.

Wir saßen in einem Lokal an den Landungsbrücken und hatten uns ganz brav Mineralwasser bestellt. Es ging um Jörg.

»Er wirbt wieder um mich.« Anne war begeistert.

»Unglaublich! Kaum seid ihr getrennt, bemüht er sich. Wohnt er noch im Hobbykeller seines Kollegen?«

»Ja, und das ist auch gut so. Stell dir vor, letzte Woche waren wir zweimal essen. Sonst war er ja kaum vom Schreibtisch wegzukriegen.«

Ich freute mich darüber, dass Anne und Jörg sich wieder annäherten. Schließlich kannte ich die beiden schon lange und konnte mir an der Seite meiner besten Freundin keinen anderen Mann vorstellen.

»Ich lasse ihn erst dann wieder über die Schwelle«, sagte Anne, »wenn er bereit ist, etwas zu ändern. Langfristig zu ändern.«

»Konsequent.«

»Dafür habe ich vorher alles laufen lassen.«

Ich erzählte Anne, dass ich Steffen mit seiner Kleinfamilie an der Alster gesehen hatte.

»Das war sicher ein Schock«, meinte sie.

Ich nippte an meinem Wasser »Es wirkt noch nach«, sagte ich. »Warum musste ich die drei auch treffen?«

»Hat Steffen dich auch gesehen?«

»Ich glaube nicht. Er war ja so beschäftigt mit dem Schwan und seinem Kind.«

»Ja, in solchen Momenten kommt alles wieder hoch. Und dieser Georg?«

»Der war sehr verständnisvoll.«

»Könntest du dir denn vorstellen …?«

Ich unterbrach Anne. »Ich weiß nicht. Er ist nett, aber von Kribbeln keine Spur.«

»Kribbeln! Was erwartest du?«

»Na ja, wenigstens ein bisschen Herzklopfen.«

In diesem Augenblick schneite Jessica herein. Anne hatte sie eingeladen.

»Herzklopfen«, wiederholte sie. »Welches Thema habt ihr denn da am Wickel? Geht's um Männer?«

Annes Kollegin, bei der wir Silvester gefeiert hatten, trug bunte Leggings und ein weißes T-Shirt. Um ihren Hals hing ein geblümter Loopschal. Ihre langen, kastanienbraunen Haare fielen ihr ins Gesicht.

»War ja schwer zu erraten«, sagte ich.

»Es beginnt mit Herzklopfen und endet bei Herztropfen«, meinte Jessica und setzte sich zu uns.

»Jörg und Georg«, sagte Anne.

»Wer ist Georg?«, fragte Jessica

»Einer von der Mailbox«, antwortete Anne.

Jessica war bestens informiert. »Ach, die Anzeige für Julia. Und, was ist mit dem?«

»Der schickt mir Gedichte«, sagte ich.

»Wie romantisch.«

»Es sind keine Liebesgedichte«, klärte ich sie auf. »Eher so allgemeine, über das Leben eben. Meistens mit erhobenem Zeigefinger.«

»Wie langweilig«, meinte Jessica.

»Ja, allmählich reicht's«, sagte ich.

»Und du bist gerade dabei, dich neu in deinen Mann zu verlieben«, wandte sich Jessica an Anne. Anscheinend sprachen die beiden auch in der Schule über das Thema Jörg.

»Wäre schön. Aber dazu kenne ich ihn ja zu gut. Verlieben kann man sich nur, wenn noch ein paar Illusionen im Spiel sind.«

»Wahrscheinlich fehlen die mir bei Georg«, warf ich ein.

»Übrigens«, meinte Anne, »hast du mal wieder die Mailbox abgehört? Es gibt ja auch Nachzügler.«

»Soso, Nachzügler«, sagte ich. »Na, mal sehen.«

Jessica bekam das frisch gezapfte Bier, das sie bestellt hatte. Sie nahm einen kräftigen Schluck und wischte sich mit dem Handrücken den Schaum von den Lippen. »Also, ich bleib jetzt Single«, verkündete sie munter. »Und für die Sommerferien habe ich einen Cluburlaub in Portugal gebucht. Wollt ihr nicht mitkommen?«

»Cluburlaub ist nicht mein Ding«, meinte Anne. »Und ich will wissen, wie das mit Jörg weitergeht.«

»Lass den doch. Es kommt sowieso, wie es kommen soll«, sagte Jessica.

Ich wechselte das Thema. »Was schenkt man einer Achtzehnjährigen zum Geburtstag?«

»Deiner Tochter?«, fragte Jessica.

Ich nickte.

»Hätte ich dir nicht zugetraut, dass du schon eine achtzehnjährige Tochter hast.«

»Danke, ist wohl ein Kompliment. Also, was meint ihr?«

»Ich habe ja keine Kinder«, sagte Jessica. »Ist wahrscheinlich auch gelaufen. Aber wir haben ja unsere Schüler, und die kriegen zum Abi meistens den Führerschein, also das Geld dafür.«

»Führerschein, na klar!« Ich freute mich über diesen Vorschlag. »Wieso bin ich nicht selbst darauf gekommen?«

»Dann bekommt sie zum Geburtstag den Führerschein und zum Abi das Auto«, sagte Anne.

»Nicht gleich übertreiben, zum Abi gibt es eine Reise.«

»Ja, an die Ostsee«, schlug Jessica vor und lächelte.

Eine Woche Ostsee bei ihrer Oma, da wird sie begeistert sein, dachte ich und amüsierte mich über diesen Gedanken.

Es war noch ein vergnüglicher Abend, den ich mit Anne und Jessica verbrachte. Wir drei beschlossen, uns demnächst wieder einmal zu treffen.

Schade, dass ich nicht gut zeichnen konnte. Ich hätte Lena gern einen selbst gebastelten Gutschein mit einer lustigen Zeichnung geschenkt. Zum Beispiel Lena, wie sie die Arme vor Freude hochwirft und der Führerschein dabei durch die Gegend fliegt. Aber das trifft es ja nicht, dachte ich. Sie bekommt ihn ja nicht von mir überreicht. Ich gebe ihr nur das Geld dafür. Schließlich kaufte ich eine schlichte Geburtstagskarte und erstand bei einer Fahrschule in der Nähe einen Gutschein.

Ich dachte über weitere Geschenke nach. Bei Kleidung war ich vorsichtig geworden, denn Lena hatte natürlich ihren eigenen Geschmack. Und den hatte ich in den letzten Jahren nur selten getroffen. Das Gleiche galt für Schmuck. Also blieb ich bei dem Gutschein für den Führerschein.

An dem Tag, an dem Lena achtzehn wurde, stellte ich einen selbst gebackenen Zitronenkuchen auf den Tisch und ein Tablett mit achtzehn Kerzen. Die Karte mit dem Gutschein legte ich dazu. Dann weckte ich sie.

Lena freute sich riesig über mein Geschenk. Sie umarmte mich. »Danke, Mama, das habe ich mir gewünscht.«

»Na, der Führerschein steht ja jetzt auch an.«

»Ja, manche haben den schon mit siebzehn gemacht.«

»Na, und du machst ihn eben mit achtzehn.«

Lena druckste herum. »Gilt der Gutschein auch noch etwas länger?«

»Wie meinst du das?«

»Na, gilt der in einem Jahr noch?«

Ich stutzte. »Willst du den Führerschein nicht machen?«

Schließlich rückte Lena mit der Sprache heraus. Sie gestand mir, dass sie nach dem Abi ein Jahr als Au-pair-Mädchen nach Australien gehen wolle. Es wäre bereits alles geregelt.

»Wie bitte?«, rief ich aufgebracht. »Und warum erfahre ich das nicht?«

»Erfährst du ja gerade.«

»Wieso, wohin genau, und was für eine Familie ist das?«

»Mama, das hat die Agentur schon alles geregelt. Sydney … Es gibt da zwei Kinder, sechs und acht Jahre alt. Die Eltern sind Dozenten, die haben viel zu tun. Hausarbeit muss ich nicht machen. Dafür haben sie eine Angestellte.«

»Aha«, sagte ich. »Und wenn du dich mit der Familie nicht verstehst?«

»Dann vermittelt mir die Agentur eine andere.«

Ich konnte es nicht glauben. »Warum Australien? Das ist so weit weg.«

»Mama, das ist angesagt. Wäre dir Kanada oder Neuseeland lieber?«

»Und für ein ganzes Jahr?«

»Ja, sonst lohnt sich das doch nicht.«

»Dann ist ja wohl auch endgültig Schluss mit Berkan«, sagte ich.

»Ich habe mit ihm gesprochen. Wenn alles klappt, besucht er mich in einem halben Jahr. Ist eben auch eine Art Bewährungsprobe.«

»Ach, so nennst du das.«

»In einem Jahr wissen wir mehr«, sagte Lena. »Berkan war natürlich nicht begeistert.«

»Vielleicht verliebst du dich in einen Australier.«

»Wer weiß?«, sagte Lena.

»Geht Selina auch nach Australien?«, fragte ich.

»Nein, sie macht eine kaufmännische Lehre und will danach Betriebswirtschaft studieren.«

Ich musste mich damit abfinden. Lena lebte jetzt ihr eigenes Leben. Sie wollte etwas Neues kennenlernen, sich beweisen, Erfahrungen sammeln. Gut, sollte sie. Aber sie wird mir fehlen, dachte ich, obwohl wir in den letzten Monaten ziemlich nebeneinanderher gelebt hatten.

Am Abend feierte Lena mit ihrer Clique bei Selina. Was für ein Glück, dass der Geburtstag auf einen Freitag fiel, überlegte ich, dann konnten alle ausgiebig feiern, ohne auf die Uhr zu sehen.

Als ich am nächsten Morgen aufwachte, wurde es mir erst richtig bewusst. Lena geht nach Australien. Ich werde ab September allein in der Wohnung sein. Blieb das jetzt so? Georg fiel mir ein. Sollte ich es noch mal mit ihm versuchen?

Nach dem Frühstück rief ich ihn an.

Er war verblüfft. »Na, du warst neulich so schnell weg und auf meine Gedichte hast du auch nicht reagiert. Dachte schon, ich höre nichts mehr von dir.«

»Doch, doch«, beteuerte ich, »ich war nur etwas verwirrt, als wir an der Alster waren. Du weißt ja, warum. Und vielen Dank für deine Gedichte.« Ich räusperte mich. »Hast du Lust, mir dein Lied mal live vorzustellen, also das von neulich, das auf deinem Handy?«, fragte ich und fand mich sehr mutig.

»Wie jetzt?«

»Na, ich könnte bei dir vorbeikommen.«

»Na klar. Heute geht's leider nicht.«

»Nein, ich dachte auch nicht an heute«, schwindelte ich.

Wir einigten uns auf Sonntagabend. Ich hatte feuchte Handflächen, als ich auflegte. War es richtig, mich selbst einzuladen? Egal, da musste ich jetzt durch.

Georg hatte in seiner Wohnung keinerlei Vorbereitungen getroffen. Es standen keine Gläser auf dem Tisch und es dampfte kein Essen in der Küche. Das hast du jetzt davon, dachte ich, er hat dich ja auch nicht gebeten zu kommen. Mein angekündigter Besuch hatte ihn auch nicht dazu bewogen, ein wenig aufzuräumen. In einer Ecke des Wohnzimmers lagen Zeitungsstapel herum und sein Schreibtisch war mit Papierkram übersät. Bevor ich mich aufs Sofa setzen konnte, musste ich ein paar Bücher wegräumen.

Georg verschwand in der Küche. »Ich wollte gerade einen Tomaten-Gurken-Salat machen. Du kannst schon mal die Tomaten schneiden.«

Lustlos folgte ich ihm in die Küche. Zum gemeinsamen Gemüseschnippeln war ich nicht hergekommen. Doch im nächsten Moment sah ich mir selbst dabei zu, wie ich Tomaten auf einem Holzbrett in kleine Scheiben schnitt. Georg mischte die Gurken mit den Tomaten, goss etwas Öl in eine Tasse, gab Pfeffer und Salz hinzu und rührte alles unter den Salat. Was mache ich hier?, fragte ich mich, während ich ihm dabei zusah. Wir aßen den Tomaten-Gurken-Salat in der Küche. Danach gingen wir ins Wohnzimmer und Georg holte seine Gitarre. Wie von mir gewünscht, trug er sein Lied von den wortkargen, aber ehrlichen Menschen im Norden vor, das mich so an den nordfriesischen Sänger erinnerte, dessen Name mir nicht mehr einfiel. Danach spielte er noch weitere Lieder. Ich saß auf dem Sofa und gähnte.

Nach dem sechsten Lied hörte er auf und setzte sich zu mir. Ich stellte mir vor, wie es wäre, wenn er ein Fläschchen Wein geöffnet und Kerzen angezündet hätte.

Stattdessen ging Georg wieder in die Küche und rief: »Möchtest du auch ein Bier?« Bier ist besser als gar nichts, dachte ich und bejahte. Ich war erstaunt, dass er für mich ein Glas mitbrachte. Georg nahm einen Schluck aus der Flasche, setzte sich wieder und spielte an seiner Gitarre herum. Ursprünglich war ich ja hergekommen, weil ich glaubte, er sei meine letzte Chance. Doch jetzt hörte ich mich sagen: »Das wird nichts mit uns.«

»Natürlich nicht«, sagte er und zupfte weiterhin an den Saiten seiner Gitarre.

Ich war überrascht. »Wieso natürlich?«

»Weil du noch immer an deinem Ex hängst.«

Ich fing an zu stottern. »Nee, das … das nun wirklich nicht.«

»Ich weiß doch, wie es mir ging. Ein paar Monate sind nicht genug, um mit einer Trennung klarzukommen.«

»So, meinst du?«, sagte ich. »Dann ist es besser, wenn ich jetzt gehe.«

»Wie du willst«, entgegnete Georg und legte endlich seine Gitarre weg.

Ich nahm meine Handtasche und ging zur Tür.

»Ruf an, wenn du über deinen Ex hinweg bist«, rief Georg mir nach.

»Ganz bestimmt nicht«, rief ich zurück und schlug die Tür hinter mir zu.

Das war ein Reinfall, überlegte ich, als ich die Treppen hinunterlief. Aber vielleicht war es gar nicht schlecht, dass er meinte, ich würde noch immer an Steffen hängen. So blieb mir erspart, ihm einen Grund für meinen endgültigen Rückzug zu nennen.

21

Ich musste meine Buchhaltung auf den neuesten Stand bringen. Deshalb fuhr ich am Sonnabend in die Praxis. Im Hausflur traf ich Hannes, der auf dem Weg ins Dorf war. Wir begrüßten uns, und er fragte mich, ob er mir etwas mitbringen solle.

»Das ist nicht nötig«, antwortete ich.

Hannes machte keine Anstalten, seinen Weg fortzusetzen. »Bist du nachher noch da?«, fragte er.

»Ich bleibe nicht so lange«, erwiderte ich. »Warum fragst du?«

Hannes wirkte verunsichert. »Na ja, ich wollte dir etwas sagen. Aber wenn es nicht passt … dann lieber ein andermal.«

»Ist es wichtig?«, fragte ich.

»Wie man's nimmt«, meinte Hannes. »Ich gehe dann mal zum Einkaufen.«

»Ja, bis demnächst«, sagte ich und ging in meine Praxis. Als ich aus dem Fenster blickte, sah ich gerade noch, wie Hannes um die Ecke verschwand. Merkwürdig, dachte ich, warum tat er so geheimnisvoll?

Nachdem ich meine Büroarbeit erledigt hatte, machte ich mich auf den Weg nach Hause. Erst unterwegs merkte ich, dass ich Hunger hatte. Ich sah auf die Uhr. Es war früher Nachmittag. Ich beschloss, in der Waitze haltzumachen.

Die Waitze heißt eigentlich Waitzstraße und ist eine kleine, aber feine Einkaufsstraße in Othmarschen.

Ich ging in das Steakhaus an der Ecke und stieß gleich am Eingang auf das Ehepaar Diepholz. Wir tauschten ein paar Höflichkeiten aus und meine Hoffnung, dass sie mich weitergehen ließen, sank mit jedem Satz.

Schließlich kam es wie befürchtet. Herr Diepholz schlug vor, dass wir doch gemeinsam essen könnten. In Gesellschaft schmecke es auch viel besser. Du hast schon Gesellschaft, dachte ich. Genügt dir deine Frau nicht?

Frau Diepholz berichtete, wie gut ihr die Reha getan habe. Sie zupfte dabei wieder an ihren Fingern herum. Herr Diepholz lobte die Handwerker, die die Wand trockenlegten. Alles sei jetzt dicht, meinte er, da liefe kein Tröpfchen mehr in die Wand. Die beiden aßen ihre Steaks mit Salat und Brot. Ich begnügte mich mit einer Folienkartoffel, die der Kellner mit reichlich Sour Cream und Putenstreifen servierte.

»In der Firma läuft alles gut?«, fragte ich Herrn Diepholz.

»Nach wie vor«, sagte er. »Nur im Moment haben wir zu wenig Personal.«

Ich spitzte die Ohren. Das konnte interessant werden. »Wie das?«

»Unsere beste Mitarbeiterin hat plötzlich gekündigt. Konnte keiner ahnen.«

»Ah ja«, sagte ich. »Hat sie jemand abgeworben?«

»Das glaube ich nicht«, meinte Herr Diepholz. »Sie war schon Mitte fünfzig.«

»Und warum ist sie gegangen?«

Herr Diepholz kaute auf einer Brotscheibe herum. »Das hat sie nicht gesagt.«

Lügner, regte ich mich innerlich auf.

»Na ja«, meinte er dann, »ich habe sie mal kritisiert.«

»Das kann mein Mann sehr gut«, mischte sich jetzt Frau Diepholz ein.

»Du hast keine Ahnung!«, sagte Herr Diepholz. »Diese Mitarbeiterin war immer so ruhig in ihrer Art. Es reizte mich, sie mal auf die Palme zu bringen.«

»Das haben Sie ja auch geschafft«, sagte ich.

Herr Diepholz sah mich verwundert an.

»Ja, andere reizen, das macht er gerne«, stellte Frau Diepholz klar.

Oje, dachte ich, werde ich jetzt gleich Zeugin eines Ehestreits?

»Meine Frau meint das nicht so«, sagte Herr Diepholz. »Sie fühlt sich schnell angegriffen.«

Frau Diepholz zuckte mit den Augenlidern. »Das sagt er immer, er begreift gar nichts.«

Ich bemühte mich, so schnell wie möglich meine Folienkartoffel samt Zugabe zu vertilgen. Ein Putenstreifen blieb mir im Hals stecken und ich fing an zu husten.

»Was habe ich schon alles für dich getan«, verteidigte sich Herr Diepholz.

»Die arme Frau«, rief Frau Diepholz und zeigte auf mich. »Sie erstickt gleich. Hilf ihr doch mal!«

Der Putenstreifen hatte sich gelöst. »Es geht schon wieder«, sagte ich und hustete weiter. Nach dem Hustenanfall trank ich einen Schluck Wasser und schob den Teller beiseite. »Der Appetit ist mir vergangen. Am besten, ich gehe.«

»Siehst du«, meinte Frau Diepholz, »jetzt hast du Frau Winkler-Böhm verschreckt.«

Ich stand auf. »Winkler ohne Böhm.«

Beide guckten erstaunt zu mir hoch.

»Auf Wiedersehen«, sagte ich und ging zu dem Kellner, der uns bedient hatte. Bei ihm bezahlte ich mein Essen und mein Getränk und verließ das Restaurant.

Es war so weit. Ich wurde dreiundvierzig. Lena sang vor meiner Schlafzimmertür ›Happy Birthday‹ und gleich darauf rief meine Mutter an, um mir zu gratulieren. Sie würde mich gern besuchen, erklärte sie, aber sie hätte sich den Fuß verstaucht und da wäre es ja besser, zu Hause zu bleiben. Ich versprach ihr, demnächst mal wieder nach Travemünde zu kommen.

Lena schenkte mir einen Beauty-Gutschein. »Gesichtsmaske, Ganzkörpermassage, Peeling – alles dabei«, sagte sie. »Die machen dich richtig schön und fit. Übrigens hat sich Christian daran beteiligt.«

Ich las die Karte durch, die Lena mir gab. Tatsächlich, es waren Glückwünsche von Lena und meinem Bruder.

Auch an meinem Geburtstag musste ich arbeiten. In der Mittagspause rief Anne an, um mir alles Gute fürs neue Lebensjahr zu wünschen.

»Ja, wieder ein Jahr älter«, sagte ich.

Ich war dreiundvierzig. Was war daran so schrecklich? Tante Lucie hatte einmal gesagt, dass ihre Vierzigerjahre die schönsten waren. Da habe man bereits Lebenserfahrung und sei selbstbewusster als in jungen Jahren. Ob ich das später auch einmal sagen werde? In sieben Jahren werde ich fünfzig, dachte ich, mach etwas aus diesen sieben Jahren!

Ab vier Uhr hatte ich keinen Termin mehr vergeben, deshalb konnte ich an diesem Tag schon früher Feierabend machen.

Zu Hause stand ich vor dem Kleiderschrank und überlegte, was ich anziehen sollte, denn am Abend hatte ich mich mit Anne und Jessica zum Essen verabredet. Ich dachte an Jessica, sie lief immer so flippig herum. Ob ich mir auch mal bunt gemusterte Leggings zulegen sollte? Ach nee, muss nicht sein, beschloss ich dann und griff zu einem Rock und einem schwarzen Shirt.

Das Telefon klingelte. Es war Christian. »Na, Schwesterchen, wie fühlst du dich so mit dreiundvierzig?«

»Was für ein origineller Spruch«, sagte ich. »Ähnlich wie vorher.«

»Ich habe eine Überraschung für dich.«

»Für mich zum Geburtstag?«, fragte ich.

»Ähm, genau genommen hat es nichts mit deinem Geburtstag zu tun.«

Ich wurde ungeduldig. »Nun sag schon.«

»Simone und ich, wir heiraten.«

»Was, ehrlich?«

»Wir hatten ein paar Therapiestunden. Danach war es klar.«

»Das freut mich. Ich fand Simone sympathisch.«

»Wir heiraten im September.«

»Eine schöne Nachricht. Kommt doch am Sonntag zum Kaffee.«

»Ich frage Simone, ob sie kann. Mein Geschenk hast du ja schon bekommen.«

»Ja, vielen Dank, lass uns morgen telefonieren«, sagte ich. »Ich muss los, ich bin mit Anne und einer Bekannten verabredet.«

Wir trafen uns in einem französischen Restaurant in der Innenstadt.

»Sehr edel hier«, meinte Jessica, die heute keine Leggings, sondern ein eng anliegendes Kleid mit Fledermausärmeln trug.

»An meinem Geburtstag kann es nicht edel genug sein«, beteuerte ich. »Und ihr wisst ja, dass ihr eingeladen seid.«

»Das hoffe ich doch«, erwiderte Anne.

»Die bieten hier provenzalische Landhausküche an«, sagte ich.

»Da muss ich sofort an Lavendelfelder und Ölbäume denken«, meinte Anne.

»Und ich an Weinberge und Trüffel«, ergänzte Jessica.

Als Erstes bestellten wir Rotwein und stießen auf meinen Geburtstag an. Danach studierten wir ausführlich die Speisekarte.

Wir genossen Lammrücken und Hähnchen in Basilikum-Walnuss-Soße. Dazu brachte uns der Kellner eine große Schüssel mit Rosmaringemüse.

Auch nach dem Essen tranken wir Rotwein. Anne hob ihr Glas. »Auf Jörg, der im Keller lebt.«

»Auf meinen Ex, der jetzt sehen muss, wie er ohne mich zurechtkommt«, rief Jessica.

Übermütig stießen wir erneut an.

Nach diesem feuchtfröhlichen Abend nahmen wir uns gemeinsam ein Taxi, das zunächst Anne und Jessica nach Eppendorf sowie ins benachbarte Harvestehude brachte und anschließend mich nach Altona fuhr.

Am nächsten Tag verschlief ich. Das war mir noch nie passiert. Eine Klientin, die ich für neun Uhr bestellt hatte, musste zwanzig Minuten auf mich warten. Sie habe gerade wieder gehen wollen, meinte sie, als ich endlich in der Praxis ankam. Die Zeit holen wir nach, versprach ich ihr, und sie gab sich damit zufrieden. Anschließend kam ein Klient, der die ganze Zeit über die verpassten Chancen in seinem Leben klagte. Wie viele Chancen habe ich verpasst?, fragte ich mich, als er wieder gegangen war.

In meiner Mittagspause saß ich mit meinem Salat in der Küche und blickte aus dem Fenster. Was erwartete mich? Die Geschichte mit Georg war beendet. Die Männer, die ich vor ihm getroffen hatte, waren ein Totalreinfall gewesen. Gab es da draußen noch jemanden, den ich lieben konnte und der mich liebte?

Hör noch mal deine Mailbox ab, hatte mich Anne neulich aufgefordert. Die melden sich auch nach Wochen noch.

Das mach ich, nahm ich mir vor, gleich wenn ich nach Hause komme.

Natürlich machte ich es nicht sofort. Als ich die Wohnungstür aufschloss, kam mir Lena entgegen.

»Es klappt nicht mit der Familie in Sydney«, teilte sie mir mit.

»Oh«, meinte ich, »und nun?«

Vielleicht geht sie nicht weg, schoss es mir durch den Kopf. Doch ihre Antwort machte diese Hoffnung zunichte.

»Jetzt sucht die Agentur eine andere Familie.«

Sie gibt nicht so schnell auf, überlegte ich, sie verfolgt einen Plan und den will sie auch durchsetzen. Das Dumme war nur, dass mir dieser Plan nicht gefiel.

»Ich spreche gleich mit der Agentur«, sagte sie. »Drück mir die Daumen.«

Ich drücke dir nicht die Daumen, ich will, dass du hierbleibst.

Nach ein paar Minuten kam Lena wieder aus ihrem Zimmer, in das sie sich für das Telefonat zurückgezogen hatte.

»Super«, rief sie. »Die Agentur hat eine Familie in Brisbane gefunden. Ich kann Kontakt zu ihr aufnehmen.«

»Brisbane?«

»Das liegt im Nordosten, Hauptstadt von Queensland. Das ganze Jahr über T-Shirt-Temperaturen.«

»Und sie haben auch zwei Kinder?«

»Nein, drei, aber das ist doch egal.«

»Freust du dich, dass du endlich hier wegkommst?«, fragte ich.

»Ach Mama, das hat doch damit nichts zu tun«, sagte Lena und verschwand wieder in ihrem Zimmer.

Das ganze Jahr über T-Shirt-Wetter. Das müssten wir hier in Hamburg auch haben. Das wäre traumhaft. Für Anfang Juli war es in den letzten Tagen viel zu kühl gewesen. Und dann noch dieser Wind. Manchmal hatte ich genug davon. Mir fiel wieder ein, dass ich die Mailbox abhören wollte. Ich ging zu meinem Schreibtisch und suchte den Zettel mit dem Code. Endlich fand ich ihn. Ich nahm das Telefon und wählte die angegebene Nummer. Es knackte. Nanu, war sie doch schon abgeschaltet? Nein, war sie nicht. Eine Stimme verriet mir, dass ich drei neue Anrufe hatte.

Ich drückte das Telefon fester an mein Ohr. Torsten, fünfundvierzig, meldete sich und erzählte, dass er selbstständiger Tischler sei. Danach kam Gernot, der keinerlei Angaben zu Alter und Beruf machte. Sehr merkwürdig. Ich überlegte, ob Torsten, der Tischler, auch gleich auflegen würde, wenn ich ihm meinen Beruf verraten würde, als auch schon der dritte Anrufer dran war.

Der nannte zwar Alter und Beruf, aber keinen Namen. Ich erschrak und lauschte ungläubig ins Telefon. Das gibt es doch nicht. Die Stimme kannte ich, die Stimme kannte ich gut, sogar sehr gut. Es war Steffens Stimme.

Was erzählte er da? Ich habe Humor in allen Lebenslagen und das Hirn kommt bei mir auch nicht zu kurz. Ich bin genau wie du vielseitig interessiert, was immer das heißt (kurzes Lachen). Also, wollen wir uns mal treffen, uns ein bisschen beschnuppern, wie man so sagt?

Die weiteren Sätze nahm ich nicht mehr bewusst war. Ich hörte nur noch, wie Steffen sich am Schluss doch noch mit Steffen vorstellte und von seiner Handynummer faselte.

Ich spürte, wie meine Schläfen pochten. Steffen hatte mir aufs Band gesprochen. Er ahnte ja nicht, dass ich es war. Aber warum? Er hatte doch Beate und sein Kind. Warum machte er so was? Sie hatten doch so glücklich ausgesehen, neulich an der Alster.

Ungefähr eine halbe Stunde saß ich regungslos auf dem Sofa. Lena kam ins Zimmer und sah mich verwundert an. »Was ist los? Was hast du?«, fragte sie.

»Ich? Nichts«, antwortete ich.

»Ist es denn so eine Katastrophe, dass ich nach Brisbane gehe? Ich komme ja wieder.«

»Du kommst wieder«, murmelte ich immer noch in Gedanken versunken.

»Hallo Mama, ich bin's«, versuchte Lena mich aufzumuntern. Sie wedelte mit der Hand vor meinen Augen herum.

»Ähm«, sagte ich, »rufst du mich mal aus Brisbane an?«

»Das wird teuer. Und noch bin ich ja hier.«

Ich überlegte kurz, ob ich Lena erzählte sollte, was mich erschüttert hatte, ließ es dann aber lieber.

»Ich bin nur müde«, versuchte ich meinen Zustand zu erklären.

»Dann leg dich ein bisschen hin«, meinte Lena.

»Ja, vielleicht sollte ich das tun.«

Ich nahm das Telefon und ging in mein Arbeitszimmer. Von dort aus versuchte ich Anne zu erreichen. Es meldete sich niemand. Fünf Minuten später rief Anne zurück. »Ich habe deine Nummer gesehen, was gibt's denn?«

»Steffen hat auf meine Mailbox gesprochen«, sagte ich.

»Wie, auf deinen Anrufbeantworter?«

»Nein, auf die Mailbox von der Anzeige.«

»Er hat dir auf die Anzeigen-Mailbox gesprochen?«

»Genau.«

»Steffen hat sich da gemeldet? Wie das?«

»Na, wie wohl? Er hat die Anzeige gelesen, die du aufgegeben hast.«

»Aber der ist doch mit seiner Sekretärin zusammen.«

»Eben, das verstehe ich auch nicht.«

»Oh Mann«, sagte Anne, »das ist echt ein Ding.«

»Das kannst du laut sagen. Ich begreif es nicht.«

»Mit der Neuen muss was schiefgelaufen sein.«

»Aber er hat ein Kind mit ihr.«

»Na ja«, sagte Anne, »und wenn schon. Trotzdem ist es merkwürdig. Was machst du nun?«

»Na nichts, kann ja schlecht sagen: Hallo, ich bin's, deine Frau, die du verlassen hast.«

»Sein Gesicht würde ich dann gern sehen.«

»Und ich möchte wissen, was mit seiner Beate ist.«

»Vielleicht braucht er ein bisschen Abwechslung«, meinte Anne.

»Wer weiß?«

»Können wir nicht jemanden zum Date schicken? Zum Aushorchen quasi?«, schlug Anne vor.

»Du meinst, eine Frau, die er nicht kennt und die uns dann alles erzählt?«

»Zum Beispiel.«

Ich winkte ab. »Wo finden wir die?«

»Ich könnte Jessica fragen.«

»Ach ja, Jessica, der traue ich das zu.«

»Überlege es dir«, sagte Anne, »wäre eine coole Aktion.«

Am Sonntag kamen Christian und Simone zu Besuch. Die passen wirklich gut zusammen, stellte ich fest. Sie alberten herum und hielten sogar Händchen. Dann erzählten sie, wie sie sich die Hochzeit vorstellten. In einem idyllisch gelegenen Hotel in Lütjensee sollte sie stattfinden, mit allem Drum und Dran – Hochzeitstorte, Musik, Tanz und den üblichen Spielchen. Die Kollegen aus ihrer Firma wären auch eingeladen. Ich erfuhr, dass Simone zwei Brüder hatte, die beide in Bayern wohnten. Die würden mit ihren Familien kommen, berichtete sie. Und natürlich ihr Vater, der seit dem Tod der Mutter zurückgezogen in einem Dorf in Schleswig-Holstein lebte, ganz in der Nähe von Lütjensee. Sie wollte mit einem champagnerfarbenen Kostüm zum Standesamt gehen und Christian mit einem dunkelblauen Anzug. Und dann fragten sie mich, ob ich nicht Trauzeugin sein möchte.

»Ja, natürlich«, sagte ich. Mir fiel ein, dass Lena bei der Hochzeit nicht dabei sein würde, weil sie im September bereits in Australien lebte.

»Kann sie das nicht verschieben?«, fragte Christian.

»Das geht wahrscheinlich nicht«, sagte ich. »Du müsstest sie mal hören, wie begeistert sie von ihrem Plan ist.«

»Ja, sicher«, meinte Simone, »das ist ja auch ein großes Abenteuer.«

Ich hatte den gleichen Kuchen gebacken wie zu Lenas Geburtstag. Die beiden ließen es sich schmecken.

»Den hast du selbst gebacken?«, staunte Christian.

»Ja, ich entwickele mich noch zur Bäckerin«, entgegnete ich. Schon der zweite selbst gebackene Kuchen in diesem Jahr.

»Nicht, dass du demnächst deinen Beruf wechselst«, neckte mich Christian.

»Die Gefahr ist nicht so wahnsinnig groß.«

»Ich backe gar nicht«, verriet Simone, »aber ich koche gern.«

»Das wird meinen Bruder freuen.« Am späten Nachmittag gingen die beiden wieder. Und ich war erleichtert, denn einige Stunden mit einem verliebten Paar zu verbringen und sich dabei wie das dritte Rad am Wagen zu fühlen, konnte ganz schön anstrengend sein.

22

Am Wochenende fuhr ich nach Travemünde. Diesmal war es meine Mutter, die Kuchen gebacken hatte. Irgendein Gewürz in dem Kuchen erinnerte mich an meine Kindheit in Barmbek. Und ich sah meine Mutter vor mir, wie sie nach einem anstrengenden Arbeitstag in der Küche stand und Teig anrührte.

»Wir müssen noch auf deinen Geburtstag anstoßen«, sagte sie und holte eine Flasche Sekt aus dem Kühlschrank.

»Für mich nur ein halbes Gläschen«, meinte ich, »ich muss ja noch fahren.«

Wir machten diesmal keinen Spaziergang an der Ostsee, weil meiner Mutter das Laufen immer noch schwerfiel. Stattdessen saßen wir gemütlich in ihrer Wohnung und unterhielten uns. Christian hatte sie schon ausreichend über seine Heiratsabsichten informiert.

»Es freut mich so sehr, dass er jemanden gefunden hat«, sagte sie. »Jetzt mache ich mir nur noch Sorgen um dich.«

Ich erzählte ihr, dass Steffen sich auf meine Anzeige gemeldet hatte. Es dauerte eine Weile, bis sie die Zusammenhänge begriff.

»Also noch mal, er weiß nicht, dass du das bist?«

»Nein, weiß er nicht.«

»Aber wieso, was will er denn? Er lebt doch mit einer Frau zusammen.«

»Das verstehe ich eben auch nicht.«

»Hm«, sagte meine Mutter, »ruf ihn doch an.«

»Aber er will ja nicht zu *mir* zurück. Er hat einfach auf irgendeine Anzeige geantwortet.«

»Vielleicht traut er sich nicht, bei dir anzufragen. Glücklich kann er ja nicht sein.«

»Ist ja nicht mein Problem.«

»Aber vielleicht kommt ihr wieder zusammen. Das wäre das Beste.«

Ich wurde auf einmal sentimental. »Ja, wir hatten auch schöne Zeiten.«

»Na, siehst du«, sagte meine Mutter.

Als ich wieder in Hamburg war, rief ich Anne an. Ich erzählte ihr, dass meine Mutter hoffte, dass ich wieder mit Steffen zusammenkäme.

»Mütter hoffen so vieles«, meinte Anne. »Trotzdem, ich habe da eine Idee.«

»Na, was denn?«

»Du triffst dich mit Steffen. Aber er weiß nicht, dass du sein Date bist.«

»Hä, wie jetzt?«

»Ich hasse es, wenn jemand ›hä‹ sagt«, meinte Anne. »Das versuche ich schon den Schülern abzugewöhnen.«

»Vergiss es, Frau Superpädagogin, also, wie soll das gehen? Ich kann mich nicht verabreden, er kennt doch meine Stimme.«

»Ja, und meine kennt er auch. Aber Jessica kann sich melden und ein Treffen vereinbaren. Er denkt, er trifft eine Unbekannte, und dann tauchst du auf. Möchte sehen, was der für Augen macht.«

»Hm, ein bisschen peinlich, findest du nicht?«

»Was heißt hier peinlich? Er ist in Erklärungsnot, nicht du.«

»Na ja, aber einfach da auftauchen.«

»Du gehst hocherhobenen Hauptes dahin. Und dann hörst du dir an, was er sich dabei gedacht hat.«

»Na ja, ich weiß nicht.«

»Nur eine Idee«, meinte Anne am Schluss des Telefonats. »Was du daraus machst, ist dein Ding.«

Über das Gespräch musste ich anschließend lange nachdenken. Was wäre, wenn ich wirklich zu einer Verabredung mit Steffen ginge? Wie würde er reagieren? Vielleicht geht er einfach weg und straft mich mit einem verachtenden Blick, überlegte ich. Und wie sollte ich mich ihm nähern? Sollte ich geradeheraus sagen: »›Hallo Steffen, Überraschung, dein Date bin ich‹?«

Je länger ich darüber nachdachte, desto neugieriger wurde ich. Ja, ich könnte hingehen und sehen, was passiert. Warum eigentlich nicht?

In der darauffolgenden Nacht schlief ich unruhig – Gedankenkarussell Nummer einhundertfünfunddreißig hatte mich voll im Griff. Ich laufe nicht vor Steffen weg, beschloss ich, im Gegenteil: Ich nehme die Herausforderung an.

Am nächsten Morgen fühlte ich mich leicht deprimiert. Doch ich hatte meinen nächtlichen Beschluss nicht vergessen. Als ich in der Praxis ankam, hellte sich meine Stimmung wieder auf.

Am Abend traf ich Anne im Fitness-Center. Zum ersten Mal, seit wir dort Mitglieder waren, gingen wir vor dem Training an die Bar.

»Halt dich am Tresen fest«, eröffnete Anne das Gespräch. »Jörg zieht wieder ein.«

»Was, echt jetzt?«

»Ja, wir haben uns ausgesprochen.«

Die Bedienung gab uns die Getränke, die wir bestellt hatten.

»Ausgesprochen! Und was heißt das jetzt?«

Anne trank einen Schluck. Ich hielt das Glas in der Hand und wartete auf eine ausführliche Erklärung.

»Er arbeitet jetzt wieder mehr in der Kanzlei.«

»Das ist alles?«

»Und er nimmt sich mehr Zeit für mich.«

»Na, hoffentlich!«

»Das hat er jedenfalls versprochen. Er weiß ja nun, was ihm blüht, wenn er sich nicht an die Abmachung hält.«

»Soso, du hast ihn in der Hand, meinst du.«

»Ja nun, ich mag ihn ja auch noch.«

»Und sein Programm?«

»Daran arbeitet er weiterhin, aber eben nicht so viele Stunden.«

»Na dann«, sagte ich, »auf einen Neustart mit Jörg.«

Wir stießen mit Apfelschorle an.

Nach dem Training gingen wir in die Sauna. Wir breiteten unsere Handtücher aus und legten uns lang ausgestreckt darauf. »Das ist echte Entspannung«, meinte Anne.

Wir waren allein in der Sauna. Eine gute Gelegenheit, um ihr meinen Entschluss mitzuteilen. »Übrigens, ich werde es tun«, sagte ich.

»Was tun?«, fragte Anne.

»Na, das mit Steffen.«

Anne überlegte. »Ach, du meinst meinen Vorschlag?«

»Genau den.«

»Oh, cool, dann sag ich Jessica Bescheid, die findet das bestimmt spannend.«

»Ja, gut, sag ihr, dass sie Steffen anrufen soll, ich gebe dir nachher seine Handynummer. Die habe ich immer noch gespeichert. Es ist die gleiche, die er mir auf die Mailbox gesprochen hat.«

»Oh, das wird aufregend«, freute sich Anne, »und dann erzählst du uns haarklein, wie der Abend verlaufen ist.«

Lena hatte ihr Abitur bestanden. Hurra! Und das auch noch mit einer Durchschnittsnote von 1,8. Ich war mehr als zufrieden. Lena hatte höhere Ansprüche gehabt. »Damit könnte ich nicht Medizin studieren«, stellte sie leicht mürrisch fest.

»Das willst du doch auch gar nicht«, spottete ich. »Du wirst ja Au-pair.«

»Haha«, meinte Lena, »glaubst du, das ist dann alles?«

»Tja«, sagte ich, »vielleicht gefällt es dir so gut, dass du es zum Beruf machst.«

»Oder ich eröffne in Australien eine Agentur für Au-pair-Mädchen.«

»Auch nicht schlecht«, ging ich auf ihren Vorschlag ein.

Für Lenas Abiturfeier in der Schule nahm ich mir frei. Alle Eltern, die dabei waren, hatten sich in Schale geworfen. Ich trug mein typisches Therapeutinnen-Outfit – Blazer, schwarze Hose und halbhohe Schuhe. Die meisten Eltern kannte ich nicht. Ich begrüßte Selinas Eltern und Jettes Mutter, die seit einigen Jahren geschieden war. Wir umarmten uns, als seien wir schon seit Ewigkeiten beste Freundinnen.

»Ja, meine Tochter will Psychologie studieren«, teilte mir Jettes Mutter mit. »Kann sein, dass sie auch mal Therapeutin wird.«

»Oh, schön«, sagte ich, »wir brauchen ja Nachwuchs.«

Die Abgangsklasse führte ein kurzes Theaterstück auf und der Schulleiter hielt eine Rede, die für meinen Geschmack viel zu lang war. Das Wort ›Zukunft‹ kam darin mindestens fünfzehn Mal vor. Als die Veranstaltung zu Ende war, umarmten sich wieder alle. Die besten Wünsche gingen hin und her, und dann endlich konnten wir nach Hause fahren.

»Nie wieder Schule«, meinte Lena im Auto. »Jetzt beginnt die große Freiheit.«

»Und das sagt meine fleißige Tochter«, staunte ich.

»Auch die hat mal vom Lernen genug«, erklärte Lena.

Zu Hause kochten wir gemeinsam Spaghetti mit Tomaten und diversen Kräutern.

»Sind die Leute in Australien auch Vegetarier?«, fragte ich Lena, während ich Tomaten klein hackte.

»Oh Manno, weiß ich nicht«, sagte sie und gab noch ein paar Spaghetti in den Topf.

»Da solltest du dich mal erkundigen«, schlug ich vor.

Nach dem Essen überreichte ich Lena zweihundertfünfzig Euro, weil sie sich mit Selina zum Shoppen verabredet hatte. »Das ist mein Abi-Geschenk«, sagte ich, »damit du dir genügend T-Shirts für Australien kaufen kannst.«

»Danke, Mama«, freute sie sich, »das reicht auch noch für ein paar andere Sachen.«

Als Lena gegangen war, klingelte das Telefon. Es war Jessica.

»Jessica«, sagte ich, »was gibt's Neues?«

Jessica redete nicht lange drum herum. »Ich habe gerade mit deinem Ex telefoniert.«

Mir fiel die Kinnlade herunter. »Im Ernst?«

»Das wolltest du doch.«

»Wie? Du hast wirklich mit Steffen gesprochen?«

»Natürlich.«

»Und, was hat er gesagt, äh, ich meine, was hast du gesagt, und was er?«

»Ganz ruhig, meine Liebe, alles gut. Ich habe mich als Rebecca Scholz vorgestellt. Wir haben ein Treffen für nächsten Mittwoch vereinbart. Ich hoffe, da kannst du.«

»Ja, schon, aber …« Ich stöhnte.

»Nun bleib mal locker.«

»Was hat er denn so gesagt?«

»Na, er war ganz entspannt. Wir haben uns ja nicht lange unterhalten, sondern gleich nach einem Termin gesucht.«

»Wo denn?«

»In einer Szene-Kneipe in Eimsbüttel. Ich schick dir noch eine E-Mail mit der genauen Adresse.«

»Szene-Kneipe, wie kommst du denn darauf?«

»Ach, da war ich neulich mal, die hat was Klassisch-Modernes mit einer Prise rustikal.«

»Ach ja, und da soll ich nächsten Mittwoch hin?«

»Na klar.«

»Wollte er denn keine Telefonnummer von dir?«, fragte ich.

»Ich habe gesagt, ich rufe ihn an, falls was dazwischenkommt.«

»Du hast an alles gedacht.« Das flaue Gefühl in der Magengegend meldete sich wieder. »Das ist schon komisch«, sagte ich.

»Ach komm, wird schon schiefgehen«, meinte Jessica beruhigend.

Ich bedankte mich bei ihr, denn schließlich hatte sie mir einen Gefallen tun wollen. Sie ahnte ja nicht, wie unschlüssig ich war.

Nachdem ich aufgelegt hatte, machte ich mir selbst Mut. Ich hatte beschlossen, nicht mehr wegzulaufen. Gehe hocherhobenen Hauptes dahin, hatte Anne gesagt. Genau das mache ich jetzt auch, nahm ich mir vor.

23

Ich fieberte dem Mittwoch entgegen. Immer wieder überfielen mich Zweifel. Soll ich Jessica anrufen und sie bitten, Steffen abzusagen?, fragte ich mich zwischendurch. Doch ich tat es nicht. Dann war der Mittwoch da. Schon einige Tage vorher hatte ich mir Gedanken über mein Outfit gemacht. Nur nichts Auffälliges, dachte ich, damit er nicht glaubt, ich hätte mich für ihn zurechtgemacht. Gleichzeitig hatte ich das Bedürfnis, ihm zu gefallen. Ich beschloss, einfach Jeans und eine schlichte, hellblaue Bluse anzuziehen. Es ging ja nicht darum, Steffen zurückzugewinnen, sondern darum, ihn bloßzustellen und herauszufinden, warum er auf eine Annonce antwortete. Bei diesem Gedanken stutzte ich. War das tatsächlich alles?, fragte ich mich. Oder gab es da irgendwo doch ein Fünkchen Hoffnung?

Am Abend fuhr ich zu dem Lokal in Eimsbüttel, das Jessica als Szene-Kneipe beschrieben hatte. Ich fuhr ein paarmal um den Block und fand dann einen Parkplatz in der Nähe. Von dort hatte ich eine gute Sicht auf den Eingang des Lokals. Um acht Uhr wollten wir uns treffen. Ich war zehn Minuten zu früh. Ich saß im Wagen und beobachtete den Eingang. Drei Minuten vor acht kam Steffen und steuerte auf das Lokal zu. Er sah gut aus – braun gebrannt mit hellem Hemd und einem sommerlichen Sakko. Ich musste an damals denken, als er in Teufelsbrück die

Fähre verließ und sich unsere Blicke trafen. Das war der Tag gewesen, an dem wir uns kennenlernten. Diesen Moment hatte ich nie vergessen.

Ich blieb noch etwa fünf Minuten im Auto sitzen. Erst dann nahm ich meine Handtasche und ging zu dem Lokal. Ich öffnete die Tür und sah mich um. Es war so, wie Jessica es beschrieben hatte – klassisch-modern mit einer rustikalen Komponente. Die sogenannte Szene-Kneipe war um diese Uhrzeit noch ziemlich leer. An der Theke standen zwei Männer, die ihr Feierabendbier tranken, und an einem Tisch saß ein Pärchen, das sich angeregt unterhielt. Ganz hinten in der Ecke entdeckte ich Steffen, der mich ansah, als ob er ein außerirdisches Wesen erblickt hätte. Dann sprang er auf und kam auf mich zu. Einen Augenblick standen wir uns wortlos gegenüber.

»Was … was machst du denn hier?«, fragte er schließlich.

»Das könnte ich dich auch fragen«, antwortete ich.

»Ich warte auf jemanden«, sagte Steffen.

»Und ich bin hier verabredet«, druckste ich herum.

»Ach so«, meinte Steffen, »was für ein Zufall. Wie geht es dir denn?«

»Ausgezeichnet.«

»Ja, du siehst auch gut aus.«

»Na, ich setz mich dann mal«, sagte ich und wählte einen Tisch aus, der einige Meter von Steffens Platz entfernt lag.

Steffen ging zu seinem Platz zurück und man sah ihm an, wie sehr er sich wunderte.

Ich setzte mich und hatte keine Ahnung, wie es weitergehen sollte. Irgendwann schaute ich zu ihm hinüber. Unsere Blicke trafen sich. Wir sahen beide schnell weg. Dieses Spiel wiederholte sich noch zweimal.

Ich muss mich zu erkennen geben, überlegte ich. Ich kann hier nicht ewig sitzen und so tun, als ob ich auf mein Date warte. Ich nahm all meinen Mut zusammen, stand auf und ging zu Steffen herüber. »Wartest du zufällig auf Rebecca?«, fragte ich.

»Wieso? Wie kommst du darauf?«

»Ich bin Rebecca«, sagte ich.

»Du bist wer?«, stammelte Steffen. »Wie jetzt? Ich versteh nicht.«

»Ich bin die Frau, die du angerufen hast.«

»Was? Du bist …?«

»Es war meine Anzeige, auf die du dich gemeldet hast.«

Steffen saß mit offenem Mund da und verstand gar nichts mehr. Ich konnte erkennen, wie es in seinem Kopf rotierte.

So allmählich begriff er die Situation. »Aber mit wem habe ich denn telefoniert? Das warst doch nicht du.«

»Mit einer Freundin«, sagte ich.

»Und die hat für dich angerufen?«

»Genau.«

»Geschickt eingefädelt.« Steffen hatte sich wieder gefangen. »Komm, setz dich doch«, schlug er vor.

»Also du hast die Anzeige aufgegeben?«, fragte er noch einmal nach.

»Ja, und du hast darauf geantwortet.«

»Das kann ich nicht leugnen«, bemerkte er.

»Aber warum, Steffen? Ich dachte, du bist mit deiner Beate glücklich.«

Der Kellner kam und wir bestellten Bier und Weinschorle.

Steffen malte mit dem Zeigefinger kleine Kreise auf den Holztisch. »Vielleicht«, meinte er, »ist es gut, dass du Rebecca bist.«

»Du sprichst in Rätseln.«

»Also, das mit Beate … Ich habe mir das irgendwie anders vorgestellt.«

»Ach ja?«

»Sie ist jung, hat andere Ziele und Ideale«, sagte er und malte immer noch kleine Kreise.

»Sag bloß. Und dein Kind? Du hast doch eine Tochter mit ihr.«

»Ja, Sophia, die liebe ich. Sie ist unheimlich süß, aber auch anstrengend. Vielleicht bin ich zu alt für ein Kleinkind. Demnächst werde ich siebenundvierzig. Wenn sie zur Schule kommt, bin ich dreiundfünfzig.«

»Und warum hast du jetzt auf die Anzeige reagiert?«

Steffen holte tief Luft. »Das ist schwer zu erklären.«

»Warum das?«

»Na ja, ich brauche jemanden, mit dem ich reden kann. Nicht nur über das Kind und den ganzen Alltagskram.«

Ich trank einen Schluck von der Weinschorle. »Soso.«

»Ich sag's dir ganz ehrlich«, fuhr Steffen fort, »ich fühle mich überfordert. Beate hat hohe Ansprüche, ihre Eltern sind ständig bei uns, das Kind schreit nachts immer noch. Es ist mir einfach zu viel.«

»Und nun?«

Steffen schloss für einen Moment die Augen. »Ich habe einen Fehler gemacht, Julia. Ich wünschte, ich könnte alles rückgängig machen.«

Ich spürte, wie mein Herz schneller schlug. Steffen wünschte sich, dass er mich nie verlassen hätte.

Jetzt rutschte er auf seinem Stuhl hin und her. »Komisch, wir sind immer noch nicht geschieden, das muss doch etwas bedeuten.«

»Ja, wir sind noch verheiratet«, sagte ich und mein Herz raste.

»Es war schön mit uns, das habe ich erst später begriffen. Hoffentlich nicht zu spät«, sagte Steffen und legte seine Hand auf meinen Arm.

Ich starrte auf seine Hand. Sie war gebräunt, glatt und makellos. Steffen wollte mich zurück. Er war nicht glücklich mit Beate. Alles könnte wie früher sein.

Einen Augenblick gab ich mich dieser Illusion hin.

Dann kamen die anderen Gedanken. Erst hat er mich verlassen und nun will er Beate das Gleiche antun. Wie lange würde er diesmal bei mir bleiben?

»Julia«, hörte ich Steffen sagen, »ich vermisse dich so sehr. Wir könnten es noch mal versuchen.«

Ich starrte noch immer auf seine Hand. Die Situation kam mir so vertraut vor. Und plötzlich war es nicht mehr Steffens Hand, die auf meinem Arm lag, sondern eine, die nicht so glatt und makellos aussah. Eine kräftige Hand mit kleinen rotblonden Härchen, die zupacken konnte, wenn es sein musste.

Damals, vor fast einem Jahr, da hatte Hannes ebenfalls seine Hand auf meinen Arm gelegt. Damals, als es mir so schlecht ging. Ich erinnerte mich an den Trennungsschmerz. Nein, ich wollte Steffen nicht zurück. Weitere Bilder erschienen jetzt vor meinem inneren Auge. Sie alle hatten mit Hannes zu tun. Ich sah, wie er in seiner Wohnung vorsichtig die Kompasse aus der Vitrine nahm, um sie mir zu zeigen. Ich erlebte noch einmal, wie er die Treppe hinunterstürzte, um mir zu helfen, als Sascha mich bedrängte. Ich sah Hannes, wie er mein Schild anbrachte, und ich dachte daran, wie wohl ich mich in seinen Armen gefühlt hatte, als wir fast die ganze Nacht tanzten.

»Hallo«, rief Steffen, »was ist los? Wo bist du mit deinen Gedanken?«

»Nicht bei dir«, entfuhr es mir.

Steffen nahm die Hand von meinem Arm.

»Ich will das nicht. Ich will es nicht noch einmal versuchen«, sagte ich.

»Oh!« Steffen machte ein verärgertes Gesicht und trommelte mit den Fingern auf die Tischplatte.

Das ist ja genau wie damals, dachte ich, als er mir gestand, dass er zu Beate ziehen würde.

Ich wurde wütend. »Du betrügst mich mit Beate, schwängerst sie und ziehst zu ihr. Und dann, nach einigen Monaten, hast du die Nase voll und willst zu mir zurück. Was glaubst du, wer du bist?«

»Ich habe doch gesagt, dass es falsch war«, sagte Steffen weinerlich. »Es tut mir leid.«

»Es war ein Fehler, es tut dir leid, immer der gleiche Müll. Und damit soll wieder alles in Ordnung sein. Wenn du mich so sehr vermisst hast, warum hast du dann nicht angerufen? Warum antwortest du auf eine Annonce?«

»Ich wusste nicht, ob du jemanden hast. Lena hat da mal was erwähnt.«

»Nein, Steffen, so ein Hin und Her will ich nicht. Was ist denn mit deinem Verantwortungsgefühl, von dem du so viel erzählt hast? Na, wo ist das?«

Steffen zuckte mit den Schultern. »Schon gut, schon gut, ich habe verstanden. Ich dachte nur, du bist ja zu der Verabredung gekommen. Ich dachte, du willst ...« Steffen stockte.

»Da hast du eben falsch gedacht«, sagte ich, nahm meine Handtasche und bezahlte bei der Bedienung die Weinschorle, die ich getrunken hatte. Ohne mich noch einmal umzudrehen, suchte ich das Weite.

Auf dem Weg nach Hause war ich immer noch wütend. Was bildete der Kerl sich ein? Hatte er geglaubt, ich schmelze gleich dahin, wenn er sich wortreich entschuldigt?

Aber was war das? Wieso hatte ich Hannes vor Augen gehabt?

Ich hatte ihn gern, das wusste ich. Doch da musste noch mehr sein. Konnte ich mir vorstellen, ihn nie wiederzusehen? Nein, das konnte ich nicht. Er würde mir entsetzlich fehlen.

Als ich nach Hause kam, stand Lena in der Küche und machte sich einen Tee.

»Du bist wieder da?«, fragte sie.

»Ja, bin ich.« Von der Verabredung mit Steffen hatte ich ihr nichts erzählt.

»Übrigens«, rief Lena, »die Familie in Brisbane ernährt sich nicht vegetarisch, aber sie nimmt Rücksicht auf mich.«

»Nun lass mich doch erst mal ankommen«, sagte ich und warf meine Handtasche auf das Schränkchen im Flur. Ein Zettel rutschte heraus. Ich hob ihn auf und faltete ihn auseinander. Es war die Zeichnung, die mir Sascha bei unserem Spaziergang an der Elbe gegeben hatte. Sie musste in einem Seitenfach gesteckt haben. Ich zerriss den Zettel in tausend Fetzen. »Schluss mit Steffen! Schluss mit Sascha! Ein neues Leben beginnt.«

»Was ist denn mit dir los?«, fragte Lena, die jetzt in den Flur gekommen war.

»Ich fahre morgen nach Kiel«, verkündete ich.

»Nach Kiel? Warum? Was willst du da?«

»Hannes besuchen.«

»Das ist ja ganz was Neues.«

»Ja«, sagte ich, »mir ist etwas klargeworden.«

Ich ließ mich auf einen Küchenstuhl fallen. Lena setzte sich mit ihrer Teetasse zu mir.

»Was ist dir klargeworden?«

»Ich glaube, Hannes bedeutet mir viel.«

Lena verschüttete etwas Tee. »Na, habe ich doch schon immer gesagt. Männer und Frauen können keine Freunde sein.«

»Es ist mir ernst«, sagte ich. »Warum habe ich das nicht schon früher gemerkt? Er ist so ganz anders als andere Männer. Er ist da, wenn man ihn braucht. Er redet nicht von Verantwortung, er übernimmt sie.«

»Oh, oh«, meinte Lena, »dich hat es echt voll erwischt.«

Ich sagte noch am Abend alle Termine ab, die für den nächsten Tag in meinem Kalender standen. Am frühen Morgen stieg ich ins Auto und machte mich auf den Weg nach Kiel. Während der Fahrt hatte ich genug Zeit, über alles nachzudenken. Wollte mir Hannes nicht neulich etwas sagen? Ich hatte mich doch noch gewundert, warum er so geheimnisvoll tat. Worum ging es da? Ich musste ihn unbedingt fragen.

Auf der Autobahn stand ich im Stau. Das passiert immer, wenn man es eilig hat, dachte ich. Als ich in Kiel ankam, fuhr ich in Richtung Holtenau, einem Stadtteil von Kiel, denn ich wusste, dass dort die Schiffe in die Schleusenkammer einliefen, ehe sie durch den Kanal gelotst wurden. Würde ich ihn dort irgendwo finden? War es nicht besser, ihn anzurufen und zu fragen, wo er jetzt sei? Nein, ich wollte ihn überraschen. Es war mir egal, wie lange ich ihn suchen musste.

Ich irrte in Holtenau umher und fand den Weg zur Schleuseninsel nicht. Hannes hatte mir erzählt, dass er sich dort oft aufhielt. Warum habe ich immer noch kein Navi?, fragte ich mich. Wahrscheinlich, weil ich es gar nicht brauchte, denn den Weg nach Blankenese und zurück kannte der Wagen fast von allein. Und in Urlaub fuhren wir früher immer mit Steffens Auto.

Ich kam an einem Leuchtturm vorbei und landete vor einem Jachthafen. Schließlich gelangte ich in die Kanalstraße und fuhr von dort durch ein Tor auf die Schleuseninsel. Ich hielt an, hier kam ich nicht weiter. Ein großer Zaun sicherte die Hafenanlage.

Im Rückspiegel sah ich einen Mann auf mich zukommen. »Hallo«, rief er, »da ist eine Schranke, Sie können nicht einfach durchfahren.«

»Sie war geöffnet«, erwiderte ich.

»Fahren Sie bitte zurück!«

»Aber ich muss zu den Schiffen«, sagte ich. »Ich muss unbedingt dahin.« Ich benahm mich wie ein bockiges, kleines Kind.

»Das geht nicht«, sagte der Mann, »aber wenn Sie die Schiffe sehen möchten, dann fahren Sie doch zur Schleusenaussichtsplattform.«

Er beschrieb mir den Weg. Ich fuhr über die Holtenauer Hochbrücke auf die andere Seite des Kanals. Die Fahrt zur Aussichtsplattform dauerte nur etwa zehn Minuten. Doch was sollte ich hier? Ich wollte keine Schiffe bestaunen. Ich wollte mit Hannes sprechen. Es nützte nichts, ich musste ihn auf seinem Handy anrufen, um zu erfahren, wo er sich aufhielt.

»Hannes Thiel«, meldete er sich.

»Ich bin's, Julia, ich bin hier, äh, ich meine, ich bin in Kiel«, stotterte ich herum.

Hannes war erstaunt. »Du bist in Kiel? Was machst du da?«

»Ich wollte dich besuchen«, sagte ich.

»Das ist aber eine Überraschung. Wo genau bist du denn?«

»Bei der Aussichtsplattform.«

»Das ist gut«, meinte Hannes. »Ich bin noch auf dem Kanal, aber in ungefähr zwei Stunden kommen wir genau da an, wo du jetzt stehst.«

»Dann bis nachher«, sagten Hannes und ich fast gleichzeitig.

Über eine Treppe erreichte ich die Aussichtsplattform. Von oben hatte man einen wunderbaren Blick auf die Kieler Förde und die Hafenanlagen. Sehnsüchtig schaute ich auf den Nord-Ostsee-Kanal. Weit draußen entdeckte ich ein Schiff, aber auf dem konnte Hannes nicht sein. Erst in zwei Stunden würde es hier eintreffen, hatte er gesagt. Ich musste mich gedulden, so schwer es mir auch fiel.

Es waren die längsten Stunden meines Lebens. Aber irgendwann sah ich das Schiff, auf dem sich Hannes befinden musste. Es kam näher und näher. Und da stand tatsächlich Hannes an Deck und winkte mir zu.

»Warte, ich komme zu dir«, rief er.

Nun fuhr das Schiff in die Schleuse und legte an. Hannes ging von Bord.

Ich hastete die Treppe hinunter und lief ihm entgegen. »Was wolltest du neulich sagen?«, fragte ich aufgeregt, als ich völlig außer Atem vor ihm stand.

Hannes war irritiert. »Wie, neulich? Ach so, na ja … Ich wollte sagen …« Er beendete den Satz nicht. »Warum bist du gekommen?«, fragte er stattdessen.

»Weil … weil ich dich gern hab, weil ich dich sehr gern hab.«

»So, du hast mich gern«, sagte Hannes und sah mich fragend an.

»Und noch mehr als das, ich … ich liebe dich.«

Hannes umarmte mich und flüsterte mir ins Ohr: »Und *ich* liebe *dich,* und das schon die ganze Zeit.«

»Warum hast du nie was gesagt?«

»Ich wollte unsere Freundschaft nicht gefährden.«

»Und ich habe nicht gemerkt, wie viel du mir bedeutest.«

Hannes seufzte. »Ich dachte schon, du merkst es nie.«

Mein Handy klingelte. Es war Lena. »Mama«, rief sie, »ist alles gut?«

Ich lächelte. »Jetzt ist alles gut.«

»Ja, das ist es«, sagte Hannes und drückte mich ganz fest an sich.